KB123139

푸른 길의 여행자

푸른 길의 여행자

우에하시 나호코 지음 김옥희 옮김

스토리존

차례

서장

남쪽에서 밀려온 파도

하늘이 온통 옅은 먹물을 뿌린 것처럼 어두워졌다.

범선의 돛이 바람에 펄럭이는 소리가 귀에 들리나 싶더니, 느닷없이 물통을 뒤엎은 것처럼 소나기가 퍼붓기 시작했다.

항구에 배를 정박해둔 선원들도, 수레로 짐을 옮기던 인부들도 갑작스러운 폭우에 불평을 하면서도 쌓아놓은 짐이 젖지 않도록 짐 위를 덮느라 분주했다.

중형 범선용 선착장에 정박한 산갈 배에서 한 소녀가 부두로 내려왔다. 거센 빗줄기가, 밀랍을 입힌 소녀의 오로(산갈인이 걸치는 비옷)를 흔들면서 흘러내렸다.

비에 젖는 것도 개의치 않고 반라 상태로 갑판에서 밧줄을 감고 있는 사내들에게, 소녀가 빗소리에 묻히지 않도록 큰 소리로 말했다.

"일을 마치면 다 같이 한잔하러 가도 되지만, 무슨 일이 있으면 바로 출항해야 하니까 너무 많이 마시면 안 돼."

뱃머리에 있는 젊은이가 웃으면서 대꾸했다.

"명심할게."

소녀는 젊은이에게 손을 흔들더니 잔달음질을 치기 시작했다.

이 츄론항은 신요고 황국에서 가장 큰 항구로, 배의 왕래가 빈번한 곳이다.

산갈 왕국이 타르슈 제국과 전쟁을 시작한 이후로 남쪽에서 유입되는 상품은 크게 줄었지만, 그래도 상당수의 뱃짐이 산갈을 경유해 도착했다. 무겁고 부피가 큰 짐을 대량으로 운반하기에는 역시 육로보다 해로가 훨씬 편리하기 때문이다.

뱃짐은 대부분 소분되어 짐마차로 육로를 이용해 신요고의 도읍인 광선경(光扇京)으로 운반된다. 그런 짐마차를 취급하는 마방들이 모여 있는 한 모퉁이에 술집이 죽 늘어선 골목이 있었다.

그중 하나로, 물림쇠 한쪽이 떨어져 나가 바람에 흔들릴 때마다 간판 한 귀퉁이가 처마에 부딪히는 가게 코우로는 무리지어 다니는 짐마차 상인들이나 호위무사들이 모여드는 선술집이었다. 가게 안에는 싸구려 술 냄새와 활활 타오르는 난로의 연기, 바닷바람이 밴 남자들의 체취가 가득 차 있었다.

요고인만이 아니라 산갈인이나 로타인도 술을 마시고 있어 다양한 언어가 뒤섞여서, 얼굴을 바싹 갖다 대고 이야기하지 않으면 서로의 목소리를 알아듣기 힘들 정도로 소란스러웠다.

판자벽 한구석에는 사람 형체를 그린 서툰 그림이 있어, 술취한 남자들이 번갈아가며 그 그림을 과녁 삼아 단도를 던지고 있었다.

"어이, 넌 하지 마! 위험하니까!"

일행의 만류도 듣지 않고 곤드레만드레 취한 사내가 단도의 날을 쥐더니 힘껏 과녁을 향해 휙 던졌다. 하지만 단도는 과녁에서 한참 벗어나 칼자루가 기둥에 맞았다가 튀어 회전하면서 엉뚱한 방향으로 날아갔다.

"위험해!"

누군가가 소리쳤다. 단도는 입구 옆자리에 앉은 남자를 향해 날아갔다.

생각에 잠겨 있던 남자는 순간 위험을 감지하고 반사적으로 자신의 단검을 빼서 단도를 탁 쳐내더니 떨어진 단도 자루를 왼손으로 잡았다.

감탄 섞인 탄식이 남자들 사이에서 새어 나왔다.

그 남자가 돌아보자 단도를 던진 취객이 목을 움츠렸다.

스물일곱이나 여덟쯤 되었을까. 검은 머리를 등에서 하나로 묶은, 강인해 보이는 얼굴의 남자였다.

남자는 그저 잠자코 바라보고만 있었지만, 주위의 남자들은 어딘지 주눅이 든 것처럼 조용해졌다.

남자의 시선을 받자 단도를 던진 취객은 술기운이 달아난 얼굴이 되었다. 남자가 손으로 단도를 만지작거리는 것을 보면서 이를 딱딱거리기 시작했다.

그런 취객의 얼굴을 한참 바라보다가, 이윽고 남자는 갑자기 흥미를 잃은 듯이 단도를 탁자에 탁 꽂더니 그 후에는 무심한 얼굴로 술을 마시기 시작했다.

조용해진 술집에 한동안 지붕을 세차게 내리치는 빗소리만 들렸다.

소란스러움이 서서히 돌아오기 시작했을 때, 자그마한 체구의 사람이 입구의 판자문을 열고 들어왔다. 흠뻑 젖은 오로(비옷)를 벽의 못에 걸고서 젖은 얼굴을 스윽 닦는 손이 의외로 가늘어, 옆에 앉아 있던 남자들은 들어온 사람이 아직 젊은 아가씨인 것을 알아차리고 호기심으로 가득 찬 얼굴이 되었다.

열대여섯 살 정도의 이목구비가 또렷한 소녀였다. 산갈인인 듯 얼굴도 팔도 햇볕에 그을었으며 다부져 보였다. 생기 있게 움직이는 커다란 검은 눈이 누군가를 찾는 듯이 희뿌연 실내를 둘러보고 있었다.

"여기다."

소녀를 알아보고 손을 든 사람이 조금 전에 단도를 쳐낸 검은 머리의 남자인 것을 보자, 술집의 남자들은 무관심을 가장하며 소녀에게 향했던 시선을 딴 데로 돌렸다.

소녀는 남자의 탁자로 가더니, 낮은 의자에 앉아 점원에게 손을 들어 익숙한 어조로 술을 주문하고서 동전을 지불했다.

"여름도 아닌데 신요고에 이런 소나기가 내리다니."

소녀가 손을 비볐다. 소녀가 걸친 산갈풍 웃옷에서 차가운 바깥 공기가 풍겨 왔다.

"무사히 도착했구나."

남자가 말하자, 소녀는 당연하다는 표정으로 대답했다.

"…말해준 대로 그들이 탄 배를 앞질러서 왔지. 그들의 배도 조금 후면 도착해."

검은 머리의 남자가 소녀의 보고에 고개를 끄덕였다.

"입항 때까지 여기서 기다릴 거냐?"
"응."
점원이 술단지를 갖고 와서 소녀에게 잔을 건네고 술을 따랐다.
"아, 고마워."
소녀는 기쁜 듯이 잔을 받아 들고 단숨에 들이켰다. 추위로 굳어 있던 몸에 확 퍼지는 한 잔이었다.
점원이 가자 소녀가 똑바로 남자를 쳐다봤다.
"이것으로 약속은 지킨 거지?"
남자가 고개를 끄덕이고, 허리띠에 찬 주머니에서 작게 접은 종이를 꺼내 소녀에게 건넸다.
"참 잘해냈구나."
받은 종이에 타르슈 제국의 사잇도장이 찍힌 것을 확인하고 소녀의 얼굴이 밝아졌다. 그것은 공적에 의해 죄를 청산했음을 증명하는 문서였다.
소녀의 긴장이 풀린 것을 알아차렸는지, 소녀의 옷깃에서 자그마한 흰쥐가 얼굴을 빼꼼히 내밀었다. 복숭앗빛 코를 벌름거리며 영리해 보이는 검은 눈으로 소녀를 올려다보고 있었다.
소녀는 웃으며 접시에서 기름으로 볶은 콩 하나를 집어서

쥐한테 주었다.

“너는 안 추웠지? 내 품속에 있었으니까.”

맛있다는 듯이 콩을 갉아 먹던 쥐가 갑자기 얼굴을 들더니 소녀의 웃옷 속으로 스윽 사라졌다.

우르르 쾅… 하고 천둥소리가 들리나 싶더니 느닷없이 무시무시한 벼락소리가 술집을 뒤흔들었다.

술을 들이켜다가 목을 움츠리던 남자들 대부분이 얼른 오른 손바닥을 하늘로 향하는 동작을 했다. 요고인에게 벼락은 ‘천신’이 던지는 빛이다. 신의 노여움을 산 자는 벼락을 맞아 타 죽는다는 이야기가 전해 내려오고 있다. 무기를 드는 손을 펴고 하늘을 향해 올리는 동작은 신에게 복종한다는 것을 뜻해, 벌을 내리지 말라고 부탁하는 동작이었다.

남자의 눈에 문득 미소가 떠오르는 것을 보고 소녀가 의아해하며 물었다.

“뭐가 재미있는 거지?”

“…아니다. 신요고 녀석들도 똑같은 동작을 하는구나 하고 생각했을 따름이다.”

남자는 요고인이지만, 이 북쪽 대륙의 신요고 황국 출신은 아니다. 그의 고향은 야르타시해 건너편 남쪽 대륙의 요고 황국, 타르슈 제국에 정복당해 지금은 요고 속국으로 이름을 바꾼 나라다.

이곳 북쪽 대륙에 있는 신요고 황국은, 머나먼 옛날에 카이난 나나이라는 성독박사의 인도로 남쪽 대륙의 요고 황국을 뒤로하고 신천지를 찾아 바다를 건넌 요고인들에 의해 세워진 새로운 나라다.

이 나요로 반도에 상륙한 요고인은 반도에 예전부터 살고 있던 야쿠라고 하는 검은 피부의 사람들과 피를 섞어 적갈색 피부의 사람이 많다. 말도 오랜 세월 동안 남쪽의 요고어와는 조금 다른 울림을 가진 말로 변했다.

황족이나 귀족, 무인계급 사람들은 요고인다운 풍모를 유지하고 있지만, 농민이나 어민이나 상인들은 이 땅에 뿌리를 내려, 남쪽의 요고인과는 매우 다른 분위기를 가진 사람들로 변했다.

200년 이상 광대한 바다를 사이에 두고 갈라져 있어 교류도 없었던 두 황국의 백성들이, 그래도 이런 때 같은 동작으로 신에게 용서를 구하다니…. 그 광경을 봤을 때 남자는 얼굴조차 몰랐던 먼 친척과 갑자기 마주친 것 같은 기묘한 느낌을 받은 것이다.

"…이런 계절에 벼락이 치다니 역시 올해는 이상한 해야."

취객들은 몸을 맞대다시피 하고서 수군거리고 있었다. 요즘 이 나라 여기저기서 떠돌고 있는, 뭔가 엄청난 천재지변이 일어나지 않을까 하는 소문을 이야기하고 있었다.

아직 눈이 쌓인 한겨울에 청무 산맥 골짜기에 온통 꽃이 피었다는 이야기, 여름에 산란하는 시호로(민물고기)가 이른 봄에 이미 대량으로 산란했다는 이야기, 초봄부터 비정상적일 정도로 장마가 계속되고 있는 것 등등. 나요로 반도 각지에서 전해 오는 이런 이변에 대한 이야기가 한데 모여들어 사람들을 왠지 모르게 불안하게 만들었다.

뒷자리에 있는 남자의 걸쭉한 목소리가 들려왔다.

"뭐, 걱정할 필요 없어. 천신의 아드님께서 지켜주실 거야. 이 나라는 천신의 가호를 받는 나라다.

장마가 계속되든, 겨울에 꽃이 피든, 별일은 없을 거야. 예전의 대가뭄 때처럼 챠그무 황태자 전하가 반드시 천지를 달래서 구해주시겠지."

그 말을 들은 순간, 남자의 눈에 먹잇감을 시계에 포착한 매와도 같은 매서운 빛이 떠올랐지만, 그것은 한순간의 일이어서 소녀는 전혀 알아차리지 못했다.

선술집 코우로에서 소녀와 술을 같이 마시고 있는 남자는, 타르슈 제국의 차남인 제2왕자 라울 휘하의 타쿠(매), 즉 밀정이었다.

남쪽 대륙의 여러 나라를 잇달아 침략해 정복해온 강하고 큰 나라 타르슈 제국.

그 타르슈 제국에서 북쪽 대륙의 침략에 열심인 사람은 두 왕자들이었다. 왕자들은 제각기 요고인을 고용해 신요고 황국에 잠입시켜서 공략 방법을 모색하고, 침략 경로를 정하기 위해 치열하게 싸웠다.

황제가 북쪽 대륙을 공격하는 발판을 최초로 마련한 왕자에게 침략의 우선권을 주기로 약속했기 때문이다.

라울 왕자는, 아직 젊지만 비범한 이 남자의 기량을 인정해, 부대를 만들어서 부하를 움직일 수 있는 권한을 주었다. 남자는 산갈인이나 로타인 그리고 요고인 부하를 직접 선발해, 타르슈 제국령의 각지와 산갈 왕국, 로타 왕국 그리고 신요고 황국으로 보내 이미 독자적인 정보망을 구축하고 있었다.

부하의 수는 결코 많지 않다. 그러나 그는 무인계급 출신만이 아니라 평민 출신이든 여자든 노인이든, 여하튼 임기응변의 기지가 있는 사람을 골라내서 스스로 판단하는 자유를 주었다. 이것이 주효하여, 그의 부대는 일일이 상사의 판단을 구하는 다른 부대보다 훨씬 기민하게 움직여 많은 정보를 모았다.

커다란 변화의 물결이 은밀히, 그러나 확실하게 북쪽 대륙으로 밀려오고 있었다.

북쪽 대륙으로의 공격에 장애가 되어온 바다의 왕국 산갈이, 압도적인 타르슈 제국의 군사력을 목격하고 변하기 시작했기 때문이다.

그 변화의 첫 번째 파도인, 산갈 왕이 신요고 황국 황제에게 보낸 칙사가 이미 광선경의 황제 곁에 도착했을 무렵이다. 이 파도를 일으킨 것은 이 남자와는 관계없는 다른 조직이다.

남자가 이 항구마을에서 기다리고 있는 것은 그 첫 번째 파도에 숨어서 몰래 일으킨 또 하나의 파도, 산갈 왕국의 왕녀 사르나의 밀사였다.

챠그무 황태자에게 보내는 밀서를 소지한 것으로 추정되는 그 밀사들을 붙잡기 위해서, 남자는 눈앞에 있는 소녀를 이용해 밀사가 탄 배의 움직임을 파악하게 했다.

소녀는 그녀가 타는 해적선의 선원들에게 쓰아라 카시나(배의 혼)로 불리는, 이른바 두목 같은 존재였다. 그녀는 방향전환이 자유로운 해적선으로, 추적을 따돌리려고 일부러 복잡한 항로를 따라가는 밀사의 배를 뒤쫓았고, 섬에 기항할 때마다 훈련이 잘된 매를 이용해 남자와 편지를 주고받았다. 그리고 마지막에 밀사의 배가 선택한 항로로 봐서 이 항구를 향하고 있다는 것을 간파하자, 앞질러 와서 남자와 이 술집에서 만난 것이다.

어느 틈엔가 소나기 소리도 천둥소리도 들리지 않았다.

남자는 익숙한 손놀림으로 향나무 빻은 것을 얇은 종이로 말아 쵸우루(향나무를 가루로 빻아서 불을 붙여 피우는 담배)를 만들어 입에 물고서 촛불에 갖다 댔다. 향기로운 연기가 주위에 확 퍼졌다.

남자는 조용히 쵸우루를 피우면서 술집의 소란스러움이 아니라 다른 뭔가에 귀를 기울이는 듯이 고개를 숙이고 있더니, 이윽고 얼굴을 들어 소녀를 쳐다봤다.

"이제부터 어떻게 살아갈 생각이냐?"

소녀가 입술을 꽉 다물었다. 남자한테서 시선을 돌리고 소녀가 내뱉듯이 대답했다.

"할 수 있는 일을 해가는 수밖에 없지."

소녀의 고향은 산갈 왕국 내에서도 최남단에 있는 사간제도였다. 타르슈 제국의 산갈 침공이 시작됐을 때, 최초로 희생된 것이 이 해역 사람들이었다.

사간제도 사람들은 물론 정복자인 타르슈인을 증오했지만, 그 이상으로 자신들을 도와주려고도 하지 않고 버림돌 취급을 한 산갈 왕가를 원망하고 있었다.

타르슈 제국을 지배하는 해역에서는 해적 행위가 엄격히 금지되어 있다. 금지 사항을 어기면 가혹한 처벌의 대상이 된다.

선조 대대로 해적을 가업으로 삼으며 살아온 사간제도 사람들은 살기 위해서 삶의 방식을 크게 바꿔야만 했다. 그나마 타르슈 제국과 교역을 해온 해적들은 고액의 교역허가증을 사서 재빨리 정규 무역상으로 변신했지만, 자그마한 배로 해적 일과 어업을 겸하며 살아온 해적들에게는 교역허가증을 살 여유가 없어, 처벌받을 위험을 각오하고 해적 일을 계속하는 수밖에 없었다.

소녀의 배도 아주 작은 배여서 물론 교역허가증을 살 여유라곤 없었다. 살기 위해서 그녀와 동료들은 법망을 피해 해적행위를 계속해… 그러다가 붙잡힌 것이다.

사면장을 접으면서 소녀가 한숨을 쉬었다.

"타르슈 녀석들은 탐욕스럽기 짝이 없어. 뭐든지 허가증이 필요하다고 하며 많은 돈을 뜯어 가거든. 우리는 뭍에서 하는 일은 못 하고, 어업에 전념하려고 해도 영역어업권이라는 것을 사라고 하잖아? 그런 돈이 어디 있냐고."

남자는 잠자코 소녀의 불평을 듣고 있다가 잠시 후에 입을 열었다.

"가장 원하는 것이 어떤 권리지?"

소녀가 말끄러미 남자를 바라봤다. 남자의 의도를 파악하려는 듯이 한참을 잠자코 있다가 이윽고 나지막이 말했다.

"그야 역시 교역허가증이지."

남자가 고개를 끄덕였다.

"아까 그 건과 관련된 일로, 실제로 하게 될지는 아직 모르지만, 너에게 한 가지 부탁할 일이 생길지도 모른다. 교역허가증을 사고도 약간은 남을 정도의 돈을 벌 생각은 없느냐?"

소녀의 눈이 반짝였다.

"…있지, 물론."

남자가 소녀를 바라봤다.

"그 정도의 돈을 벌 수 있는 일이다. 어떤 종류의 일인지는 상상이 갈 것이다. 자세한 내용을 지금 이야기할 수는 없지만 위험이 따를지도 모른다. 그래도 할 생각인지 배에 돌아가서 동료들과 상의한 후에 정식으로 승낙해주면 된다."

소녀가 한쪽 눈썹을 살짝 올리며 미소를 지었다.

"그렇게 하지. 하지만 동료들은 내가 좋다고 생각한 일에 대해 불평 같은 거 안 해."

그렇게 말하고 나서 소녀가 갑자기 진지한 얼굴이 되었다.

"그 일은 그 배에 탄 남자들과 관련된 일인가?"

남자는 잠자코 미소 짓고 있었다.

소녀의 눈이 불안감으로 흔들렸다.

"…그 배에 탄 남자들은 이 항구에 도착하면 어떻게 되지?"

남자는 잠시 소녀를 바라보고 있다가 이윽고 조용히 말했다.

"그건 아직 모른다. 내 일은 우선 아는 것이다. 알게 된 것을 어떻게 사용할지는 그 후에 판단하지."

짐승이 으르렁거리는 듯한 소리가 들려왔다. 해명(海鳴)인가? 아니면 멀어진 뇌명(雷鳴)인가?

이윽고 어둠의 장막이 내려오기 시작했을 무렵 종소리가 울리기 시작했다. 이날 마지막 배가 항구에 도착했음을 알리는 높고 맑은 종소리였다. 그 소리를 듣자마자 남자가 벌떡 일어섰다.

소나기가 씻고 지나간 하늘에 수많은 별들이 반짝이는 이 밤에, 산갈 왕국의 왕녀 사르나의 밀서를 지닌 밀사가 신요고 황국의 땅을 밟았다.

마침내 챠그무 황태자와 북쪽 대륙의 운명을 바꿀 최초의 파도가 나요로 반도에 밀어닥친 것이다.

제1장

황제와 황태자

1
성도사의 숙명

촛불의 불꽃이 흔들릴 때마다 그림자가 흔들린다.

이제 막 날이 밝은 직후여서 '만물상'이라는 가게 2층에 꾸며진 밀실은 밤과 다를 바 없을 정도로 어두웠다. 그 어슴푸레한 불빛 아래에 기품 있는 청년과 못생긴 노파가 마주앉아 있었다.

노파는 품위 없이 한쪽 무릎을 세우고서 벽에 기대어 자작으로 연거푸 술을 비우고 있었다.

"…지친 얼굴을 하고 있군, 별을 해독하는 자가."

놀리는 듯한 노파의 말을 듣고, 그 청년, 성독박사 슈가가 쓴웃음을 지었다.

"토로가이 님은 항상 활기가 넘치시는군요."

노파가 웃음을 터뜨렸다. 토로가이가 웃으면 눈이 주름에 숨어 사라져버린다.

이 당대 최고로 소문난 주술사는 이제 일흔다섯을 넘긴 나이일 텐데도 처음 만났을 때와 전혀 변함이 없어 보인다.

"나는 나 자신의 주인이거든. 너와 달리, 고민이 없는 만큼 장수할 수 있지."

슈가가 쓴웃음을 지은 채 고개를 끄덕였다.

그는 아직 스물다섯 살이지만, 챠그무 황태자의 교육 책임자로서, 그리고 이 나라의 정사를 움직이는 성도사의 심복으로서 매일같이 무거운 짐을 짊어지고 있었다.

피로 탓으로 칙칙해 보이는 청년의 얼굴을 바라보며 토로가이가 한숨을 쉬었다.

"뭐가 그리 불안한 게냐? …이변이 일어나지 않을까 하는 그 소문 때문이냐?"

슈가가 고개를 끄덕였다.

"하늘에도 이상한 징조가 나타나고 있으니까요. 무슨 일이 일어나려는 건지 한시라도 빨리 알아내야 합니다."

토로가이가 콧방귀를 뀌었다.

"너무 조바심을 내는구나. 그럴 일이 아니라고 생각하는데. 네가 불안해하는 징조는 아마도 나유그의 계절이 바뀌어서 나타나는 것일 게다."

"나유그의 계절이라고요?"

"그렇다. 그쪽 세계의 계절이 바뀌어서 그 영향으로 이쪽 세계에도 약간의 변화가 일어나는 것일 게야. 탄다가 말하더구나. 이웃 나라 로타에서도 나유그가 해빙기를 맞이해 엄청난 이변이 일어났다고."

슈가가 고개를 끄덕였다. 그 이야기는 전해 들었다.

"요컨대, 나유그가 봄을 맞이한 영향으로 한겨울에 청무산맥 골짜기에 꽃이 피기도 하고, 기이한 일들이 일어난다는 말씀인가요?"

토로가이는 어깨를 움츠리며 술잔에 술을 가득 따랐다.

"사그와 나유그에는 여기저기에 매듭 같은 게 있는 듯하다. 그런 장소였던 게지, 그 골짜기가."

말을 하면서, 먼저 술잔 테두리에 묻은 술을 핥고, 그런 다음 음미하며 술을 들이켰다. 술을 마실 때의 토로가이의 얼굴은 참으로 행복해 보인다.

"야쿠의 전설에서는 나유그의 봄이 길다고 한다. 일단 봄이 오면, 이쪽 세계에서 100년이 지났어도 저쪽 세계는 그대로 봄이라고 하지."

치켜뜬 눈으로 슈가를 보며 토로가이가 씩 웃었다.

"너무 조바심을 낸다고 한 것은 바로 그런 이유 때문이다."

슈가가 쓴웃음을 지었다.

"…조바심을 내지 않을 수가 없습니다. 나라 사정은 나유 그처럼 태평하지 않으니까요."

그 눈에는 깊은 불안의 빛이 있었다.

"제가 진정으로 불안해하는 것은 챠그무 황태자 전하에 관한 일입니다."

"왜 그러느냐? 챠그무 도령한테 무슨 일이 있는 게냐?"

심각한 이야기를 하려고 입을 열려던 슈가는 토로가이의 표현에 자신도 모르게 얼굴의 긴장을 풀어버렸다.

황태자 전하가 이런 식으로 불리는 것을 들을 때마다 마음이 따뜻해진다. 토로가이는 챠그무를 황태자로서가 아니라 한 소년으로서 피붙이처럼 생각한다.

슈가도 챠그무 황태자를 진심으로 아꼈다. 하지만 그는 자신의 직책상 토로가이처럼 마음 편히 '황태자'라는 신분을 망각할 수는 없었다. 오히려 챠그무가 황태자라는 사실을 잊지 않도록 항상 스스로를 주의시켜야만 했다.

"아닙니다. 전하께서는 변함없이 건강하게 잘 지내고 계십니다. 다만 이변을 두려워하는 백성들 사이에서, 황제가 아니라 전하가 이 나라를 구해주실 거라는 소문이 떠돌고 있는 점이 불안할 따름입니다."

토로가이의 얼굴에 슈가가 하고자 하는 말을 이해했다는 표정이 떠올랐다.

"그렇군. 황제가 챠그무 도령한테 질투한다면… 그건 확실히 무서운 이야기로구나."

슈가가 고개를 끄덕였다.

"지금 이 나라에는 여러 가지 불안 요소가 있습니다. 이변만이 아니라 타르슈 제국의 위협도 있지요. 이런 때 황제께서 챠그무 전하를 칭송하는 백성들의 목소리를 어떻게 생각하실지 저는 걱정스러워 견딜 수가 없는 것이지요."

토로가이에게 털어놓을 수는 없었지만, 슈가는 요즘 챠그무 황태자가 암살당할지도 모른다는 두려움을 갖고 있었다.

타르슈 제국에 대항해서 나라의 결속을 다지기 위해 분열의 싹을 제거한다는 훌륭한 명분이 지금 황제의 눈앞에는 있다. 뭔가 사소한 계기라도 있으면 황제는 아들을 암살하려 할지도 모른다. …그 정도로 황제는 아들을 싫어했다.

예전에 자신이 암살을 지시했다는 사실을 챠그무 황태자가 알고 있다는 점이 이 부자 사이에 절대로 빼낼 수 없는 가시가 되어 박혀 있었다. 기억은 세월과 함께 옅어지는 법이지만, 그 기억만은 옅어지지 않고 오히려 어두운 의혹을 키우는 곪은 상처가 되고 말았다.

그래도 챠그무 황태자가 고분고분한 소년이었다면 황제가 그 정도로 아들을 싫어하지는 않았을 것이다.

하지만 챠그무 황태자는 불덩어리와도 같은 격렬한 기질을 가진 재기 넘치는 젊은이로 성장하고 말았다. 올해로 열다섯 살이 되어 '성인 의례'를 마친 이 젊은이는 궁정의 젊은 대신이나 장군들의 마음을 사로잡아, 어느 틈에 중견 대신들 사이에서조차 그가 황제가 될 날을 고대하는 자가 나타나기 시작했을 정도다.

그것은 민심이 자신에게 집중되어야만 직성이 풀리는 황제로서는 화가 날 일이었고, 황제를 신으로 떠받드는 충신들에게도 용서할 수 없는 일이었다.

슈가는 그들의 심정도 충분히 이해할 수 있었다.

챠그무 황태자를 보고 있으면 언젠가 커다란 변화를 일으키는 것이 아닐까 하는 생각이 든다. 궁정의 현상 유지를 바라는 자들이 그를 두려워하는 것은 당연한 일이다.

하지만 궁정의 현재 상태로는 타르슈 제국이 공격해 오면 큰일이라며 불안해하는 사람들은 챠그무 황태자에게 희망을 걸고 있다. 그것 역시 황제는 용서할 수가 없었다.

"만약 제2황자께서 태어나시지 않았다면…."

슈가가 나지막이 말했다.

"황제를 지지하는 나이 든 대신들도 유일한 후사인 챠그무 황태자를 받아들이지 않을 수 없었겠지요."

토로가이가 턱을 벅벅 긁었다.

"챠그무가 죽어도 대신할 후사가 있으니까."

노골적인 토로가이의 말에 슈가가 쓴웃음을 지었다.

제2황자는 올해로 세 살이다. 어린아이에게 가장 위험한 세 번째 해를 무사히 넘겨 무럭무럭 성장하고 있다. 제3궁의 공주도 열 살이 되어, 몇 년 후면 사위를 맞을 수 있다.

'제2황자의 후원자가 또한 만만치 않은 인물이다….'

슈가는 마음속으로 씁쓸히 중얼거렸다.

두 사람의 어머니인 제3황비의 아버지 라도우는 육군을 맡고 있는 대장군이며, 황제의 신뢰도 두텁다. 이 라도우 대장군이 손자인 제2황자를 무척 사랑해, 챠그무 황태자를 끔찍하게 싫어한다는 것은 누구나 알고 있는 사실이었다.

"궁에는 누군가 챠그무를 도와줄 후원자는 없는 게냐?"

마치 슈가의 마음속을 꿰뚫어 본 듯이 토로가이가 말했다.

"전하의 어마마마의 아버님이신 토사 각하가 계십니다. 해군을 맡고 계시는 대제독이지만 조용한 분이지요. 그분은 노골적으로 챠그무 황태자를 지지하거나 하지는 않지만, 전하가 무사히 황제가 될 수 있도록 요소요소에서 지원하고 계십니다."

"그건 고마운 일이 아니냐. 도령한테는 그런 지원군이 필요하지."

그렇게 말하면서 토로가이는 슈가의 얼굴에 떠오른 표정을 보고 고개를 갸웃했다.

"그 토사 각하라는 사람에게 뭔가 문제라도 있는 게냐?"

슈가가 애매모호하게 고개를 끄덕였다.

"각하 자신에게 문제가 있는 것이 아니라, 각하가 인망이 있어서 밑에 사람이 모여드는 것이 문제지요."

"하하. 챠그무의 후원자로 그런 사람이 있고 사람이 모여든다면, 황제가 좋아할 리는 없겠구나."

신분제도의 틀에서 벗어나 있는 주술사다운 표현이었지만, 황제에 대해 이런 식으로 말하는 것을 들으면, 익숙하다고는 해도 슈가는 자신도 모르게 얼굴을 찌푸리게 된다.

의외로 토로가이는 그 점이 재미있어서 더 그러는 건지도 모른다. 지금도 말하고 나서 씩 웃으며 이쪽을 보고 있다. 하지만 슈가는 웃을 수 있는 기분이 아니었다.

파벌이라는 것은 일단 대립을 시작하면 저절로 반목이 심해지게 마련이다. 챠그무 황태자를 둘러싼 '선상(扇上)'(궁중)

의 긴장은 날로 고조되고 있다.

'게다가 전하는 아직 어리시다.'

놀라울 정도로 예민하고 현명한 분이지만, 그래도 아직 미숙한, 위태로운 면을 갖고 있다.

'당연하지. 아직 열다섯 살이니까.'

항상 단단히 각오하고 지키지 않으면 그의 목숨이 위태로워질 날이 머지않아 올지도 모른다….

어두운 표정으로 입을 다물어버린 슈가의 무릎을 토로가이가 발을 뻗어서 툭 찼다.

"이봐. 그런 얼굴을 하면 안 되지. 수완 좋은 슈가 씨. 걱정스러우면 자네가 도령을 단단히 지켜주면 되지."

슈가가 굳은 미소를 지었다.

'지켜드릴 수 있다면 좋겠지만….'

지금은 슈가 자신도 미묘한 입장에 있다.

고령에다 건강에 불안을 느끼기 시작한 성도사는 만약 자신이 쓰러졌을 때를 대비해 최근에 세 명의 성도사 후보를 정했다.

하나는 슈가.

또 하나는 가카이. 이 남자는 제2황자의 친족에 해당한다. 야심을 숨기지 않고 슈가를 눈엣가시로 여겨온 남자다. 성도사가 될 그릇은 아니지만, 다루기 쉽기 때문에 황제파가 성도사로 밀고 있는 남자다.

그리고 세 번째는 이미 50대 중반을 넘긴 오즈루라고 하는 성독박사의 상담역이었다.

오로지 정론(正論)만을 인정하는 고지식한 오즈루를 성도사가 후보로 뽑은 것은 슈가와 가카이 사이에 두기 적합한 남자라는 데 이유가 있다.

성도사는 약간의 사사로운 감정도 허용하지 않는 냉담하고 엄격한 눈빛으로 그런 이유를 슈가에게 말했다.

'셋 중에서 자네는 가장 젊고, 게다가 챠그무 황태자와의 유대감이 깊어 황제께서 꺼리시는 자다. 그 점을 극복할 수 있겠느냐, 슈가?

성도사는 황제 곁에 존재하는 자다. 황제를 움직여야 비로소 성도사는 나라를 움직일 수 있는 것이다.

…황태자는 황제가 되지 않는 한 제2인자에 불과하다….

나라를 움직이는 성도사가 되기 위해 챠그무 황태자와의 관계를 끊겠다는 의사를 황제에게 보이라고 성도사는 말한 것이다.

그렇게 하지 않는 한 슈가는 아무것도 할 수 없는 것이 사실이다. 황태자를 위해 움직인다고 황제가 생각하게 되면, 슈가의 의견은 하나도 받아들여지지 않고 무시당할 따름이다.

하지만 슈가는, 영특한 탓에 아버지의 미움을 사고, 정치적인 이유로 사람과의 관계가 끊겨가는 챠그무 황태자가 가여워서 견딜 수가 없었다.

지그시 자신을 응시하고 있는 토로가이에게 슈가가 고개를 끄덕여 보였다.

"…말씀하신 대로 제가 약해지면 안 되지요. 명심하겠습니다."

그렇게 말하면서도 슈가의 얼굴에서 어두운 그림자가 걷히지 않는 것을 토로가이는 살짝 얼굴을 찌푸리며 바라봤다.

두 사람이 아래층으로 내려오자, 가게 주인인 토야가 차를 준비하고 기다리고 있었다.

"아이고, 토로가이님, 냄새가 대단한데요. 그렇게 마셔도 괜찮으세요?"

토로가이가 코웃음 치고는 차를 마셨다. 토야는 슈가한테도 찻잔을 건네더니, 선반에서 뭔가 꾸러미를 꺼내 슈가에게 내밀었다.

"슈가님, 세 명 정도의 사람들이 가게에 들렀습니다. 이것이 그들의 서한이죠."

"아, 고맙네."

슈가는 그 꾸러미를 받더니, 품에서 은화 몇 닢을 꺼내 토야에게 건넸다. 토야는 기쁜 듯이 은화를 받더니 이마에 붙이고 슈가에게 감사 인사를 했다.

"앞으로도 잘 부탁하네. …토로가이 사부님, 그럼 또 뵙겠습니다."

슈가는 두 사람에게 인사를 하더니 문을 열고 주위를 살피고 나서 아직 어둑어둑하고 가랑비가 내리는 도읍의 골목길로 사라졌다.

싱글벙글거리며 돈을 넣는 토야에게 토로가이가 낮은 목소리로 물었다.

"토야, 너 아직도 슈가를 돕고 있는 게냐?"

토야가 뒤돌아보며 고개를 끄덕였다.

"네. 도와드리고 있지요."

토로가이가 얼굴을 찌푸렸다.

슈가는 타르슈 제국의 침공이 머지않았다고 예상하고 있다. 전운이 이 나라를 향해 점점 다가오고 있는 것은 확실했다.

적의 공격을 받기 전에 조금이라도 정보를 모으고자 슈가가 교역상인들한테서 타르슈에 관한 정보를 사고 있다는 것을 토로가이는 알고 있었다.

그 상인들이 정보를 두고 가는 장소로 이 가게를 이용한다는 것을 알았을 때, 토로가이는 불안을 느꼈다. 한두 번이면 몰라도 오랫동안 그런 장소로 쓰이면 이 가게에 대해 소문이 퍼질 것이다.

슈가는 타르슈의 밀정이 이 나라에 상당수 들어와 있어도 이상할 게 없다고 종종 말해왔다. 그런 밀정들의 주목이라도 받게 되면….

"…얘야."

말을 꺼내려는 토로가이에게 토야가 얼른 머리를 숙였다.

"고맙습니다. 저 같은 놈을 염려해주셔서 정말로 고맙습니다. 위험한 것은 잘 알고 있죠. 아내가 임신해서 돈이 필요하기도 하고, 전쟁이 일어날 거라는 소문을 들으니 벌 수 있을 때 조금이라도 돈을 모아두고 싶은 겁니다요."

부모도 없이 어릴 적부터 하층민들의 동네 다리 밑에서 살아온 이 젊은이의 얼굴을 토로가이는 진지한 표정으로 바라보고, 그런 다음 천천히 고개를 저었다.

"아무쪼록 조심해라. 위험하다고 생각하면 도망쳐라. 너와 사야라면 빈털터리가 되어도 살아남을 수 있을 게다."

고개를 끄덕이며 토야가 씩 웃었다.

한발 먼저 가게를 나온 슈가는 가랑비가 내리는 새벽 거리를 잰걸음으로 걸었다.

챠그무 황태자의 모습이 눈에 선하며, 그 목소리가 귓속에서 들렸다.

'용서해라, 슈가. 이 위태로움 때문에 나는 언젠가 그대마저 파멸로 이끌게 될지도 모르겠다. 그렇게 될 것 같다고 느끼면 언제든 손을 놔라. 나는 절대로 원망하지 않겠다. 그런 때가 오거든, 오히려 그대는 살아남아서 나하고는 다른 방법으로 좀 더 좋은 나라를 만들기 바란다.'

슈가는 괴로운 듯이 얼굴을 일그러뜨렸다.

'…그분은 이런 날이 오리라는 것을 나보다 훨씬 먼저 알고 계셨구나.'

빗소리만 들리는 인적 없는 거리를 슈가는 고개를 숙이고 걸어갔다.

2
산갈 왕의 편지

오랜만에 보는 햇살이 기분 좋아서 챠그무는 눈을 가늘게 뜨고 얼굴에 햇볕을 쬐고 있었다.

'산의 별궁'에 있을 때만은 측근들도 챠그무의 기분을 헤아려 혼자 있게 해주는 것이 고마웠다.

그렇다 해도 자유롭게 밖으로 나갈 수 있는 것은 아니다. 이렇게 정원의 바위 위에 앉아 있는 정도가 고작이다. 이 바위 꼭대기에 앉으면 담 너머로 호수가 보인다. 여기는 어릴 적부터 좋아했던 장소다.

어제까지 계속 내린 비 탓으로 바위에 붙은 이끼가 젖었고 땅바닥도 질퍽였지만, 햇볕이 덥혀놓은 바위 위는 기분 좋게 말라 있었다.

잎이 말라 쓸쓸한 겨울 산과 거울처럼 맑은 호수의 수면에 이따금 새가 날아간다.

호수를 보고 있으니 여러 가지 추억이 가슴에 떠올랐다. 저 호수 바닥에서 흔들거리던 거꾸로 뒤집힌 궁전과, 사람을 꿈으로 유혹하는 꽃….

꿈으로 도망친 제1황비와 어머니의 모습이 챠그무의 마음속에서 겹쳐졌다.

어머니는 마음의 안식을 위해 산의 별궁을 찾는 일이 잦아졌다.

'선상(扇上)'에 있으면 친족 누군가가 방문해서는, 제3황비가 이런저런 말을 했으며 제2황자를 황태자 자리에 앉히기 위해 챠그무 황태자의 험담을 한다는 식의 이야기를 한다. 어머니는 챠그무를 위해 그런 이야기에 일일이 귀 기울이며 열심히 정보를 얻으려고 애쓰는 듯하지만, 원래 남의 험담을 싫어하는 어머니로서는 견디기 힘든 일도 많을 것이다.

'…한심하구나.'

챠그무는 가끔 큰 소리로 외치고 싶어진다. 칼을 뽑아 들어 자신의 주위에 괴어 있는 더러운 것들을 제거할 수 있다면 얼마나 속이 후련할까…!

백성이 풍요롭고, 아름다운 것을 만들고, 사고팔고… 싸우지 않고 아무 탈 없이 살아갈 수 있도록 하는 것. 정사란 그것만으로 충분할 터이다.

그런데도 왜 사람들은 모이기만 하면 발을 서로 잡아당기고 다른 사람을 짓밟아, 조금이라도 위로 올라가야만 직성이 풀리는 걸까?

어머니는 나날이 야위어간다. …아플 수밖에 없다. 외동아들이 언제 암살당할지 모르는 공포를 지닌 채로 나날을 보내고 있으니까.

'황태자 따위, 양보할 수 있는 것이라면 언제든지 제2황자에게 양보해줄 텐데.'

정말로 그렇게 할 수 있다면 얼마나 속이 후련할까.

하지만 황제는 신의 혈통. 장남이 살아 있는데 차남이 황위에 오르는 것은 우가타 카이무(역류), 즉 자연스러운 흐름에 역행하는 일이며 천지의 기운을 바꾸는 것으로 여겨진다. 그렇기 때문에 황태자는 사고사나 병사를 하지 않는 한 그 직위에서 벗어날 길이 없다.

잘생긴 눈썹을 잔뜩 일그러뜨리며 챠그무는 주먹으로 바위를 쳤다.

그때 발자국 소리가 희미하게 들렸다. 챠그무는 얼른 허리의 단검에 손을 갖다 대며 소리 난 쪽을 돌아봤다. 정원수 사이로 붉은색 옷이 흘끗 보였다. 챠그무는 눈썹을 치켜올리며 단검에서 손을 뗐다.

붉은색에 금실로 자잘하게 수놓은 옷을 걸친 소녀가 정원수 가지를 헤치며 모습을 드러냈다. 보통은 시녀들이 들어 올려주는 옷자락을 직접 들어 올리고서 비틀거리며 걷고 있었다. 소녀는 바위 위에 앉아 있는 챠그무를 발견하자 기쁜 듯이 밝은 목소리로 속삭였다.

"오라버니."

"미슈나, 너 또 몰래 빠져나왔느냐?"

챠그무가 어이없다는 투로 말하자, 미슈나 제3황궁의 공주는 입을 크게 벌린 채 얼굴을 일그러뜨리며 웃었다.

어머니의 시녀들이 미슈나의 그런 웃음에 대해 경박하다고 험담을 하곤 하지만, 챠그무는 활짝 웃는 그 얼굴을 볼 때마다 자기도 모르게 그만 같이 웃고 만다.

예전에 앞니가 빠진 채로 입을 벌리고 웃다가 시녀들한테 '입가를 가리시지요!' 하고 야단맞은 적이 있다.

황족들 사이에서는 형제자매가 정을 주고받는 일은 우선 있을 수 없다. 어머니가 다른 형제자매들은 항상 황위를 두고 다툴 가능성이 있는 적이기 때문이다.

그래도 챠그무는 이 여동생에게는 따뜻한 애정을 느꼈다.

미슈나 역시 챠그무를 무척 좋아해, 만날 수 있는 기회를 발견하면 이렇게 시녀들의 눈을 피해서 찾아온다.

"조심해. 옷자락을 더럽히면 시녀들한테 야단맞아."

미슈나는 고개를 끄덕이고는 흘러내릴 뻔한 옷자락을 끌어 올렸다.

"오라버니, 거기서 호수가 보여?"

"보이지. …보고 싶으냐?"

그러고는 챠그무는 곧바로 땅바닥으로 주르르 내려와 미슈나를 안아 올려서 바위 위에 앉혀주었다.

"보이지?"

"응."

들뜬 목소리로 대답하고는 미슈나가 싱글벙글 웃으며 챠그무를 봤다.

제3황비 일행은 조금 전에 산의 별궁에 도착했을 거다. 미슈나는 도착하자마자 여기로 온 듯하다.

"그런데 도대체 어떻게 빠져나왔지?"

챠그무가 묻자 미슈나가 속삭였다.

"투그무 전하가 발작을 일으키며 또 소동을 피우기 시작했거든."

이제 막 세 살이 된 제2황자 투그무를 누나인 미슈나는 항상 '전하'라는 경칭을 붙여서 부른다. 어머니가 그렇게 하라고 시켰을 거다.

"모두가 그쪽으로 정신이 팔려 있기에 살짝 빠져나왔지. 오라버니가 와 계신다는 말을 듣고 틀림없이 여기 계실 거라고 생각해서."

챠그무는 쓴웃음을 지었다. 지금쯤 시녀들은 모습을 감춘 공주를 찾느라 쩔쩔매고 있을 것이다. 그녀들에게 끌려가기까지 시간이 별로 없다는 걸 알면서도 자신을 찾아와준 여동생의 마음이 기뻤다.

"오라버니."

갑자기 진지한 얼굴이 되어 미슈나가 작은 목소리로 말했다. 이 공주는 좀처럼 큰 목소리를 내지 않는다. 천진난만하고 밝은 공주지만, 남한테 들릴까 봐 신경을 쓰는 지혜도 있는 소녀였다.

"서둘러서 궁으로 돌아가는 게 좋겠어."

챠그무가 놀라며 여동생을 봤다.

"왜지?"

"어젯밤에 선상에 산갈 왕의 사신들이 도착했어. 마침 할아버지가 어마마마를 만나러 와 계셔서 거기로 심부름꾼이 왔었거든. 할아버지가 숙부들과 이야기하는 소리가 들렸는데, 오라버니가 산의 별궁에 계실 때 사신이 온 것은 잘된 일이라며 웃더라고….”

샤그무는 얼른 표정을 가다듬었다.

샤그무에게도 조만간 정식으로 사람을 보내올 것이다. 성인 의례를 마친 샤그무에게는 황태자로서 국정에 관한 평결에 참여할 자격이 있기 때문이다. …하지만 샤그무를 부르러 사람을 보냈을 무렵에는 이미 중대한 결정은 이루어진 다음일 가능성도 있다. 황제가 긴급을 요하는 평결이라고 생각하면 황태자가 없어도 시작할 수 있기 때문이다.

“고맙다, 미슈나.”

샤그무는 여동생을 안아서 내려줬다. 여동생 옷에서는 가슴 답답하게 하는 샤라나무 향이 났다. 이 상냥하고 어린 소녀에게는 어울리지 않는 향이었다. 이 아이에게는 들꽃 향이 어울릴 것이다. 이런 무거운 옷을 입히지 않고, 마음껏 들판을 달리는 행복을 맛보게 해주고 싶다고 샤그무는 생각했다.

미슈나와 헤어져서 잰걸음으로 정원을 빠져나와 어머니의 거처로 가니, 어머니는 손에 들고 있던 두루마리 그림책을 무릎에 놓고 샤그무를 올려다봤다. 샤그무를 볼 때마다 어머니 눈에는 따뜻한 빛이 어린다.

“무슨 일이신지요?”

조용히 묻는 어머니에게 챠그무가 작은 목소리로 사정을 이야기했다.

어머니 얼굴이 살짝 흐려졌다.

"그렇군요. …하지만 부디 사람들과 싸우지 않도록 하세요. 욱하는 성격이 있으셔서 그 점이 이 어미는 항상 걱정입니다."

'어머니는 걱정도 많으시지.'

챠그무는 마음속으로 한숨을 쉬었지만 얼굴에는 드러내지 않았다.

"네, 어마마마. …그럼 이만 물러가겠습니다. 부디 편안히 휴식을 취하시기 바랍니다."

자리에서 일어선 챠그무가 빠른 속도로 한마디 더 나지막이 덧붙였다.

"저는 괜찮습니다."

어머니의 하얀 얼굴에 천천히 미소가 떠오른 것을 보고 조금 기분이 밝아졌다.

성인이 되었을 때 몸에 지닐 수 있게 된 장검을 들고서 챠그무는 어머니에게 목례를 하고 복도로 나갔다.

제2황비는 남편인 황제보다도 키가 커진 아들의 늘씬한, 하지만 아직 어딘가 소년의 연약한 느낌이 남아 있는 뒷모습을 복잡한 심정으로 배웅했다.

챠그무는 소수레를 준비시켜 아주 평범한 귀환인 척하며 천천히 도읍으로 돌아왔다. 선상에 도착했을 무렵에는 해가 완전히 저물어, 맞이해준 시종한테서 평결이 이미 시작되었다는 말을 들었지만 별로 신경 쓰지 않았다.

자신이 늦는 것을 기뻐하는 한심한 사람들에게는 화가 났지만, 솔직히 챠그무는 그런 평결에 열심히 관여하고 싶다는 열정을 가질 수가 없었다.

챠그무의 도착을 알리는 피리 소리가 울려 퍼지자, 집회실에 모여 열띤 토론을 벌이던 사람들이 갑자기 입을 다물었다.

커다란 문이 열리고 챠그무가 안으로 들어갔다.

황제는 두 단 높은 방에 놓인 자개 박힌 옥좌에 앉아 있었다. 집회실의 왼쪽과 오른쪽에는 의자가 죽 늘어서 있고, 성도사를 비롯해 대장군과 부장군들과 대신들로 이루어진 '평결단'이 앉아 있었다. 평결단은 모두 황제의 친족과 성독박사였기에 황제는 발을 치지 않고 얼굴을 드러내고 있었다.

평결단은 챠그무가 들어가자 일제히 깊이 고개를 숙였다.

집회실에 들어가서 제일 먼저 눈에 띈 것은 중앙의 바닥에 펼쳐져 있는 나요로 반도와 산갈 왕국의 지도였다.

그 지도 옆에 깔린 천을 밟고, 샤그무는 옥좌가 있는 방까지 걸어갔다. 그리고 그 방보다 한 단 낮은 황자의 단에 서더니 아버지에게 고개를 숙였다.

"평결 도중에 오는 실례를 범한 것을 용서해주시옵소서. 방금 산의 별궁에서 돌아왔습니다."

황제가 고개를 끄덕였다.

"자리에 앉아라."

샤그무는 자리에 앉자 집회실 안을 둘러봤다. 평결단들이 얼굴을 들어 이쪽을 보고 있었다.

평소 같으면 눈이 마주치면 살짝 미소를 지어주는 슈가가 오늘은 굳은 얼굴을 하고 있는 것이 신경이 쓰였다.

성도사 옆에 슈가가 있는 것은 물론이고, 가카이를 비롯해 처음 보는 나이 든 성독박사가 있는 것도 신경이 쓰였지만, 뒤늦게 온 입장이어서 물을 수도 없었다.

황제가 초조함이 약간 섞인 목소리로 말했다.

"서기, 산갈 왕의 친서를 다시 한 번 읽도록 해라."

산갈 왕이 황제에게 보낸 친서라고 하는 그 문서의 내용을 듣는 동안, 샤그무는 가슴이 옥죄는 것 같은 불안을 느끼기 시작했다. …그것은 엄청난 내용이었다.

산갈의 주력 해군이 타르슈 제국의 압도적인 군사력 앞에 고전을 면치 못하고 있다는 것. 타르슈군에 밀려 전선이 점차 북으로 향하고 있다는 것. 이미 라스제도 부근까지 타르슈군의 지배하에 들어가고 말았다는 것 등이 산갈 왕의 목소리가 들려오는 것 같은 화려한 문장으로 적혀 있었다.

산갈 왕은 신요고 황국에 지원군을 요청한 것이다.

남과 북을 가르는 방벽인 산갈 왕국을 구하는 것은 곧 신요고 황국을 구하는 일이라고 산갈 왕은 강조했다. 로타 왕국에도 같은 내용의 친서를 보냈지만, 신요고가 산갈에 더 가깝다. 한시라도 빨리, 지금 산갈의 주력 부대가 도읍을 지키는 방위선을 치고 있는 야르타시해의 카르슈제도로 선단(船團)을 보냈으면 한다는 내용이다….

서기가 자리에 앉자 집회실 안이 다시 고요해졌다.

황제가 조용한 목소리로 챠그무에게 물었다.

"선단을 보낼 것인지 말 것인지. …그대는 어떻게 생각하느냐?"

챠그무의 외조부에 해당하는 해군 대제독 토사는 마음속으로 혀를 찼다.

'이제까지의 대화 내용도 모르는 황태자에게 이런 질문을

하시다니….'

어떻게 대답할지 모두가 지켜보는 가운데 챠그무가 입을 열었다.

"우선 친서를 볼 수 있을까요?"

황제는 살짝 눈살을 찌푸렸지만, 서기에게 친서를 갖고 오라는 손짓을 했다.

서기가 들고 온 친서를 받자 챠그무는 꼼꼼히 친서를 다시 읽고, 그런 다음 얼굴을 들어 아버지를 봤다.

"산갈 왕가에서 보낸 친서는 이것 하나뿐이었는지요?"

황제가 고개를 끄덕였다.

"이것 하나뿐이었다. …왜 그런 질문을 하는 것이냐?"

챠그무는 산갈 왕의 이름만 있는 서명을 손으로 가리켰다.

"산갈 왕이 보낸 이 친서 외에 카리나 왕녀가 보낸 친서가 없다는 점이 조금 마음에 걸렸기 때문입니다."

집회실에 앉아 있는 사람들이 서로 얼굴을 쳐다봤다. 챠그무가 말을 이었다.

"산갈 왕가는 우리 나라와 달리 왕녀, 왕비들이 정사에 깊이 관여하는 나라입니다.

아바마마도 아시다시피 예전에 제가 산갈 왕가와 친교를 맺었을 때, 카리나 왕녀는 신요고 황국과 관련된 중요한 정보를 얻었을 때는 반드시 알려주겠다고 약속해주셨습니다. …그런데 이 정도로 중대한 용건인데도, 카리나 왕녀가 전언을 보내오지 않은 점이 마음에 걸린 것이지요."

황제가 쓴웃음을 지으며 젊은 아들을 일깨우는 어조로 말했다.

"그대가 산갈 왕가와 가깝다는 것은 잘 알고 있다. 하지만 이것은 국왕이 국왕한테 보내는 친서다. 왕의 여동생이 황제의 아들에게 보내는 편지가 들어 있지 않은 것은 당연한 일이다."

평결단 가운데서 실소가 퍼졌다.

분노가 가슴에서부터 목으로 치밀어, 챠그무는 이를 꽉 깨물었다. 분노로 부풀어 오른 목에서 온화한 목소리를 내기는 어려웠지만, 필사적으로 참으며 챠그무가 말했다.

"아뢰옵기 황송하지만, 제가 염려하고 있는 것은 그런 것이 아니옵니다.

모두 아시다시피, 카리나 왕녀는 이제까지 여러 통의 친서를 보내 전황을 전해주었습니다. 그런데 요즘 한동안 중단된 것을 불안해하고 있었던 것은 저만이 아닐 겁니다."

챠그무는 찬동을 기대하며 슈가를 흘끗 봤지만, 슈가는 고개 숙인 채로 있었다.

"…그렇기 때문에 저는 이 친서가 어딘가 이상하다는 생각을 한 것입니다."

황제가 조용한 목소리로 물었다.

"이것이 위조된 것이라는 뜻이냐?"

"아닙니다. 이것은 분명히 산갈 왕의 서명입니다. 위조되었을 리는 없습니다."

"그럼 무엇이냐?"

집회실에는 긴장감이 감돌았다.

챠그무는 그 중압감 속에서 필사적으로 대답을 찾았다. …이 친서에는 뭔가 기이한 느낌이 있다. 그것은 확실했지만, 그러나 딱 꼬집어서 말하기에는 너무나도 정보가 부족했다.

가령 산갈이 이미 타르슈 제국 편이 되어서 신요고 황국을 함정에 빠트리려는 것이 아닌가 하는 의혹을 발설할 만한 결정적인 증거가 하나도 없었다.

"위화감이 든다는 말씀을 드리고 싶었을 따름입니다."

결국 챠그무가 그렇게 나지막이 말하자, 황제는 시선을 아들한테서 평결단 쪽으로 옮겼다.

"…그럼 이제까지 나온 의견 이외에 뭔가 의견이 있는 자는 없느냐?"

해군 대제독 토사가 손을 번쩍 들었다.

"감히 아뢰옵니다. 대부분의 의견은 곧바로 지원군을 보내야 한다는 것이었습니다만…."

토사의 이야기를 들으면서 챠그무는 얼굴의 긴장감이 조금씩 풀려가는 것을 느꼈다. 토사가 챠그무를 위해 이제까지 어떤 이야기가 오갔는지를 알 수 있도록 말해주고 있는 것을 느껴서다.

"가장 염려되는 것은 카르슈제도로 군선을 보낸다는 부분입니다. '빛을 바라보는 도읍' 산갈 야시라의 곶 부근까지라면, 이것이 함정인 경우 손쓸 방법도 있습니다.

하지만 카르슈제도로 들어가버리면 되돌리기도 여의치 않습니다."

육군 대장군 라도우가 갑자기 강한 어조로 말했다.

"산갈군에게 진심으로 힘을 빌려주어 타르슈 제국군을 쳐부수고자 한다면 되돌아올 생각 같은 건 할 필요가 없을 텐데요.

'빛을 바라보는 도읍' 산갈 야시라의 곶 부근이라면 손쓸 방법이 있다고 토사 제독이 말씀하신 것은, 산갈 왕이 함정을 파놓았다면 산갈의 왕도를 공격하겠다는 뜻인가요?"

토사는 바로 대답하지는 않았다. 해풍을 맞아 햇볕에 그을기는 했지만, 기품 있는 갸름한 그 얼굴에서는 해군의 수장보다는 학자 같은 풍격이 느껴진다. 토사는 라도우처럼 거세게 밀어붙이는 식으로 말하지 않고 하나하나 생각하면서 말하는 남자였다.

"…상대에게 그렇게 느끼도록 할 수도 있다는 뜻입니다."

라도우가 고개를 저었다.

"그건 의미 없는 일입니다."

단정적으로 말하더니 라도우가 황제를 올려다봤다.

"감히 아뢰옵니다. 저는 지원군을 보내야 한다고 생각합니다. 그것도 함정일 것이 두려워 어정쩡하게 소수의 병력을 보내는 것이 아니라 대군을 보내야 한다고 생각합니다.

산갈이 함락되면 타르슈는 우리를 공격할 길을 확보하게 됩니다. 산갈을 지켜야만 우리는 우리 몸을 지킬 수 있습니다.

그렇다면 산갈에 '은혜를 갚기' 위해서 소수의 병력을 보내는 문제는 논의할 가치도 없습니다. 산갈군과 함께 타르슈군을 대파할 수 있을 정도의 대군을 보내야 비로소 의미가 있는 것이지요!"

많은 사람들이 고개를 끄덕였다.

토사가 입을 열었다.

"대군이라는 것은 황국 해군의 주력군을 보내라는 뜻인가요?"

라도우가 검고 굵은 눈썹을 미간에 모으며 토사를 노려봤다.

"그런 뜻입니다. 주력군이 아니라도 타르슈를 물리칠 자신이 있다면 이야기가 달라지겠지만."

토사가 고개를 살짝 저었다.

"이것이 함정이며, 산갈이 타르슈와 짠 거라면 어떻게 되겠습니까? 황국 해군의 주력군이 타격을 입게 되면 해안선은 지킬 수 없게 될 겁니다."

틈을 주지 않고 라도우가 대답했다.

"걱정하지 않아도 됩니다. 그때는 황국 육군이 항구를 봉쇄하고 기마가 다닐 수 있는 가도도 전부 봉쇄하지요."

토사가 눈살을 찌푸렸다.

"항구를 봉쇄한다고요? 쇄국을 한다는 말씀이신가요?"

"그렇습니다. 안심하시지요. 우리 황국 육군의 정예부대가 신성한 신요고 황국을 방패로 지켜, 불순한 타지인 따위는 한 발짝도 안으로 들여보내지 않을 겁니다."

"말씀대로 항구를 봉쇄하면 군대의 침입은 막을 수 있을지도 모르겠지요. 하지만 언제까지 봉쇄한다는 말씀인가요? 항로에 의한 교역이 멈추면 국력이 쇠퇴합니다."

토사가 입을 다물자 묵직한 침묵이 집회실을 뒤덮었다.

챠그무는 잠자코 두 사람이 주고받는 대화를 듣고 있었다.

이런 자리에서는 가능하면 눈에 띄지 않게 행동해달라는 슈가의 말 때문이었다.

하지만 마음속은 계속 부글부글 끓고 있었다.

'쇄국을 하다니 제정신인 거야? 그렇다면 라도우는 바보 천치야.'

할아버지 토사 같은 분이 왜 저런 바보 같은 이야기에 누구나 알 만한 논리로 대꾸하고 있는 걸까? 그럴 틈이 있으면 좀 더 중요한 것을 의제로 삼아야지.

틀림없이 토사도 잘 알고 있을 것이다. 산갈이 타르슈와 뒷거래를 하고서 신요고를 공격해 올 생각이라면 신요고를 지킬 수 있는 길은 하나밖에 없다는 것을.

평결단은 침묵하고 있었다. 아무도 입을 열려고 하지 않았다. 그 광경을 보고 있다가 챠그무는 그만 참을 수가 없어졌다.

챠그무가 얼굴을 번쩍 들어 아버지를 봤다.

"아바마마, 해군을 산갈로 보낸다면 나라를 지키는 방패를 늘려놓을 방법을 생각하는 편이 좋지 않겠습니까? 로타 왕국과 칸발 왕국에 사신을 보내 동맹을 맺어두어야 한다고 저는 생각합니다."

평결단이 깜짝 놀란 듯이 얼굴을 들었다.

얼굴을 분노로 일그러뜨리며 라도우가 일어섰다.

"황송하지만 황태자 전하는 우리 황국 육군이 나라를 지키는 방패가 될 수 없다고 말씀하시는 건가요?"

황제가 오른 손바닥을 올려 라도우를 말리는 동작을 했다. 라도우가 자리에 앉기를 기다렸다가 황제가 챠그무에게로 시선을 돌렸다.

"그대는 내가 타국의 힘을 빌리지 않으면 나라를 지킬 수 없다는 것이냐?"

집회실이 고요해졌다.

아버지의 눈에 떠오른 분노와 증오의 격렬함에 챠그무는 놀랐다. 아버지가 이 정도로 화를 내리라고는 생각지도 않았다.

챠그무는 목이 타는 것을 느끼면서, 그래도 똑바로 아버지를 쳐다보며 대답했다.

"힘을 빌리는 것이 아니옵니다. 친구로서 서로 돕는 것이지요.

신요고와 로타와 산갈이 서로를 지키는 친구가 되면, 타르슈가 공격해 오더라도 지지 않을 겁니다."

황제의 눈이 분노를 참느라 희미하게 빛났다. 황제가 낮은 목소리로 말했다.

"아들이여, 잘 기억해두도록 하여라. 천신이 지켜주시지 않는 나라가 우리 나라에 도움을 청해 온다면 나는 자비의 손을 내밀 것이다. 하지만 천신의 가호를 받는 우리 나라는 다른 사람의 도움을 청하는 그런 부끄러운 짓은 절대로 하지 않는 나라다.”

챠그무한테서 시선을 돌리더니, 황제가 평결단 쪽을 쳐다봤다.

“그대들의 의견은 잘 알았다. 나올 만한 의견은 거의 나온 것 같구나. 결정은 내의(內議)에서 하겠다. 모두 수고했다.”

모두가 의자에서 일어나 바닥에 정좌하더니 황제에게 깊숙이 절을 했다.

내의란 황제와 성도사 둘이서 하는 회의로, 여기에는 챠그무도 참여할 수 없다. 평결단은 흥분이 가시지 않은 얼굴로 작은 목소리로 서로 속삭이면서 일어섰다.

황제가 의사를 밝힌 것은 그로부터 이틀 후의 일이었다.

황제는 산갈로 전투용 범선 스무 척을 지원군으로 보내기로 결정했다. 이것은 라도우가 주장한 정도의 대군이 아니라 주력군의 3할 정도 되는 군력이었다.

다만 산갈 왕에게 진심으로 도울 의사가 있다는 것을 보여주기 위해 해군 대제독 토사가 함대를 직접 지휘하라고 황제는 명령했다.

이 황제의 명령을 받아 츄론항에 해군의 함선이 집결하기 시작했다. 항구는 무기나 식량 등의 장비를 선적하는 출항 준비로 바빠졌다.

이때 츄론항에 배를 정박하고 있던 다른 나라에서 온 상인들은 생각지도 않은 재난을 겪게 되었다.

해군의 집결이 정해진 날에 해군 병사들이 상인들을 숙소에서 쫓아내며 이유도 말하지 않고 다른 항구로 추방한 것이다. 그리고 항구와 가도를 잇는 대문에도 검문소가 설치되었다.

해안선으로 통하는 길에도 많은 검문소가 설치되어 여행자들의 왕래를 감시했다.

이것들은 전부 신요고 황국이 산갈로 보내는 함대의 규모가 다른 나라에 알려지지 않도록 취한 조치였다.

워낙 소문이란 믿을 수 없을 정도로 빠르게 사람들 사이에 전해지게 마련이어서, 츄론항이 봉쇄되었다는 소문을 일찌감치 들은 상인들 중에는 봉쇄가 시작되기 전에 배를 출항시켜 다른 나라로 이동하거나, 짐마차들을 예정보다 일찍 모아서 대문을 빠져나간 자들도 있었다.

그 상인들 무리에 섞여서 산갈인 몇 명이 대문을 빠져나갔다.

츄론항의 여인숙에 머물며 적당한 시기를 노리고 있던 사르나 왕녀의 밀사가 광선경을 향해 떠난 것이다.

3
터지다

동틀 무렵의 푸르스름한 어둠 속에서 챠그무는 꿈과 현실의 경계를 헤매고 있었다. 푸른 물속을 떠다니는 것처럼.

'이 느낌 아는데….'

어딘가로 돌아가고 싶다는 간절한 마음이 문득 솟구쳤다.

어디일까? 어디로 돌아가고 싶은 걸까? 푸른 물속 바닥으로 내려가면 돌아갈 수 있을까…?

침실 밖에서 자신을 부르는 소리에 챠그무는 눈을 번쩍 떴다.

자는 동안 울고 있었던 것 같다. 눈가에서 귀 쪽으로 흐른 한 줄기의 눈물을 손으로 대충 닦으면서 챠그무는 몸을 일으켰다.

"…무슨 일이냐?"

시중드는 소년 륀이 주저하듯이 대답하는 목소리가 들려왔다.

"이렇게 이른 시각에 황송하옵니다. 산갈 왕국의 사르나 왕녀님께서 보내신 사신이라는 자가 조금 전에 파발마로 도착해, 화급한 용건이 있다며 한시라도 빨리 읽어주시기를 바라고 있습니다. 주무시는 걸 방해할 거라고는 생각했습니다만…."

챠그무는 벌떡 일어서서 소년의 말을 가로막았다.

"당장 대기실로 맞아들이도록 하라. 내 옷을 얼른 갖고 와라!"

새 달이 시작되는 날, 황제는 동이 트자마자 일어나서 궁전 안쪽에서 솟는 샘에서 '새 달의 물'을 푸는 것이 관례였다.

그날도 옅은 아침 안개 속에서 황제는 순백색의 옷을 걸치고 샘으로 향했다. 바위 사이에서 솟아 나오는 샘은 투명할 정도로 맑았으며, 아침 안개를 머금은 초록빛 이끼에서는 강렬한 향이 풍겼다.

나무국자를 샘에 넣어 '새 달의 물'을 뜨자, 황제는 이 땅이 풍요로워지기를 빌면서 국자를 흔들어 포물선을 그려 물을 날려 보냈다. 물은 햇빛을 받아 반짝이며 흩어졌다.

겨울의 아침 햇살이 황제의 흰 얼굴을 비추었다. 황제는 눈을 감고 눈꺼풀을 붉게 물들이는 햇빛을 향해 신의 가호를 빌었다.

'천신이시여. 우리 조상이시여. 우리를 지키고 인도하소서. …이런 중요한 때에 잘못된 길을 선택하지 않도록 인도하소서.'

이렇게 하고 있으면 신의 힘이 몸에 충만해지는 것을 느낀다. 나라를 책임진다는 막중한 사명을 짊어지고 있는 이 몸의 등을 떠받쳐주는 힘이 가득 차오른다.

나는 신의 아들이며, 나라를 이끄는 힘은 신이 주신 것이다. 마음에 떠오르는 생각은 신이 주신 것. 잘못된 것일 리가 없다. …그런 자신감이 솟구친다. '새 달의 물'은 물통에 가득 담아 와, 그 물로 죽을 쑤어서 성도사와 먹는 것이 관례였다. 황제가 물을 다 뜨자, 수행하던 시종이 통을 들고서, 궁으로 돌아가는 황제를 뒤따랐다.

오늘 아침은 두 사람분이 아니라 다섯 사람분의 죽을 끓였다.

동쪽 정원에 면한 '조찬실'에서 처음으로 죽을 먹는 세 명의 성도사 후보들은 제각기 긴장한 얼굴로 식사 담당이 죽을 가져오기를 기다리고 있었다.

이윽고 조식이 도착하자 구수한 죽 냄새와, 죽과 함께 제공되는 차의 향긋한 향이 조찬실에 가득 찼다.

그들이 죽을 다 먹을 무렵, 갑자기 복도가 소란스러워졌다.

황제가 미간을 모으며 복도 쪽을 바라봤다.

"…무슨 일이냐?"

흰 바탕에 옅은 초록색으로 나무가 그려져 있는 장지문 너머로 시종이 대답했다.

"아뢰옵기 황송합니다. 챠그무 황태자 전하께서 화급한 용건이라며 알현하기를 원하고 계십니다."

황제의 미간의 주름이 깊어졌다. 한차례 한숨을 쉬더니 황제가 말했다.

"들라 해라."

장지문이 열리자 복도에 정좌하고 대기하고 있던 챠그무가 깊숙이 절을 했다. 그리고 일어서더니 잰걸음으로 황제의 정면까지 나아갔다.

이른 아침의 차가운 바람이 챠그무와 함께 들어왔다.

황제 앞에 정좌하더니 챠그무는 다시 한 번 이마를 바닥에 대고 절했다.

"'새 달의 죽' 의식을 방해하게 되어 진심으로 송구하옵니다. 시각을 다투는 사태가 발생해 알현을 청하였사옵니다. 무례를 용서해주시옵소서."

황제가 조용히 물었다.

"시각을 다투는 사태란 무엇이냐?"

"오늘 새벽 산갈 왕가의 사르나 왕녀가 저에게 보낸 사신이 찾아왔습니다."

챠그무가 품에서 문서 한 통을 꺼내 아버지에게 건넸다. 황제가 이미 봉인이 해제되어 있는 종이를 펼치자 이국의 꽃향기가 확 퍼졌다.

그 향기로부터 달아나려는 듯이 약간 얼굴을 뒤로 빼며 황제가 문서를 읽기 시작했다. 읽어가는 중에 황제의 표정이 험악해졌다.

다 읽더니 황제가 얼굴을 들어 성도사를 봤다.

"…이것을 읽어봐라. 그대들은 어떻게 생각하느냐?"

성도사가 앞으로 가서 문서를 받아 들었다. 그리고 봉인한 밀랍을 보더니 나지막이 말했다.

"날인이 안 되어 있군요."

그런 다음 문장을 읽기 시작했다. 그 문장은 요고 문자로 적혀 있었다. 다른 나라 사람이 썼다고는 생각할 수 없는 아름다운 글씨였다.

다 읽더니 성도사가 챠그무에게 말했다.

"황태자 전하, 괜찮으시다면 모두에게 이것을 돌리고 싶습니다만."

챠그무가 고개를 끄덕이자, 성도사가 세 명의 후보들에게 문서를 돌렸다. 거기에는 이런 문장이 적혀 있었다.

챠그무 황태자 전하께 아뢰옵니다.

예전에 우리 왕국을 위기에서 구해주신 점 진심으로 감사드립니다.

지금 또다시 우리 왕국은 엄청난 위기에 처해 있습니다.

귀국은 반드시 저희에게 구원의 손길을 뻗어주실 겁니다.

우리 나라에는 귀국의 도움이 필요합니다.

하지만 때로는 물에 빠져 드는 사람이, 도우려고 손을 뻗친 사람마저

깊은 물속으로 끌어들이는 경우가 있습니다.

예전에 두 마리의 병아리처럼 전하의 손안으로 뛰어든 저희를

전하께서는 그 날개로 품어서 지켜주셨습니다.

저는 그 일을 결코 잊지 않았습니다.

언니들도 형제들도 잊지 않았습니다.

단지 나라가 침몰하지 않도록 가장 좋은 항로를 택하고자 합

니다.
챠그무 황태자 전하.
배가 폭풍에 휘말려도 슬퍼하지 마시기 바랍니다.
용감한 선원들은 폭풍이 우리 위를 지나가 물결이 잔잔해지는 날이 오기까지,
산갈의 바다 사나이들이 지킬 겁니다.
저의 최선을 다한 감사 인사가 조금이라도 결실을 맺기를 빌고 있겠습니다.

한참 동안 아무도 입을 열지 않았다.

최근에 성도사 후보로 지명된 오즈루가 반백의 머리를 흔들며 중얼거렸다.

"…무슨 말을 하고자 하는 건지 도통 알 수가 없군."

황제가 떨떠름한 표정으로 성도사를 보며 말했다.

"그대는 어떻게 생각하는가?"

성도사가 챠그무에게로 시선을 돌렸다.

"우선은 황태자 전하의 의견을 듣고 싶습니다. 이것을 어떻게 해석하셨는지요?"

챠그무가 눈동자를 반짝이며 대답했다.

"우선 이 글은 틀림없이 사르나 왕녀가 쓴 것이라고 생각

합니다.

'예전에 두 마리의 병아리처럼 전하의 손안으로 뛰어든 저희를'이라는 부분, 이것은 저와 슈가만 이해할 수 있는 말입니다. 그렇지, 슈가?"

슈가가 고개를 끄덕였다.

챠그무 황태자가 사르나와 타르산을 구했던 일을 슈가가 모두에게 아주 간단히 설명했다. 모두의 얼굴에 납득하는 빛이 떠오른 것을 확인하고서 챠그무가 말했다.

"아바마마, 이 편지는 사르나 왕녀의 경고가 아닐까요?"

그리고 문장을 하나하나 가리키면서 점차 열을 올리며 빠른 어조로 말했다.

"물에 빠져 드는 사람이, 도우려고 손을 뻗친 사람마저 깊은 물속으로 끌어들이는 경우가 있다는 이 말은 산갈군이 이미 타르슈군의 지배하에 있으며, 자신들이 멸망하지 않기 위해 우리가 보낸 지원군을 함정에 빠트릴 거라는 뜻이라고 생각합니다."

황제는 어두운 표정으로 문서를 응시한 채 대꾸하지 않았다.

가카이가 고개를 갸웃하며 챠그무를 보고, 이어서 황제를 쳐다봤다.

"…말씀드려도 되는지요? 이상한 점이 있습니다만."

황제가 고개를 끄덕여 발언을 허용했다.

가카이가 입술을 적시고 고개를 숙인 채 이야기를 시작했다.

"산갈 왕국이 우리에게 함정을 파놓을 정도로 이미 타르슈 제국에 포위되었다면, 왜 왕녀가 이런 편지를 전하께 보냈을까요? 나라를 위태롭게 하는 일을 산갈 왕가의 왕녀가 할 리가 있을까요?

물론 전하께서 산갈 왕가를 구하셨다는 위업에 대해서는 잘 알고 있사옵니다. …하지만 실례를 무릅쓰고 말씀드리면, 만만치 않은 사람으로 유명한 산갈 왕가의 왕녀가 단지 은혜를 갚기 위해 국익에 저해되는 편지를 과연 보낼까요?"

가카이 옆에서 슈가가 몸을 약간 움직였다. 그리고 황제에게 눈을 돌려 발언 기회를 청했다.

황제가 고개를 끄덕이자 슈가가 조용히 말했다.

"그것이 지금 이 밀서가 도착한 이유라고 생각합니다."

알 수 없다는 듯이 미간을 모으며 황제가 물었다.

"그건 무슨 뜻이냐?"

"우리 해군이 출항한 후에 여기에 도착하도록 지시했다는 뜻이옵니다."

슈가는 그렇게 말하고 차분한 어조로 말을 이었다.

"저는 사르나 왕녀와 직접 대화를 나눈 적이 있사옵니다.

그분은 사사로운 정 때문에 왕국의 이익을 훼손시킬 수는 없는 분이라고 생각합니다.

산갈 왕가로서는 신요고 황국 해군을 함정에 빠트려야만 합니다. 그 함정을 무의미하게 만드는 밀서를 보낼 수는 없었겠지요.

그러나 한편으로 그분은 챠그무 황태자 전하를 진심으로 생명의 은인으로 여기고 있습니다. 아무것도 하지 않고 배신할 수는 없었던…."

슈가가 챠그무를 봤다.

"이것은 사르나 왕녀에게 가능한 유일한 사죄 방식일 거라고 저는 생각합니다."

챠그무가 고개를 깊이 끄덕였다. 문서에서 풍기는 꽃향기가 사르나의 크고 또렷한 갈색 눈동자를 떠오르게 했다. 똑바로 챠그무를 응시하며, 어쩔 수 없는 배신에 대해 용서를 구하는 목소리가 들리는 듯했다.

"…사죄라고요? 여기 어느 부분이 어떻게 사죄라는 거지요? 부끄럽지만 저는 전혀 이해가 가지 않습니다만."

굵은 눈썹을 모으며 오즈루가 말했다.

"고맙다는 인사를 하는 듯한데, 사죄라니. 그게 어디 적혀 있지요?"

샤그무가 몸을 앞으로 내밀며 열정적인 어조로 말했다.

"아바마마, 제가 급히 서둘러서 온 이유가 바로 그겁니다! 사르나 왕녀는 우리 선단이 함정에 빠져들기 전에 이 편지를 보내준 겁니다. 단순한 사죄라면 함정에 빠진 후라도 상관없겠지요. 우리가 선단에 경고를 보낼 수 있도록 해준 것입니다!"

슈가의 얼굴이 살짝 흐려졌다.

'그건… 아닌데.'

사르나 왕녀는 위정자라는 사람들의 성격을 잘 알고 있다. 위정자는 한 번 내린 결단을 뒤집기를 싫어하는 법이다.

이 나라의 황제의 경우는 특히 한 번 내린 결단은 뒤집을 수 없다. 황제의 말씀은 곧 천신의 말씀. 이전의 생각이 틀렸다고는 절대로 말할 수 없다.

황제에게 가능한 것은 이미 내린 결단의 결과를 속이는 것뿐이다. 그걸 알고 있었기에 사르나 왕녀는 이 편지를 보냈다. 샤그무 황태자가 생각하는 것과는 다른 의미에서의 속죄를 마지막 넉 줄에 담아서….

'하지만 그 속죄를 황제는 받아들이지 않을 것이다.'

오히려 황제에게는 마지막 넉 줄의 의미를 모르는 편이 나을지도 모른다.

슈가의 표정은 못 본 채, 챠그무는 몸을 앞으로 내밀며 아버지에게 말했다.

"아바마마, 부디 이 경고를 유용하게 써주시옵소서!"

황제는 잠시 아무 말도 하지 않고, 상기된 아들의 얼굴을 지그시 쳐다보고 있었다. 그런 다음 고개를 살짝 갸웃했다.

"그대는 도대체 무엇을 나에게 호소하고 있는 것이냐?"

챠그무가 깜짝 놀라 눈을 크게 떴다. 이 정도로 당연한 것을 반문당하리라고는 생각지도 않았기에 순간 말문이 막혔다.

"그러니까 이것이 함정인 것을 알았으니 서둘러 퇴각 명령을…."

황제가 지그시 챠그무를 바라보고 있었다. 그 눈에는 아무런 감정도 담겨 있지 않아, 챠그무는 가슴 언저리에 불쾌감이 꿈틀거리는 것을 느꼈다.

그것은 아버지가 챠그무의 미숙함을 조롱할 때 보이는 표정이었다.

황제가 천천히 일깨우는 듯한 어조로 말했다.

"그것이 함정일지도 모른다는 것은 이미 고려한 바다. 그렇기에 해군의 3할만 보낸 것이다. 함정인 것이 판명되면, 그것은 산갈이 선전포고를 한 셈이 된다.

산갈 왕국의 비열함을 백성에게 알려, 정의를 위한 전쟁의 시작을 알릴 수가 있다."

얼음이 목덜미에 닿은 느낌이 들었다. 챠그무는 입을 살짝 벌리고 아버지의 기품 있는 새하얀 얼굴을 바라봤다.

"토사에게는, 함정이라면 그것을 확인한 후에 가능하면 함선을 훼손시키지 않고 돌아오라고 일러두었다."

그 목소리가 멀리서 들려오는 듯했다.

해군 대제독이니까 그건 당연히 할아버지가 해야 할 일일 것이다.

하지만 그 말을 하는 순간, 아버지의 눈가에 희미하게 미소가 떠올랐다 사라진 것을 챠그무는 봤다.

'…아바마마는 할아버지를 제거할 수 있어서 기쁜 거야.'

주위의 풍경이 멀어지며 온몸이 차가워졌다.

갑자기 많은 것이 또렷이 보였다.

할아버지 토사는 챠그무의 가장 든든한 후원자다.

챠그무가 성인이 되어 평결에 참여하게 된 후로, 토사는 챠그무를 지지하는 자세를 확실하게 드러냈다. 침착하고 냉정한 무인이며, 예전에는 별로 정치에 관여하지 않은 것으로 알려져 있는 토사의 그런 변화가, 챠그무를 은밀히 지지하는 파벌을 형성하는 큰 힘이 되고 있다고 슈가가 말해준 적이 있다.

장인의 그런 움직임에 아버지는 초조해하고 못마땅해하는 것을 챠그무는 느꼈다.

그러나 옛날부터 황비를 여럿 배출한 명문 귀족인 하르스안 가문을 대표하는 어른이자 인망이 두터운 장인을 아무 이유도 없이 배제시키기는 어렵다.

이번 일은 아버지에게는 방해가 되는 장인을 제거할 절호의 기회인 것이다.

어느 정도의 함정이 파여 있는지는 모르지만, 토사라면 이끌고 간 함선을 전멸시키지는 않을 것이 틀림없다. 하지만 적의 함정에 빠져들어 한 척이라도 함선을 잃으면, 토사는 비록 살아서 돌아와도 대제독의 직위를 유지할 수는 없을 것이다.

아버지는 그것이 기쁜 것이다. 인망이 두텁고 해군의 주축인 대제독을 잃는 것을 아쉬워하지도 않고, 눈엣가시인 장인이 실각할 것을 기뻐하고 있다….

창백한 어머니의 얼굴이 눈에 떠올랐다.

이 사실을 알면 어머니가 얼마나 슬퍼할까? 아버지는 그 점을 잠시라도 생각했을까? 조금이라도 어머니의 슬픔을 헤아렸을까?

그런 생각이 잇달아 마음속에 떠오르고, 마지막으로 한 가지 생각이 얼얼한 통증과 함께 가슴에 퍼져갔다.

'이 정도로 아버지는 나를 싫어하시는 건가….'

가벼운 미소를 띤 입가. 살짝 눈살을 찌푸리며 눈에 아들을 일깨우는 표정이 떠오른 아버지의 얼굴을 보는 사이에 구역질이 올라왔다.

눈가로 슈가가 자신을 보고 있는 것은 느꼈다. 참으라고 비는 듯이 자신을 보고 있는 것을.

하지만… 참을 수가 없었다.

이제까지 계속 쌓아만 왔던 것이 둑을 터뜨린 것처럼 치밀어 올라와 챠그무는 이를 악물고 황제를 노려봤다. 참지 못하고 눈에 눈물이 고였다.

"확실하게 함정인 것을 알았는데도 아바마마는 할아버지를 위해 손가락 하나 까딱하지 않을 생각인가!"

순간 놀라서 일그러진 황제의 눈동자에 다음 순간 분노의 빛이 번뜩였다.

"무례하구나. 황제인 아버지를 향해 그게 무슨 말버릇이냐."

챠그무가 소리쳤다.

"황제라면, 내 아버지라면, 아내의 아버지의 실각을 기뻐하는 그런 비열한 일을 하지 마!"

조찬실의 공기가 얼어붙었다.

여기서 칼에 찔려 죽어도 상관없다고 샤그무는 생각했다.

아버지가 검을 빼어 든다면 자신도 검을 뺄 생각이었다.

눈물을 흘리며 분노로 떨면서 샤그무는 아버지를 노려봤다.

갑자기 주위를 진동시킬 듯한 커다란 목소리가 울렸다.

"그만두십시오!"

성도사가 일어서서 샤그무를 노려봤다.

불타는 듯한 눈으로 샤그무 역시 성도사를 노려봤다. 물러날 생각은 털끝만큼도 없었다.

"…좋다."

그때 황제가 불쑥 말했다. 창백하고 굳은 얼굴에 희미한 미소를 짓고 있었다.

"황태자는 황제에게 황제의 길을 가르칠 생각인 듯하구나. 그대라면 나보다 더 황제답게 행동할 수 있을 거라는 뜻이로구나."

그 목소리의 냉담함에 슈가는 몸을 떨었다.

'샤그무 전하, 이 무슨 바보 같은 짓을….'

절대로 해서는 안 될 말을 마침내 샤그무 황태자가 하고 말았다.

희미한 미소를 띤 채로 황제가 말했다.

"챠그무. 그대가 그 정도로 능력이 뛰어나다면 그대에게 맡기도록 하지. 그대의 할아버님을 구해 오도록 하여라."

모두가 숨을 멈췄다.

모두의 표정을 완전히 무시하고, 황제가 미소를 지으며 성도사를 봤다.

"황태자가 야르타시해를 건너다니. 역시 '물의 정령'을 지킨 성스러운 황태자로구나. 백성들이 성스러운 조상 토르갈 황제의 환생으로 부를 만하다."

성도사는 자연스럽게 발을 앞으로 내밀어 슈가의 모습이 황제에게 안 보이게 했다.

슈가가 일어서서 자신도 황태자와 함께 가겠다고 하려는 것을 성도사가 알아차리고서 그런 동작으로 슈가를 일깨워 준 것이다.

성도사의 널찍한 등을 본 순간, 슈가는 일어설 수가 없어졌다.

챠그무 전하를 구하고 싶다는 불타오르는 듯한 감정을 냉정한 판단이 차가운 천처럼 감쌌다.

지금 해서는 안 되는 것. …이제부터 해야 할 것이 마음속에 떠올랐다.

꼼짝도 하지 않고, 표정도 바꾸지 않고, 슈가는 가만히 고개를 숙이고 있었다.

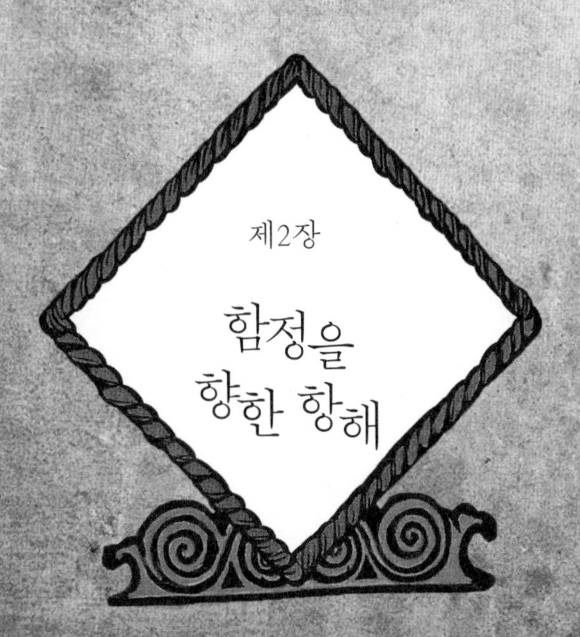

제2장

함정을 향한 항해

1
항해

갑판으로 나가자 무겁고 축축한 바닷바람에 머리카락이 휘날렸다.

불어온 바람을 받아 단번에 돛이 팽팽하게 부풀어 올랐다. 하얀 돛이 눈이 시릴 정도로 파란 하늘의 일부를 도려냈다.

챠그무는 눈을 가늘게 뜨고서 하늘을 올려다봤다. 푸르디 푸른 하늘이다. 어디까지고 끝이 보이지 않는 하늘….

"…푹 주무셨습니까?"

챠그무의 모습을 발견한 것이리라. 갑판으로 올라온 토사 대제독이 옆에 서서 물었다.

"잘 잤어."

챠그무는 눈을 가늘게 뜬 채로 할아버지의 얼굴을 올려다봤다. 지난 1년 새, 키가 부쩍 자란 챠그무가 여전히 조금 올려다봐야 할 정도로 할아버지는 장신이었다.

배 위에 있으면 그런 할아버지의 큰 키가 더욱 돋보인다. 백발을 바닷바람에 휘날리며 흔들리는 갑판에 꼿꼿이 서 있는, 할아버지의 그런 모습을 챠그무는 처음 봤다.

"궁에 있을 때보다 훨씬 깊이 잘 수가 있어. 파도 소리가 내 마음을 편하게 해."

토사가 미소 지었다.

"큰 바다로 나가서도 멀미도 거의 안 하셨다고 하더군요. …전하는 제 피를 물려받으셨습니다. 기쁜 일입니다."

물자 보급용 선단과 함께 속도가 빠른 소형 범선으로 챠그무가 함대를 뒤쫓아 왔을 때의 토사의 놀라움은 이루 말할 수 없을 정도였다. 챠그무가 전후 사정을 이야기하고, 기함(旗艦)에 동선해 토사를 도우라는 황제의 명을 받았다는 말을 전하자, 그는 창백해지며 의자에 폭 주저앉아 한동안 움직이지 않았다.

하지만 지금은 챠그무도 토사도 어두운 얼굴을 하고 있지 않다.

실이 끊어진 연이 순간 하늘로 붕 날아오르는 것 같은 묘한 해방감 때문인지도 모르고, 어떻게든 함대에 손상을 입히지 않고 함정을 빠져나가야 한다는 사명감 때문인지도 모른다.

설령 함대를 구할 수 있다 해도 챠그무에게도 토사에게도 미래는 없다. 살아서 고향으로 돌아가는 것은 불가능할 것이다.

챠그무의 호위는 예전에 같이 지낸 적이 있는 근위병 '황제의 방패' 진과 윤이 맡았다. 그들은 예전에 황제의 명령에 의해 챠그무의 암살을 시도했으며, 또한 목숨을 지키기 위해 애써준 적도 있는 무술의 달인들이었다.

그들이 '사냥꾼'이라는 별명을 가진 암살자인 것을 잘 알고 있는 챠그무에게 일부러 그들을 붙여줌으로써, 황제는 아들에게 결별의 의사를 드러낸 것이리라.

그들은 숙련된 암살자이며, 도망칠 곳이 없는 배 위에서는 챠그무가 그들의 손으로부터 무사히 도망칠 가능성은 만에 하나도 없었다. 예전에는 도와준 적이 있는 진과 윤이지만, 황제의 명령은 곧 신의 말씀이다. 옛정을 생각해서 봐줄 리도 없다.

챠그무와 토사는 살해당하기 전에 해야만 하는 일이 있었다. 아무 죄도 없는 수병들이랑, 챠그무의 시중을 위해 동선한 륀을 고향으로 돌려보내는 일이다.

챠그무는 더 이상 아무도 자신의 불운으로 끌어들이고 싶지 않았다.

진과 윤이 공격해 오는 것은 카르슈제도에서 산갈군과 대면했을 때일 것이다. 산갈군이 파놓은 함정에 빠져, 그 혼란 속에서 목숨을 잃은 것처럼 꾸밀 수 있으니까.

챠그무는 지금 몸속이 텅 빈 듯한 느낌을 만끽하고 있었다. 두려운데도 묘하게 기분이 밝고 몸이 가볍다.

배에 부서져서 거품이 이는 하얀 파도조차 무척 아름다워 보였다. 이따금 은빛 배를 뒤집으며 물고기가 튀어 오르는 모습도 무척이나 재미있었다.

'…슈가가 여기 있다면.'

문득 챠그무는 생각했다.

'저게 무슨 물고기인지 하나하나 가르쳐주었을까? 어느 정도의 가격으로 거래되고, 어부들에게는 어느 정도의 세금이 부과되는지를….'

눈에 눈물이 괴더니 참을 새도 없이 뺨을 타고 흘러내려 바람에 날아간다. 할아버지에게 눈물을 보이지 않으려고 챠그무는 얼굴을 돌렸다.

슈가가 가르쳐준 모든 것이 더 이상 아무런 의미도 없는 것이 되어버렸다.

그렇게 생각한 순간, 자신이 너무나도 어리석었다는 것을, 분노의 쾌감에 몸을 내맡겨 얼마나 바보 같은 짓을 하고 말았는지를 깨닫고 챠그무는 입술을 깨물었다.

아버지가 한 일은 비열하고 추한 것이다. 그러니까 자신은 잘못이 없다고 생각하고 싶었다. …하지만 그런 식으로 해서 자신의 경솔함을 외면할 수는 없었다.

아마도 슈가는 마음속으로 생각했을 것이다. 챠그무 전하, 이 무슨 바보 같은 짓을….

언젠가 하지 않을까 계속 마음속으로 생각하고 있던 것을 마침내 하고야 말았다.

후회하고 반성하며 고칠 수 있는 일도 있다. 하지만 후회하더라도 절대로 고칠 수 없는 일도 있다.

챠그무는 크게 숨을 들이마셨다.

'…되돌릴 수 없는 일을 한탄해본들 무슨 소용이 있겠는가.'

그렇게 생각해도 가슴의 텅 빈 느낌은 가시지 않았다.

"전하는 수영을 잘하시는지요?"

토사가 문득 생각난 듯이 물었다.

챠그무가 피식 웃었다.

"물에 떠서 물장구칠 정도지. 어릴 적에 산의 별궁 호수에서 기초를 배운 적이 있으니까."

토사가 신음을 했다.

"호수에서 헤엄치는 것과 바다에서 헤엄치는 것은 전혀 다릅니다. 바다에 빠졌을 때는 헤엄치려고 발버둥 치느라 체력을 소진시키기보다는 그냥 물에 떠 있는 편이 낫지요.

카르슈섬 주변은 크고 작은 여러 섬들이 흩어져 있고 암초도 있어서 해류의 흐름이 복잡합니다. 항해하기 힘든 해역이지만, 그만큼 섬이나 암초로 떠내려갈 가능성도 높지요."

챠그무는 진지한 얼굴로 할아버지의 말을 듣고 있었다. 이 배 위에서 사고로 위장해 암살한다면 바다에 빠트리는 것이 제일 간단한 방법이다.

바다에 홀로 남게 되었을 때 살아남기 위한 방법을 생각나는 대로 상세히 이야기해주는 할아버지의 목소리를 들으면서, 챠그무는 문득 산갈에서 사르나 왕녀한테서 들은 이야기를 떠올렸다.

할아버지의 말이 끊어졌을 때 챠그무가 나지막이 말했다.

"…전에 혼자서 라스섬에서 '빛을 바라보는 도읍' 산갈 야시라까지 배를 타고 온 소녀 이야기를 들었어."

토사가 미간을 모았다.

"그건 지어낸 이야기가 아닐까요? 소녀 혼자서 항해할 수 있는 거리가 아닙니다."

차그무가 고개를 저었다.

"실제로 있었던 이야기야. 그 아이는 랏샤로라는 민족이라고 해."

"랏샤로. …아, 그렇군요."

토사가 미소 지었다.

"배에서 태어나 배에서 죽는 그 사람들이라면 그런 일도 가능하겠군요."

"만난 적 있어?"

"몇 번인가 본 적이 있습니다. 나요로 반도 남단의 어촌에도 이따금 나타납니다. 그들에게는 국경은 무의미하니까요. 이 바다를 떠다니며 어디로든 가는 사람들이지요."

차그무는 바다로 눈길을 돌렸다. 끝이 보이지 않는 짙은 청색의 드넓은 바다.

그들에게는 국경 같은 건 무의미하다고 했던 할아버지의 말이 언제까지고 차그무의 귀에 남아 있었다.

이윽고 선단은 산갈 해역으로 들어섰다.

내리쬐는 강렬한 햇볕 아래에서 파도 너머로 나타나는 섬들을 차그무는 질리지도 않고 바라보고 있었다. 섬 주위의 바다는 얕기 때문인지 아름답고 투명한 초록빛이어서, 하얀 모래사장과 짙은 초록빛 숲을 가진 섬을 돋보이게 했다.

날로 더워져서 챠그무는 다른 선원들처럼 윗옷을 벗고 얇은 마로 된 옷과 짧은 하의만 입고 있었다.

사실은 짧은 하의만 입고 싶었지만 할아버지에게 꾸중을 들었다. 황태자로서 보기 흉한 모습이고, 너무 햇볕에 타면 몸에 좋지 않다며. 그래서 챠그무는 하는 수 없이 옷을 입고 있었지만, 타는 건 그렇다 치더라도 황태자로서 보기 흉한 것은 배 위에서는 별로 의미가 없다고 생각했다. 황족의 눈을 보면 눈이 먼다고 믿고 있는 수병들은 챠그무가 있는 갑판에는 거의 나타나지 않았기 때문이다.

용건이 있어서 이쪽으로 오는 경우에도 눈을 내리깔고 절대로 챠그무를 보지 않는다. 시중드는 소년 륀은 흔들리는 바다를 보고 있으면 멀미가 심해진다며 선실에서 자고 있다.

'내가 발가벗고 있어도 아무도 모르지 않을까?'

그렇게 생각하니 우스워져 챠그무는 혼자서 피식 웃었다.

수병들은 챠그무를 보지 않았지만, 챠그무는 그들이 일하는 모습을 지그시 바라봤다. 맡은 일을 척척 해내는 그 모습을 보고 있으니 부러워졌다. 저렇게 살 수 있다면 얼마나 행복할까….

할아버지는 챠그무의 마음을 간파했는지, 신참 병사에게 가르치듯이 낮에는 태양과 섬의 위치부터 시작해 밤에는 별로 배의 위치를 아는 법을 가르쳐주었다.

그런 배에서의 일상을 챠그무는 긴 편지에 기록했다. 제대로 작별 인사도 못 하고 헤어진 어머니에게 보내는 편지였다.

자신의 생명이 끝나는 것은 두려웠지만, 마음속에는 묘한 안도감도 있었다.

왜 이런 신분으로 태어났는지 원망스러울 따름이었다. 두 번 다시 황실에서의 삶으로 돌아가지 않아도 된다고 생각하니 무거운 쇠사슬에서 풀려난 느낌이 들었다,

죽는 것에 안도감을 느끼는 것은 부끄러운 일일 것이다.

하지만 한 해 한 해 세월이 흐르면서 자신의 몸에 엉겨 붙는 것들이 점점 늘고, 붙들고 늘어지는 사람들이 늘어… 점점 더 가슴이 답답해졌었다.

성장함에 따라서 신요고라는 나라가 갖고 있는 결점과 잘못된 점이 눈에 띄었지만, 그것을 바꿔야 한다고 지적할 때마다 아버지나 나이 든 대신들은 혐오의 표정을 보이며 챠그무의 행동을 막았다.

챠그무에게 희망을 품어준 사람들 또한 여차하면 아버지나 대신들의 노여움을 사서 불리한 입장에 처하게 되었다.

나라에 도움을 주고자 움직일 때마다 반대에 부딪혀 옴짝달싹도 할 수가 없었다. 발버둥 칠수록 조여 오는 밧줄처럼.

'언젠가 전하의 시대가 옵니다. 그때까지 조바심 내시지 말고 희망을 품고 때를 기다리셔야 합니다.'

하고 슈가가 종종 충고해주었지만, 부당함을 못 참는 강한 기질의 챠그무에게는 묵묵히 참으며 기다리는 것이 고통스러워 견딜 수가 없었다.

눈에 보이는 것, 귀에 들리는 것, 모든 것이 분노의 원인이 되어 챠그무의 마음을 괴롭혔다. 좁은 상자 안에 갇혀서, 있지도 않은 출구를 찾아 날뛰며 상자에 자신의 몸을 힘껏 부딪치는 장수풍뎅이처럼, 챠그무는 자신의 조바심의 포로가 되었던 것이다.

어머니나 할아버지, 슈가처럼 진심으로 자신을 아껴주는 사람들이 슬퍼하지 않도록 하는 마음만이, 이따금 모든 걸 내팽개치고 난폭해지려고 하는 챠그무를 억눌러왔다.

그런데 마침내 터지고 말았다….

'…결국 모두를 슬퍼하게 만들고 말았어.'

슈가에게 이제까지 가르쳐준 것에 대해 고맙다는 편지조차 남길 수 없다. 챠그무가 보낸 편지는 슈가의 입장을 난처하게 만들 뿐이니까. 하지만 어머니에게는 전해두고 싶었다.

조금이라도 슬픔을 덜어줄 수 있는 말을….

그날 밤 선실 문을 조심스럽게 두드리는 소리에 챠그무는 눈을 떴다.

"전하…."

할아버지의 목소리였다. 챠그무는 눈을 비비면서 몸을 일으켰다. 문 옆 의자에 앉아서 졸고 있던 륀이 당황하며 일어서서 어떻게 할 것인지 묻는 표정으로 챠그무를 봤다.

챠그무가 고개를 끄덕이자 륀이 문을 열어 토사를 안으로 안내했다.

"벌써 주무시고 계셨나요? 실례를 했군요."

침대에서 내려오려고 하는 챠그무를 보고 토사가 송구스러워하며 말했다. 챠그무가 고개를 저었다.

"하루 종일 햇볕을 쬐며 바닷바람을 맞다 보니 일찍 졸려. 신경 쓰지 않아도 돼. 용건이 있으면 깨워도 상관없어."

"화급한 일은 아닙니다만, 지금 바다에 진귀한 광경이 펼쳐져 있어서 보여드리고 싶었습니다. 보시겠습니까?"

챠그무가 눈을 반짝였다.

"물론이지."

륀에게 몸단장을 맡기면서 챠그무가 륀을 돌아봤다.

"진귀한 풍경이라고 한다. 너도 보러 가지 않겠느냐?"

륀의 얼굴이 흐려졌다.

"아니, 저는…."

이 소년은 파도치는 바다를 보면 속이 울렁거린다.

"그렇구나. 그럼 나는 신경 쓰지 말고 자도록 해라."

륀은 솔직하게 기뻐하는 표정을 지었다.

"감사하옵니다. 그렇게 하도록 하겠사옵니다."

챠그무는 륀을 남겨두고 토사를 따라서 갑판으로 올라갔다.

갑판에 나간 순간, 별이 빼곡 들어찬 하늘이 보였다.

이제까지도 몇 번인가 해가 저문 후에 갑판에 나온 적은 있지만, 이 정도로 맑은 밤은 처음이었다. 거의 보름달에 가까운 달이 눈부실 정도로 하얗게 주위를 비춰, 갑판은 온통 서리가 내린 것처럼 보였다.

많은 수병들이 뱃전에 몸을 내밀듯이 하고서 뭔가를 바라보고 있었다. 흥분된 술렁임이 바닷바람을 타고 전해져 왔다.

"이쪽으로 오시지요."

토사가 챠그무를 수병들이 없는 상갑판으로 안내했다.

미소를 지으며 토사가 바다를 손으로 가리켰다. 바다를 내려다보고 챠그무는 숨을 멈췄다.

배를 둘러싼 바다가 초록빛을 띤 푸른색으로 빛났다. 바닷속에서 푸르스름한 불이 타오르고 있는 것 같은 신비한 빛이었다.

청록색의 빛은 배 옆을 굽이치며 핥았고, 작은 파도가 부서질 때마다 한층 더 밝게 빛났다. 배가 지나간 자리도 빛의 띠처럼 길게 뻗어 있는 듯했다.

자세히 보니 어두운 바다 여기저기에 자그마한 불덩어리가 푸르스름한 빛의 꼬리를 끌고 있는 것이 보였다. 마치 바닷속을 여러 개의 별똥별이 흘러가는 것 같았다.

아름답지만 어딘지 무서운 느낌이 드는 광경이었다.

"도대체 이 빛은…."

챠그무가 중얼거리자 토사가 속삭였다.

"야광모래벌레입니다. 이 정도로 많이 모이는 건 드문 일이지요."

"야광모래벌레?"

"움직이는 것에 닿으면 청록색으로 발광하는 아주 작은 모래알 같은 벌레지요. 랏샤로는 이 벌레를 잡아서 밤낚시를 한다고 합니다."

이 빛을 모래알 같은 벌레가 낸다니 믿을 수 없었다.

"저 불덩어리 같은 것은?"

"아마도 커다란 물고기가 헤엄치고 있는 것일 겁니다. 그

물고기에 달라붙은 야광모래벌레가 빛을 발해서 불덩어리처럼 보이는 것이지요. 요고 어부들은 저것을 우로라 스라, 즉 '바다의 별똥별'로 부르며, 저것이 보이면 손뼉을 치지요. 행운을 기원하는 주술로서…."

그때 뭔가 미지근한 것이 얼굴에 닿은 느낌이 들었다. 그 순간 물속에 들어갔을 때처럼 귀가 먹먹해지며 할아버지의 목소리가 멀어졌다.

미간 주위에 빛이 보이고, 뭔가가 부르는 목소리가 들려왔다.

목소리…가 아니다. 어릴 적부터 알고 있는 바로 그 서글픈 듯한 감각이다. 어디론가 돌아가고 싶어지는 바로 그 감각….

콧속에 익숙한 냄새가 풍겨 왔다. 비가 그친 후의 대기와도 같은 강렬한 물 냄새.

'나유그의 물 냄새다….'

그렇게 생각한 순간, 자신의 몸이 둘로 나뉘는 듯한 감각과 함께, 챠그무는 덮쳐 오는 남빛 물속으로 빨려 들어갔다.

배도 사람도 순식간에 남빛 물에 휩싸였으며, 수많은 방울이 흔들리는 것 같은 청아한 소리가 귀 옆에서 들렸다.

남빛 물은 마치 햇볕에 덥혀진 물처럼 미지근했으며, 물속에 하얀 눈 같은 것이 무수히 떠다녔다.

시선을 위로 향한 순간, 눈에 들어온 광경에 챠그무는 얼어붙었다.

머리 위 저 멀리에 돛대 끝을 스쳐 가며 은은히 빛나는 빛의 강이 보였기 때문이다. 하늘에 흐르는 별의 강처럼, 깜박이는 빛의 강이 몇 줄기나 아주 천천히 남쪽에서 북쪽을 향해 흐르고 있었다.

뚫어지게 바라보는 사이에 어떤 사실을 깨닫고 챠그무는 눈이 휘둥그레졌다.

'저건 강이 아니야. 무리를 이루고 있는 거야….'

여러 가지 형태를 한 것들이 반짝이며 무리를 이루고 천천히 북쪽으로 이동했다.

그런 흐름이 몇 줄기나 광대한 나유그의 바다 표면 언저리를, 남쪽에서 북쪽을 향해 움직이고 있는 것이다.

바로 귓가에서 방울이 울리는 듯한 소리가 나서 얼굴을 홱 돌리니 익숙한 모습이 눈에 들어왔다. 수초 같은 머리를 출렁이며 물고기처럼 생긴 눈과 입을 천천히 깜박거리거나 뻐끔거리면서 이쪽을 보고 있었다.

'물의 민족 요나로가이….'

루루루… 물을 거쳐서 목소리가 들려왔다.

'봄이다….'

그러고 보니 수많은 요나로가이가 꿈틀거리며 다가와 있

었다.

'봄이다….'

샘솟는 듯한 기쁨이 무수한 거품이 되어 챠그무를 감쌌다….

"전하…!"

할아버지의 목소리가 귓전에서 들려, 챠그무는 깜짝 놀라 얼굴을 들었다. 둘로 나뉜 것 같았던 몸이 하나로 돌아오고, 마치 거품이 부서지듯이 한순간에 나유그의 광경이 사라졌다.

어깨로 가쁜 숨을 내쉬며 챠그무가 할아버지를 올려다봤다. 갑자기 땀이 쏟아져 나오고, 그 땀을 싸늘한 밤바람이 어루만지고 갔다.

"어찌 된 일입니까?"

토사가 굳은 얼굴로 챠그무를 바라봤다.

"마치 조각상으로 변해버린 것 같았습니다."

마침내 호흡이 정상으로 돌아와 말을 할 수 있게 되자, 챠그무가 작은 소리로 말했다.

"놀라게 해서 미안해. 이제 괜찮아."

어느 틈엔가 야광모래벌레의 빛이 약해진 걸 보고 챠그무는 자신이 느낀 것보다 훨씬 오랫동안 나유그에 있었다는 것을 알았다.

봄이다…라고 알려준 요나로가이의 목소리가 아직 귓속에서 울렸다.

'나유그에 봄이 온 건가?'

요즘 들어 고향에 떠돌던 이변에 관한 소문을 떠올리고, 챠그무는 미소를 지었다.

'슈가랑 탄다에게 지금 있었던 이야기를 해줄 수 있다면….'

나유그를 보면 항상 느끼는 통증을 가라앉히려고 챠그무는 손바닥으로 가슴을 꽉 눌렀다. 나유그는 정겨운 추억과 이어져 있다. 딱 한 번 황자의 우리에서 풀려났던 행복한, 바로 그 어릴 적의 추억과.

이제까지 몇 번이나 나유그로 가버리고 싶은 마음을 억눌러왔을까?

챠그무는 별이 총총한 하늘을 올려다봤다.

'최후의 그날이 오면….'

더 이상 참지 않아도 된다. 이 육신을 벗어던지고 영혼이 되어서 저 남빛 물속으로 들어가자.

2
군도의 그물망

카르슈제도의 섬이 보이자, 배에 탄 사람들은 할 말을 잃었다.

기이한 형태를 한 많은 섬들이 하늘과 바다를 잇는 기둥처럼 우뚝 솟아 있었다.

그 군도(群島)의 풍경은 챠그무에게는 그 자체로 불길한 함정으로 보였다.

"저 정도로 섬들의 간격이 좁아서는 선단이 함께 빠져나가기는 어렵지 않을까?"

할아버지 토사를 올려다보자 토사가 고개를 끄덕였다.

"얕은 여울도 많고 해류의 방향도 조류와의 관계도 복잡합니다. 섬 뒤에 배를 숨겨두면 기습해 오기도 쉽겠지요. 산갈인들에게는 저기는 자신의 안마당과 같은 곳. 배를 어떻게 움직이면 어떻게 될지 잘 알고 있는 셈이니까요."

쓴웃음을 지으며 토사가 챠그무를 봤다.

"이 군도를 본 적이 있기에, 우리는 처음부터 카르슈제도로 지원군을 보내달라는 것이 함정일 거라는 의심을 했지요. 황제께 그렇게 말씀드렸지만, 함정이냐 아니냐는 별 의미가 없다고 말씀하셨습니다. …그때 깨달았습니다. 이것은 나라와 나라 사이의 의례적인 거래. 산갈 왕은 오히려 우리를 여기로 부름으로써 우리에게 속내를 보여준 건지도 모릅니다. 진심으로 함정에 빠트릴 생각이었다면 좀 더 의심받지 않을 장소를 택했을 테니까요."

시선을 섬 쪽으로 옮기며 토사가 나지막이 말했다.

"이 야르타시해에서 태어나 자란 최강의 바다 사나이들이 고향 바다에서의 싸움조차 이길 수 없다는 사실을 깨닫게 한 타르슈 제국은 그 정도로 엄청난 힘을 가진 나라인 것이지요."

챠그무가 굳은 얼굴로 할아버지를 올려다봤다.

"…산갈이 함락되었다면 우리 나라는…."

토사가 심각한 표정을 지은 채로 잠자코 있다가 이윽고 입을 열었다.

"한동안 지킬 수는 있겠지요. 해군이 항구를 지키고 라도우 대장 말대로 나라를 완전히 봉쇄해버리면 한동안은. …하지만 언젠가는."

등을 벽에 대고서 손발을 꽉 움츠리고 뭇매를 맞는 것과 같은 셈이다.

챠그무는 절망이 가슴을 뒤덮는 것을 느꼈다.

궁정에서 중신들에게 둘러싸여서 논의할 때는 못 느낀, 가루가 되어 몸이 무너져 내리는 것 같은 절망감이었다.

그런 챠그무의 표정을 보고 토사가 온화한 어조로 말했다.

"전하, 이제까지 타르슈의 공격에 대비해 생각해온 우리 해군의 방어책에 대해 좀 더 상세한 내용을 듣고 싶으십니까?"

챠그무가 눈을 크게 뜨며 고개를 끄덕였다.

"알고 싶어. 꼭 소상히 가르쳐줬으면 좋겠어!"

토사가 미소를 지었다.

"그러면 선실에서 해도를 보여드리면서 설명하지요."

하얀 햇살이 비치는 갑판에서 선실로 내려오자 순간 아무것도 보이지 않았다.

토사는 익숙한 동작으로 해도를 넓은 책상에 펼쳤다. 육지의 지도와는 달리 섬의 윤곽이나 이름 외에 색이 다른 곡선들이 여기저기 그어져 있는 복잡한 지도였다.

"이것은 오자무 해도입니다. 원래는 산갈인이 만든 해도입니다만, 오랜 세월을 거쳐서 우리도 조금씩 내용을 추가해 이런 형태가 된 것이지요.

여기가 신요고 황국이 있는 나요로 반도. 아시다시피 산갈 왕국의 '빛을 바라보는 도읍' 산갈 야시라는 나요로 반도와 서쪽으로 접해 있는 산갈 반도 끝에 있습니다."

해도에서 손가락을 옮겨가며 토사가 챠그무를 봤다.

"전하, 여기를 봐주십시오. 이 산갈 반도의 툭 튀어나온 곳에 있는 산갈 야시라는 가장 가까운 항구가 있는 카르슈제도까지는 순풍이 불어도 닷새가 걸리는 거리지요. …의외로 멀다고 생각하지 않으십니까?"

"그렇군. 나요로 반도 옆을 봐도…. 아, 이 부근에는 섬이 없구나."

토사가 미소를 지었다.

"그렇습니다. 카르슈제도에서 나요로 반도 사이에는 배가 들를 수 있는 섬이 없습니다. 그래서 우리가 최소한의 인원으로 많은 물과 식량을 실은 보급선단을 이끌고 가는 것이지요. 이 해역을 타라 우챠무(섬이 없는 바다)라고 부르지요. 성조(聖祖) 토르갈 황제의 함대가 겪은 최후의 시련에 관한 전설의 배경이 바로 지금 우리가 있는 이 부근입니다."

최후의 시련이란 성조 토르갈 황제가 남쪽 대륙에서 시작한 여정과, 북쪽 대륙에 새 나라를 건설하러 간 위업을 기록한 성조전(聖祖傳)에 나오는 전설이다.

할아버지의 말에 고개를 끄덕이고, 챠그무는 성조전의 한 구절을 읊조렸다.

"…가도 가도 육지는 보이지 않고 물이 떨어져 비를 기다리다. 천신이 돛에 숨결을 불어넣어 천손(天孫)을 구하다…라는 부분이구나."

"그렇습니다. 성조전의 바로 그 부분에 나요로 반도 근해의 방어책에 관한 매우 중요한 지침이 적혀 있지요."

챠그무는 무의식중에 할아버지를 쳐다봤다.

"어떤 지침?"

"전하, 바람 이야기를 기억하십니까? 나요로 반도와 산갈 반도 근해의 계절과 바람에 관한 이야기입니다만."

챠그무는 할아버지가 노래 같은 곡조를 붙여서 가르쳐준 것을 떠올리며 말했다.

"…여름에는 바다에서 바람이 불어오고, 겨울에는 육지에서 바람이 불어온다. 더운 바다에서 생겨난 시쿠마(여름바람)는 랏카루(회오리바람)가 되어 가을에는 산갈 반도와 나요로 반도를 휩쓴다."

"그렇습니다. 성조 토르갈 황제의 함대는 봄부터 여름에 걸친 시기에 타라 우차무를 건넜을 겁니다. 그 시기에는 이 부근에서 시작해 산갈 반도나 나요로 반도를 향해 시쿠마가 불기 때문에 무사히 나요로 반도에 도착할 수 있었던 것이지요.

만약 성조가 건너가신 시기가 가을이나 겨울이었다면, 함대가 나요로 반도에 도달하기는 매우 어려웠을 겁니다. 늦여름에는 야르타시해에는 랏카루가 자주 발생해, 시쿠마를 타고 북쪽 대륙으로 올라오니까요.

우리 같은 뱃사람들은 이 시기를 매우 두려워합니다. 산갈의 뱃사람들도 난파를 피하기 위해 이 시기에는 별로 출항을 하지 않아 교역의 소강기라 불리지요."

챠그무는 끊임없이 고개를 끄덕이며 할아버지의 말을 듣고 있었다. 할아버지는 설명을 이어갔다.

"그리고 겨울에는 투쿠마(겨울바람)가 육지에서 불어옵니다. 나요로 반도로 향하는 배로서는 맞바람이 되므로 좌우로 방향을 바꿔가며 항해해야만 하지요. 섬이 많은 해역이라면 건널 수 있지만, 이 시기에 타라 우챠무를 건너기란 지극히 어려운 일입니다. 이…."

토사는 나요로 반도로 향하는 노란 곡선을 손가락으로 가리켰다.

"츄나무 해류를 발견할 수 있으면 해류가 반도 옆까지 데려다주지만, 섬의 형태로 배 위치를 아는 방법을 활용할 수 없는 타라 우차무에서는 별의 위치를 정확히 확인하며 바닷속에서 바늘을 찾는 것 같은 어려운 작업을 해야만 합니다. 신요고의 해군 중에서도 숙달된 사람만이 츄나무 해류를 찾아낼 수가 있지요."

바다에 대해 이야기하는 토사의 어조는 활기가 넘쳐, 듣고 있는 것만으로도 즐거웠다. 챠그무가 눈을 반짝이며 할아버지를 봤다.

"결국 바다에서 산갈 반도나 나요로 반도를 공격하려면 봄에서 여름 사이가 가장 적합한 계절이고, 늦여름부터 겨울까지는 공격하기 어려운 계절이라는 뜻인가?"

토사가 미소 지으며 고개를 끄덕였다.

"그렇습니다. 우리는 돛에 마지막 투쿠마를 받으며 타라 우챠무의 중간 지점까지 왔지만, 그 이후에는 바람을 기다리거나 좌우로 방향을 바꿔가며 여기까지 왔습니다. 지금은 초여름. 앞으로 석 달 정도는 바다에서 공격하기에 적합한 계절이지만, 그 이후에는 북쪽 대륙 근해가 거칠어져, 보급선단을 동반한 대규모 함대라도 많은 배를 잃을 각오를 하지 않고는 바다 쪽에서 나요로 반도로 공격해 올라갈 수 없는 계절이 됩니다."

"그렇다면 앞으로 석 달이…."

챠그무의 중얼거림을 덧칠하듯이 토사가 말했다.

"아니, 산갈이 패전했다 해도 그건 아주 최근 일일 겁니다. 함대를 이 근처 해역에 배치할 시간을 생각하면, 올 여름부터 가을 사이에 공격해 올 가능성은 없을 겁니다."

챠그무는 자기도 모르게 할아버지를 쳐다봤다.

"그럼 내년 여름?"

토사가 천천히 고개를 저었다.

"산갈과의 전쟁을 마친 지 얼마 안 된 타르슈군이 북쪽 대륙을 공격할 생각을 하기에는 아무래도 너무 이를 겁니다. 산갈의 주요 섬들에 군을 배치해 먼저 발판을 다져야 하니까요."

"하지만 언젠가는 공격해 오겠지."

토사의 눈에 씁쓸한 미소가 떠올랐다.

"우리를 이렇게 함정에 빠트리는 것은 산갈 왕의 복종 의사를 확인하고, 동시에 산갈의 변심을 막기 위해서라고 하더라도, 북쪽 대륙을 향한 야심이 있는 것은 확실하지요. 우리는 전쟁 가능성이 있다는 것을 항상 각오하고 있어야만 합니다."

아직 준비할 시간은 있다고 해도 워낙 병력이 적은 신요고 황국에서 과연 어느 정도의 군비가 가능할 것인가? 챠그무는 불안감으로 가슴이 답답해 입을 다물어버렸다.

토사가 기분을 바꾸려는 듯이 밝은 어조로 말했다.

"부디 그런 얼굴을 하지 마시기 바랍니다. 북쪽과 남쪽을 가르는 바다는 넓습니다. 비록 타르슈가 강국이라도 육지로 공격하듯이 바다로 공격할 수는 없습니다.

자, 이제 모든 배의 함장들을 모이게 하지요. 호락호락 함정에 빠져줄 필요는 없으니까요."

토사는 모든 배의 함장들을 기함에 모으더니 척척 지령을 내렸다.

실제로 카르슈제도로 들어가는 것은 토사가 탄 기함 한 척만이다. 나머지 배들은 군도의 앞바다에서 대기한다. 하루가 지나도 기함이 돌아오지 않을 경우에는 즉각 신요고 황국으로 귀환하라.

카르슈제도에 들어가는 기함에는 필요한 최소 인원과 물자만 싣는다. 배를 가볍게 해 흘수선을 높임으로써 배의 속도를 높여 조금이라도 좌초의 위험을 피한다.

토사의 그런 지시를 듣더니 어떤 함장이 쓴웃음을 지으며 말했다.

"…대제독께서는 상어가 아니라 날치가 되는 셈이군요."

토사가 크게 고개를 끄덕이며 함장들을 둘러봤다.

"적절한 표현이다. 제군들, 우리는 나라와 나라 사이에 이루어진 거래의 틈새를 헤쳐 나아가야 하는 처지다. 산갈의 대응 자세를 확인하고는 살아서 돌아가는 것이 가장 중요한 역할이다. 오로지 상대를 교란시키고 도망치는 것에 전력을 다하라. …절대로 이 기함을 도울 생각은 하지 마라."

함장들의 얼굴이 갑자기 굳어졌다. 토사의 얼굴에는 미소가 떠올랐다.

"그런 얼굴 하지 마라, 제군들이여. 기함이 함정에 빠져들면 산갈 해적들이 추격해 올지도 모른다. 한 척이라도 더 많이 고국으로 돌아갈 수 있도록 최선을 다하라."

함장들이 일제히 발을 쾅쾅 굴렀다. 그리고 주먹을 가슴에 대고 머리를 깊숙이 숙이는 요고식 경례를 토사에게 했다.

챠그무는 그 모든 것을 돛천을 내려 칸막이를 한 작은 방에서 듣고 있었다. 할아버지는 소리 높여 말하지 않았는데도 말 하나하나가 가슴에 울렸다.

회의를 마치고 함장들이 각자의 배로 돌아가자, 토사가 돛천을 들어 올리고 챠그무를 함장실로 안내했다.

자그마한 창으로 석양이 들이쳐, 선실을 꼭두서니 빛으로 물들였다. 창을 등진 토사의 얼굴은 그늘져 있었다.

“전하께서는 상급 수병의 군복을 입으시기 바랍니다. 송구하옵니다만, 머리도 수병답게 뒤로 묶어 감색 머리띠를 두르시도록 하겠습니다.”

챠그무가 고개를 끄덕였다. 만약 인질로 잡혔을 때, 황태자인 것을 알면 나라를 위태롭게 하는 흥정거리가 되기 십상이다. 그 전에 ‘사냥꾼’들에게 살해당할지도 모르지만, 시체가 되어도 수병 복장이면 평범한 무인으로 생각해 무시할 것이다.

“고마워. 그렇게 하지.”

또렷한 목소리로 그렇게 대답한 소년을 바라보며 토사가 불쑥 말했다.

“…살아남으시기 바랍니다. 무슨 일이 있어도.”

가슴이 탁 막혀, 챠그무는 할아버지의 얼굴에서 눈을 돌렸다.

“할아버지도.”

나지막이 말하자, 토사의 눈가에 희미한 미소가 떠올랐다. 토사는 그 이상 아무 말도 하지 않고 목례를 하더니 선실을 나갔다.

해가 떠오르고 한참 지났을 무렵, 돛대 위에서 종소리와 함께 목소리가 들려왔다.

"산갈 배가 온다!"

카르슈제도로 전진하는 선단을 향해 산갈의 소형 범선 세 척이 다가왔다. 강한 순풍이 부는 것도 아닌데도 산갈의 소형 범선은 파도 위를 미끄러지듯이 부드럽게 다가왔다.

선두의 범선에는 금실로 수놓은 카쇼로 크루(수로 안내선)를 뜻하는 깃발이 걸려 있었다.

배가 다가오자 새카맣게 탄 건장한 산갈 사나이들이 일제히 손을 흔들었다. 그중 하나가 얇은 판자를 말아서 만든 토로(확성용 통)를 입에 대고 꽤 완벽한 요고어로 말을 시작했다.

"신요고 황국의 용감한 바다의 전사들이여, 우리를 위기에서 구해주러 와주셨군요.

이제부터 우리 카쇼로(수로 안내)가 산갈 해군 카르슈제도 지역 사령관님께 안내하겠습니다. 얕은 여울이나 암초가 많으므로 우리의 항적을 따라오시기 바랍니다."

그 말만 하고서 그들은 능수능란하게 돛을 조종해 뱃머리를 돌렸다.

기함만 따라오는 것을 신경 쓰는 것 같지도 않고, 카쇼로선(船)은 적색과 금색으로 새를 그려 넣은 선명한 돛을 부풀리며 신요고 황국의 범선을 인도하기 시작했다.

챠그무는 아무 생각 없이 뒤를 돌아봤다. 뒤에는 열아홉 척의 배가 돛을 조종하며 대기 태세를 취하고 있었다. 그들이 돌아가는 고향에 자신이 두 번 다시 돌아갈 일은 없다.

어머니랑 슈가, 여동생 미슈나의 얼굴이… 그리고 이제는 머나먼 추억이 된 바르사나 탄다, 토로가이의 얼굴이 잇달아 마음속에 떠올랐다.

파도 사이에 남은 하얀 항적이 번져 보였다.

이를 악물고 항적에서 눈을 들었을 때, 돛대 뒤에 서 있는 남자와 눈이 마주쳤다.

'…진.'

예전에 챠그무를 뒤쫓은 자객이었으며, 챠그무를 구하기 위해 라룽가와 싸워준 전사였으며… 지금은 황제의 특명을 받아 챠그무의 목숨을 빼앗기 위해 이곳에 있는 사내.

그 얼굴에는 아무런 표정도 떠오르지 않았다. 진은 스윽 시선을 돌리고 멀어져갔다.

챠그무와 수병들이 탄 배는 카쇼로선을 따라서 카르슈제도의 섬들 사이로 미끄러져 들어갔다. 복잡한 해류와 조류를 읽고, 얕은 여울이나 암초를 피하며, 카쇼로선은 안쪽으로 깊숙이 들어갔다. 수병들은 지나쳐 가는 섬들을 살펴봤지만, 가

파른 벼랑에 무수히 뚫린 동굴이나 울창한 숲으로 뒤덮인 섬 어딘가에 적의 배가 숨어 있을지를 파악할 수는 없었다.

"…어디까지 갈 생각일까."

상급 수병의 하늘색 옷으로 몸을 감싼 챠그무는, 냉엄한 얼굴로 전방을 응시하고 수병들에게 빈틈없는 지시를 내리는 할아버지를 올려다봤다.

"카르슈섬일 겁니다. 카르슈제도 중에서도 가장 큰 섬이지요."

돛의 크기를 줄인 탓이리라. 배의 속도가 느려, 하늘 높이 떠오른 태양이 어느 틈엔가 기울기 시작했다. 해가 저물면 상황이 불리해지지 않을까 하고 챠그무는 애가 탔지만, 할아버지는 태연한 표정으로 항로를 응시하고 있었다.

수병들이 화톳불을 피우기 시작했다. 아직 주위가 밝아서 불꽃 색깔은 거의 보이지 않았지만, 연기 냄새가 갑판에 퍼졌다.

이윽고 새빨간 석양 속에 거대한 검은 섬의 모습이 떠올랐다.

처음에는 하나의 섬처럼 보였지만, 가까워지면서 몇 개의 암초로 둘러싸인 섬인 것을 알게 되었다. 역광이어서 잘 안 보이지만, 섬을 등지고 범선이 늘어서 있었다.

신요고 황국의 배가 다가가자, 늘어선 산갈의 범선으로부터 일제히 피리 소리가 울리기 시작했다. 미묘하게 음정이 다른 피리 소리가 겹쳐져 파도를 타고 왔다.

'…아아, 산갈의 피리 소리다.'

들어본 적이 있는 음색이었다. 다가오는 산갈선의 갑판에 선 긴장한 전사들의 모습을 바라보면서, 챠그무는 타르산 왕자의 밝게 웃는 얼굴을 떠올렸다.

산갈이 타르슈와 전쟁을 시작했을 무렵, 타르산 왕자가 선전하고 있다는 소식을 사르나 왕녀가 보내온 적이 있었는데, 그 후로 전황을 전하는 편지는 끊겨버렸다.

챠그무는 지금 여기에 타르산이 없기를 빌었다. 적으로서 그와 마주하고 싶지 않았다.

토사가 손을 들어 배를 정지시키라는 명령을 내렸다.

노가 달린 산갈의 범선이 다가왔다. 붉은 바탕에 금실로 바다뱀을 그려 넣은 깃발을 단 기함이 이윽고 신요고 황국의 기함 바로 옆까지 와서, 뱃전의 완충물이 서로 닿을 정도로 바싹 배를 붙였다.

배의 높이는 신요고 황국의 범선이 약간 높았다. 산갈선의 갑판에서 작살을 세우고 늘어선 전사들 한가운데에 있는, 체구가 큰 초로의 남자가 토로(확성용 통)를 입에 갖다 댔다.

"신요고 황국의 용감한 바다의 전사들이여. 잘 오셨습니다. 나는 산갈 해군 카르슈제도 구역 사령관 코우이 오르란입니다."

토사도 토로를 입에 갖다 댔다.

"처음 뵙겠습니다, 오르란 각하. 저는 신요고 황국의 해군 대제독 하르스안 토사입니다. 산갈 왕의 요청을 받들어 귀 선단에 힘을 보태기 위해 왔습니다."

오르란이 쓴웃음을 지었다.

"감사하지만 대제독 각하, 고작 한 척으로 힘을 보탠다는 것입니까?"

토사가 웃었다.

"그럴 리가요. 스무 척의 선단을 이끌고 왔습니다. 수는 적지만 정예 수병들입니다. 타르슈와 해전을 하는 장소를 알게 되면 그쪽으로 배를 돌릴 겁니다."

오르란이 고개를 끄덕였다. 그리고 손을 번쩍 들어 토사를 부르는 손짓을 했다.

"그건 고마운 일이군요. 그러면 이쪽 배로 옮겨 타시지요. 조촐하지만 음식을 준비해두었습니다."

토사가 고개를 저었다.

"그건 사양하겠습니다. 식사보다도 우선은 상황을 알려주시지요. 타르슈군과의 전선은 어느 부근까지 와 있는 겁니까?"

오르란이 갑자기 입을 다물고 지그시 토사를 올려다봤다. 석양이 하늘을 불타오르게 하여, 양쪽 배의 갑판에 늘어선 전사들의 방패에 붉은빛을 비추었다.

두 사람의 대화가 끊기자, 파도 소리와 배가 삐걱거리는 소리, 돛이 펄럭이는 소리만 들렸다.

오르란의 눈에 뭔가 슬픔에 가까운 빛이 움직였다.

"…하르스안 각하, 그럼 간단히 말씀드리지요. 무기를 버리고 우리 쪽으로 와주시지요. 순순히 따라주시면 패군의 장수와 그 부하들로서 극진히 대우해드리지요."

토사가 조용히 고개를 저었다.

"단 한 척이라 할지라도 황제께서 맡기신 배를 적에게 넘길 수는 없습니다."

오르란이 한숨을 쉬었다.

"그러지 마시지요, 하르스안 각하. 수적 열세를 당할 재간은 없습니다. 상황을 간파하셨기에 한 척만 갖고 여기까지 오셨을 겁니다. 목숨을 헛되이 할 필요는 없지요."

토사가 산갈의 나이 든 전사를 지그시 쳐다봤다.

"오르란 각하, 이 바다에서 태어나 자란 최강의 바다의 전사인 당신들이 왜 육지의 제국 따위에 항복한 것입니까?"

그 목소리가 바람을 타고 전해지자, 오르란의 얼굴에 씁쓸한 미소가 떠올랐다.

"당신은 그 눈으로 타르슈군의 함대를 본 적이 있습니까? 기분 나쁜 검은 돛을 올린 그 대함대를? …마치 수평선에서 검은 구름이 솟아오르는 것 같지요.

몇 척 가라앉혀봤자 계속해서 전함이 나타납니다. 끝이 없지요."

커다란 눈에 몹시 불쾌한 빛을 띠며 마침내 오르란이 이야기를 시작했다.

"우리는 전투에서 진 것이 아니라 재력에서 진 것입니다. 해운의 왕국 산갈이라 할지라도 그 정도의 적을 상대로 싸워나갈 재력을 갖고 있지 않습니다.

전사자가 늘고, 전비가 불어나면서 폐하께서도 왕녀님들께서도 무엇을 위해 싸우는지를 생각하게 된 것이겠지요. 이겨서 얻는 것과 져서 잃는 것….

산술에 뛰어난 왕족들께서 내린 결론이 바로 이것입니다."

양손을 짝 벌리고서 오르란이 어깨를 으쓱해 보였다.

"타르슈 제국에 복종해 신요고 황국의 공략에 힘을 보태면, 자치권을 보장하고 교역권도 우대해준다는 타르슈 제국의 제안을 왕족들이 받아들인 겁니다."

오르란은 슬픔에 찬 목소리로 외치듯이 말했다.

"개죽음을 당할 필요 없습니다, 하르스안 각하. 모든 것은 산술이지요. 거래인 셈입니다. 당신들을 포로로 잡아 나포한 배와 함께 타르슈 제국에 넘기면, 우리 나라는 신요고 황국을 정식으로 적으로 돌린 것을, 그리고 타르슈 제국에 복종한 것을 확실하게 보여줄 수 있습니다. …신요고 황국은 절대로 타르슈 제국의 적수가 못 됩니다. 쓸데없는 짓은 하지 마시지요."

오르란의 목소리가 잠잠해지자 주위가 또다시 정적에 휩싸였다. 철썩철썩 뱃전을 씻어내는 파도 소리까지 들릴 정도의 정적이었다.

토사가 조용히 고개를 끄덕였다.

"알았습니다. 포로가 되지요."

다른 상급 수병들과 함께 할아버지 뒤에 있던 챠그무는 자신도 모르게 눈을 크게 떴다. 이 순간까지 할아버지가 싸우다 죽는 쪽을 택할 거라고 믿고 있었다. 칼자루를 잡고 있는 손에 땀이 밸 정도로 돌격 명령이 내리기를 이제나저제나 기다리고 있었던 것이다.

믿을 수가 없었다. 한 번 싸워보지도 않고 적에게 패배를 인정한 것이 전해지면, 할아버지의 명예는 땅에 떨어진다. …

그러나 할아버지의 얼굴에는 굴욕의 빛 같은 건 전혀 보이지 않았다.

토사가 허리에 찬 장검을 빼더니 칼집의 물미로 갑판을 찍었다.

"사무라 수병, 토로쿠 수병!"

화톳불 옆에 서 있던 두 남자가

"넷!" 하고 대답했다.

토사는 두 사람을 보지도 않고 단호한 목소리로 명령했다.

"선창(船倉)에 있는 모두에게 무기를 놓고 최상갑판으로 오라고 전하라!"

"알겠습니다!"

두 사람은 몸을 홱 돌려서 선창으로 내려갔다.

토사는 갑판에 늘어선 수병들을 돌아봤다.

"검을 찬 허리띠를 풀어라. 무기를 버려라. 판자다리를 설치하고 양손을 들고서 산갈 배로 내려가라."

수병들은 어리둥절해하면서 허리띠를 풀어 무기를 갑판에 놓고 갔다. 선창에서 챠그무와 마찬가지로 상급 수병 복장을 한 뢴이 올라왔다. 그 뒤로 두 '사냥꾼'이 무기를 버리고 올라오는 것을 보고서 챠그무는 깜짝 놀라 할아버지를 쳐다봤다.

'할아버지는 설마 처음부터….'

산갈군의 인질이 되는 것. 그것이 이 상황 속에서 챠그무와 수병들의 목숨을 구하는 유일한 길인 것을 토사는 처음부터 알고 있었던 것이다.

'사냥꾼'은 맨손으로도 얼마든지 사람을 죽일 수 있다. 하지만 인질이 되면 다른 수병들이나 산갈 병사의 감시의 눈이 있으니까 손쓰기가 어려워진다.

신요고 황국의 대제독으로서의 명예가 땅에 떨어지더라도 챠그무와 수병들의 목숨을 구하자고 토사는 마음먹고 있었음에 틀림없다.

'할아버지.'

챠그무는 떨리는 손으로 허리띠를 풀고 검을 내려놓더니, 다른 사람들과 함께 양손을 올리고 걷기 시작했다. 할아버지 옆을 지날 때 올려다보자, 할아버지가 미소를 지었다.

챠그무는 엉겁결에 머리를 숙였다. 진심 어린 감사의 마음을 전하는 방법으로 그것밖에 떠오르지 않았다.

토사는 눈을 조금 크게 뜨고서 판자다리를 내려가는 챠그무의 뒷모습을 지켜봤다.

황제 이외의 사람에게 머리를 숙여서는 안 되는 황태자의 그런 동작이 토사를 감동시켰다.

'안녕히 가십시오, 챠그무 전하.'

토사는 잠시 눈을 감고 마음속으로 중얼거렸다.

'천신이시여, 부디 이 착하디착한 황태자에게 살아남는 행운을 주시옵소서.'

딸을 빼닮아 눈매가 서글서글한 손자의 모습을 토사는 지그시 지켜보고 있었다.

모두가 판자다리를 다 내려가기까지는 상당한 시간이 걸렸다.

산갈 전사들은 자신들의 배로 옮겨 탄 포로들을 빈틈없이 에워싸고 있었지만, 그들의 얼굴에는 싸우지도 않고 포로가 된 자들을 경멸하는 빛은 전혀 보이지 않았다.

수병들이 전부 배로 내려온 것을 확인하자, 오르란은 혼자 배에 남아 있는 토사를 올려다봤다.

"하르스안 각하, 자, 각하께서도…."

말을 하려다가 불현듯 뭔가 깨달은 듯이 그의 시선이 흔들렸다. 심한 연기 냄새가 풍겼다. 토사가 서 있는 갑판 뒤쪽에서 검은 연기가 올라오기 시작했다.

토사가 가슴에 주먹을 갖다 댔다.

"황제께서 맡기신 이 기함을 적에게 내줄 수는 없습니다.

오르란 각하, 서둘러서 이 배에서 떨어져주시지요. 이제 곧

선창에 싣고 온 모든 기름통에 불이 옮겨붙을 겁니다."

오르란의 얼굴이 일그러졌다. 무슨 말인가 하려고 입을 벌리려다가 이윽고 머리를 한 번 흔들더니 뒤돌아서 부하들에게 소리쳤다.

"돛을 올려라! 노를 저어라! 전속력으로 이곳을 벗어나야 한다!"

산갈 사나이들이 민첩하게 움직이기 시작했다. 접혀 있던 돛을 펼치고, 노를 일제히 뱃전에서 꺼냈다. 사나이들이 돛이 받는 바람의 힘에 노 젓는 속도를 정확히 맞추자, 산갈 배는 휙 방향을 전환해 전속력으로 질주하기 시작했다.

챠그무는 다른 수병들과 함께 뱃전에 나란히 서서 검은 연기에 휩싸여 불이 춤추기 시작한 배를 응시했다 챠그무는 목이 찢어질 듯한 목소리로 외쳤다.

"하르스안 각하!"

뱃전에 늘어선 수병들도 마찬가지로 소리치기 시작했다.

"하르스안 각하! 하르스안 각하!"

갑판에 선 할아버지의 모습이 작아졌다.

'할아버지…!'

챠그무는 뱃전에 몸을 내밀고서 할아버지의 모습을 계속 뚫어지게 쳐다봤다.

불길이 배 전체로 퍼져 갑판이 튀는 소리가 났다. 돛이 타고, 돛대가 꺾여 기울어졌다. 흰 거품을 내며 바닷속으로 가라앉아가는 배를 챠그무는 더 이상 보고 있을 수가 없어 뱃전에 이마를 문지르며 무너져 내렸다.

할아버지를 죽게 하고 말았다. 구하지도 못하고, 아무것도 못 하고, 죽게 하고 말았다.

무릎을 꿇고서 챠그무는 신음하듯이 하염없이 울었다.

3
포로들의 밤

밤이 되자 바람이 거세졌다.

샤그무를 비롯해 포로가 된 자들이 수용된 오두막은 기둥 위에 높이 지은 산갈 특유의 고상식(高床式)으로, 벽도 바닥도 지붕도 야자나무로 엮어서 만든 것이다. 틈이 많아 창문을 내려도 축축한 바람이 솔솔 들어왔다.

밤이 되어도 무더우니까 바람이 들어오는 것은 상관없었지만, 오두막 전체가 흔들릴 때마다 포로들은 불안한 표정을 지었다.

"…포로를 가두어두기에는 허술한 오두막이로군. 우리 모두가 발로 쿵 밟으면 쓰러지지 않을까?"

중년의 상급 수병이 중얼거리자 남자들 사이에서 실소가

새어 나왔다.

“우리가 도망칠 리가 없다는 걸 알고 있으니까 이런 오두막에 넣어둔 거겠지.”

여기에서 도망쳐 배를 빼앗아서 바다로 나가도 복잡한 조류와 해류가 소용돌이치고, 암초가 많은 이 카르슈제도에서 무사히 빠져나가기란 불가능에 가깝다.

날이 밝으면 난바다에 정박해 있는 함대는 고국을 향해 귀환해버린다. 이 정도의 인원으로는 산갈 병사와 싸워 도망치는 것은 꿈같은 이야기였다.

반들반들한 초록빛의 큰 잎사귀에 담긴 저녁밥을 수병들은 묵묵히 먹고 있었다. 향료를 발라 구운 닭고기와, 육즙이 풍부한 돼지고기에 달콤한 과일을 묻혀 푹 익힌 것 등, 포로의 식사라고는 생각할 수 없을 정도로 호화로웠지만 음식 맛도 별로 느낄 수가 없었다.

“…산갈 녀석들도 자신들이 한 짓을 부끄러워하고 있을 거야.”

한 수병이 나지막이 말했다.

“이런 대우에 그들의 생각이 드러나 있지.”

챠그무는 다른 수병들로부터 약간 떨어진 곳에, 륀과 ‘사냥꾼' 둘에게 둘러싸여서 앉아 있었다. 넋이 나간 눈을 하고서 음식에 손도 대지 않는 챠그무를 보며 진이 은밀히 속삭였다.

"전하, 한 입이나 두 입이라도 드시지요."

챠그무가 눈을 깜빡이며 진을 봤다. 잠시 지그시 진을 보고 있다가 이윽고 약간 비아냥거리듯이 속삭였다.

"…그대가 내 몸을 염려해주다니."

진이 날카로운 눈으로 챠그무를 응시했다.

챠그무가 눈살을 찌푸렸다. 황족의 얼굴을 보는 것이 허용된 '황제의 방패'라 할지라도 보통은 이 정도로 날카로운 눈으로 황태자를 보지는 않는다. 왜 이런 눈길로 자신을 보는 건지 알 수가 없었다.

진이 낮은 목소리로 속삭였다.

"무례를 무릅쓰고 아룁니다. 전하는 좀 더 강단이 있는 분이라고 믿고 있었습니다. 어떤 순간에도 얼굴을 들고 계시는 기품 있는 분이라고."

자그마한 불 같은 것이 챠그무의 가슴을 거쳐서, 뺨으로 피가 올라왔다.

깊이 숨을 들이마시자 향료의 강렬한 향과 함께 축축한 바닷바람 냄새가 났다.

바람 소리나 수병들이 식사하는 소리가 갑자기 분명하게

들리기 시작해, 챠그무는 지금까지 자신이 반수면 상태에 빠져 있었던 것을 알았다.

수병들이 이쪽을 신경 쓰면서도 가능하면 보지 않으려고 하고 있는 것도 지금은 느낄 수 있었다.

할아버지가 돌아가신 지금, 여기 있는 남자들을 이끌 책임은 자신에게 있다. 그런데도 어린애처럼 울며, 모두가 염려하고 있는 것도 몰랐다니….

챠그무는 조용히 식사를 하고 있는 남자들에게로 시선을 돌렸다.

수병들은 그런 챠그무의 움직임을 알아차리고 식사하던 손을 멈추고 눈을 내리깔았다.

"…식사를 계속하기 바란다."

챠그무는 자신의 목소리를 들었다. 가냘픈 목소리였다.

스스로에게 화가 나서 챠그무는 주먹을 꽉 쥐었다.

그리고 바깥의 감시병에게는 들리지 않도록 목소리를 낮추면서도 또렷한 어조로 말했다.

"지금은 나도 그대들과 똑같은 포로다. 나를 신경 쓸 필요는 없다. 모두와 똑같이 대해주기 바란다. 내 신분을 산갈 병사가 눈치채지 못하도록. 나는 절대로 그대들의 행동을 무례하다고는 생각하지 않는다."

수병들이 얼른 머리를 숙이며 일제히 고개를 끄덕였다.

챠그무는 햇볕에 검게 탄 남자들의 얼굴을 봤다. 할아버지가 기함에 타게 한 남자들은 거의가 중년이나 초로의 남자들이었지만, 그중에는 아직 스물대여섯 정도의 젊은이도 있었다. 그들은 앞으로 포로로서 오랜 세월을 보내야만 한다.

자신의 처지에만 정신이 팔려 이제까지 보이지 않던 것이 문득 가슴속 깊이 다가왔다.

"포로가 된 것을…."

뺨을 붉게 물들이면서 챠그무가 남자들에게 말했다.

"수치로 여기지 않았으면 한다. 그대들에게는 아무런 잘못도 없다. 오히려 그대들 덕분에 우리 함대는 무사한 것이다.

나는 그대들을 진심으로 자랑스럽게 여긴다. 부디 최선을 다해 살아남도록 해라."

남자들의 어깨가 흔들렸다. 내리깔고 있는 그들의 눈에 눈물이 떠오르는 것을 보고 챠그무는 눈을 돌렸다.

나라와 나라 사이의 의례적인 관계를 위해 그들을 희생시킨 것은 아버지다. 자신에게는 그것을 막을 힘도 없었다. 그런데도 황태자라는 이유만으로 자신은 그들을 격려할 수가 있다. 그들의 눈에서 눈물이 나게 할 정도로. …입 안이 씁쓸했다.

밤이 깊어지자 코루라고 하는 나무로 짜서 만든 부드러운 산갈식 베개와 몸에 덮는 얇은 천이 배포되었다.

등불이 꺼지자 바람 소리와 뭔가가 신음하는 듯한 해명(海鳴)이 크게 들렸다.

잠들지 못하는 것이리라. 남자들이 뒤척일 때마다 오두막이 흔들렸다.

챠그무도 잠이 오지 않았다. 이제부터 어떻게 되는 걸까? 어떻게 해야 하는 걸까?

달이 지고 바람이 잠잠해지기 시작했을 무렵 남자들의 잠든 숨소리가 들리기 시작했다.

챠그무도 꾸벅꾸벅 수면의 비탈을 내려가기 시작했다….

갑자기 묵직한 것이 올라타서 입을 틀어막는 것을 느끼고 챠그무는 잠에서 번쩍 깨어났다.

괴로웠다. 누군가가 심장 부근을 무릎으로 누르고 입을 손으로 막고 있었다. 허우적거렸지만 단단히 누르고 있어 꼼짝도 할 수 없었다.

머리가 파열할 것 같았다. 숨을 쉴 수가 없다….

쿵 하고 무거운 것이 누르는 듯하더니, 다음 순간 몸이 가버워졌다. 숨을 들이쉬고 챠그무는 심하게 기침을 했다.

"괜찮으십니까, 전하?"

진이 속삭이는 목소리로 물었다. 옆에 쭈그리고 앉아 등을 받쳐주었다.

륀이랑 수병들이 깨어나서 몸을 일으켰지만, 진이 그들에게 작은 소리로 말했다.

"신경 쓰지 않아도 된다. 사레들리신 것뿐이다. 이제 괜찮으시다."

륀과 수병들이 망설이다가 다시 자리에 누웠다. 그들이 잠든 것이 확인될 때까지 진은 조용히 챠그무의 등을 문지르고 있었다.

챠그무는 멍하니 자신의 침상 옆에 누워 있는 사람의 형체를 응시했다.

윤이 정신을 잃고 쓰러져 있었다. 자신은 지금 살해당할 뻔했던 것이다.

걷잡을 수 없이 몸이 떨리기 시작해 이가 부딪혔다. 그런 챠그무의 등을 진이 계속 문질러주었다.

"…전하."

꽤나 시간이 흘렀을 무렵 진이 귓전에서 속삭였다.

"전하께서 눈치채셨듯이 저희는 폐하로부터 전하를 살해

하라는 지시를 받았습니다. 윤은 그것을 실행하려고 한 것입니다."

챠그무가 땀범벅의 굳은 얼굴로 어둠을 뚫고서 진을 봤다. 진이 또다시 입을 챠그무의 귀에 바싹 갖다 댔다.

"저는… 다른 분한테서 전하를 지켜드리라는 부탁을 받았습니다."

깜짝 놀라 챠그무가 몸을 흔들었다.

진이 품에서 뭔가를 꺼내 챠그무에게 건넸다. 그것에 닿은 순간, 챠그무는 알 수 있었다. 누가 진에게 자신을 구하라고 명령했는지를.

그것은 성독박사만 가질 수 있는 아르사무(천도의 부적)였다.

'슈가….'

챠그무는 눈을 들어서 진을 응시했다.

어둠 속에서 꼼짝도 하지 않고 자신을 응시하고 있는 진의 눈에서 챠그무는 그의 깊은 고뇌를 봤다. 신과도 같은 황제의 명령을 거역하는 것은 그와 같은 '사냥꾼'들에게는 절대로 용서받을 수 없는 일이다.

그런데도 일개 성독박사에 불과한 슈가의 말에 그는 왜…?

진이 낮은 목소리로 말했다.

"…그분은 저에게 다음 황제의 목숨을 지켜드리라고 말씀하셨습니다."

챠그무는 고개를 숙이고 아르사무를 꽉 쥐었다.

진이 조용히 말을 이었다.

"'우리 나라는 엄청난 폭풍에 휘말려 들려 하고 있다. 그 폭풍 밖으로 뛰쳐나간 소중한 씨앗을 지켜라'라고 하신 그 말씀에 감동했습니다."

진이 정신을 잃고 쓰러져 있는 윤을 내려다보며 조용히 말했다.

"윤은 저하고 생각이 다른 사내인 것을 그분은 간파하고 계셨습니다.

그리고 우리가 이렇게 포로가 될 것도 이미 알고 계셨습니다."

챠그무가 놀라며 얼굴을 들었다.

"…정말인가?"

"네. 왕녀의 편지에는, 폭풍이 지나갈 때까지 극진히 모실 테니까 함정에 빠졌을 때는 저항하지 말고 포로가 되어달라는 부탁이 적혀 있었다고 합니다."

'…그렇구나. 그런 뜻이었구나….'

사르나 왕녀의 편지를 떠올리고 챠그무는 마음속으로 중얼거렸다. 챠그무가 파악하지 못한 것을 슈가는 읽어낸 것이다.

조찬실에서 자신이 폭발해버렸을 때, 슈가는 성도사 뒤에서 얼굴을 숙인 채 황제에게 자신을 변호해주지 않았다. 그때 슈가가 자신을 포기한 거라고 챠그무는 믿고 있었다.

그렇지 않았던 것이다. 그야말로 슈가답게 모든 것을 꿰뚫어 보고 자신의 목숨을 지키기 위해 움직여준 것이다.

콧속이 뜨거워져 챠그무는 고개를 숙이고서 입술을 깨물었다.

진이 그런 챠그무를 바라보고 있다가 이윽고 긴장한 어조로 속삭였다.

"전하, 들어주십시오. 언젠가 왕족 앞에 나가시게 될 때가 오면, 전하의 정체가 드러날 겁니다. 그렇게 되면 산갈 왕국은 우리 나라에 대해 중요한 패를 쥔 셈이 됩니다.

그분은 전하의 목숨을 구한다면 인질로 붙잡혀도 괜찮다고 말씀하셨습니다. 그러나 저는 그것만은 찬성할 수 없습니다."

챠그무가 얼굴을 들어 진을 바라보며 깊이 고개를 끄덕였다.

슈가의 마음은 기뻤지만, 황태자라는 자신의 입장을 적에게 이용당할 바에는 죽는 편이 나았다.

"도망치려면 그들이 방심하고 있는 지금밖에 없어. …하지만 도망칠 수 있을까?"

진이 대답했다.

"해내야만 합니다. 자그마한 범선을 빼앗아, 산갈 선원을 협박해 어딘가 섬으로 도망치기로 하지요. 약간의 보석을 그분께서 주셔서 머리 매듭과 허리띠에 숨겨두었습니다. 산갈인은 이끗에 밝다고 들었습니다. 처음에는 저항해도 돈을 벌 수 있다고 생각하면 우리를 도와줄 수도 있습니다. 위험한 도박이지만 같이 가시겠습니까?"

챠그무가 고개를 끄덕였다.

4
포로 오두막에서 도망치다

오두막 안에는 긴장감이 감돌았다.

남자들은 조용히 챠그무의 이야기를 듣고 있었다. 산갈 병사를 협박해 배를 출항시키겠다는 말을 들은 순간, 장년의 수병이 고개를 숙인 채로 손을 번쩍 들어 발언에 대한 허락을 구했다.

"감히 아뢰옵나이다. 배를 조종할 사람이 필요하면 제가 모시고 가는 것을 허락해주시옵소서."

그 말을 듣자 '저도', '저도' 하고 남자들이 손을 들기 시작했다.

챠그무의 얼굴이 흐려졌다.

"기다려라. 그대들의 마음은 고맙지만, 이 부근의 바다는 산갈인이 아니고는 배를 전진시키기가 어려울 것이다. 게다가 도망친 것이 발각되면 산갈 병사는 본보기로 죽이려 들 것이다. 나는 그대들 중 그 누구도 희생시키고 싶지 않다."

장년의 수병이 고개를 저었다.

"저는 홀몸이옵니다. 슬퍼할 가족이 없지요. 도움이 되고 싶사옵니다."

그러자 다른 건장한 수병이 몸을 앞으로 내밀었다.

"저도 홀몸이옵니다. 루사구(요고의 무술)의 비법을 터득했지요. 부디 저도 데리고 가주시옵소서."

챠그무는 잠자코 있었다. 천천히 생각하고 있을 여유는 없었다. 물론 배를 조종할 수 있는 사람이 있다면 고마운 일이다. 진이 고개를 끄덕이는 것을 보고 챠그무는 마음을 정했다.

"그럼 그대들의 도움을 받기로 하지. 이름이 어떻게 되느냐?"

"토르스쿠 타가루이옵니다."

"나로우즈 오루이옵니다."

함께 갈 사람이 정해지자, 진은 작은 소리로 수병들에게 해야 할 일을 설명했다. 그들은 고개를 끄덕이고 명령대로 준비를 시작했다.

모든 준비가 갖추어지자 진과 오루가 출입문 옆에 섰다.

남게 된 남자들은 소중한 황태자가 위험한 도박에 나서는 것을 마음속으로 불안해하면서 그들의 움직임을 지켜보고 있었다.

"전하, 저도…."

륀이 견딜 수가 없어져 나지막이 말했다. 륀을 돌아보고 챠그무는 입에 손가락을 대고서 속삭였다.

"걱정 마라. 나는 반드시 살아남는다. 태풍이 지나가면 만날 수 있는 날도 반드시 온다. 그때까지 마음 단단히 먹고 살아남도록 해라."

륀의 눈에 눈물이 맺혔다. 그는 눈물을 보이지 않으려고 고개를 숙이고 어깨를 들먹였다.

네 명의 다부진 체격의 수병들이, 여러 사람의 허리띠를 풀어서 꼬아 즉석에서 만든 밧줄을 갖고서, 진을 비롯해 챠그무와 동행하기로 한 수병들 뒤에 대기하고 있었다.

진은 모두를 둘러보며 고개를 까딱하더니 문을 두드리기 시작했다.

"…환자입니다. 급한 환자입니다. 물을 부탁합니다!"

문 밖에서 웅성거리는 소리가 났다. 그 발소리를 확인하고서 오루가 손가락 세 개를 들어 보였다. 밖에 있는 사람이 세 명이라는 뜻이었다. 진이 고개를 끄덕이고 또다시 문을 두드렸다.

잠시 후에 그에 응답해서 더듬거리는 요고어가 들려왔다.

"기다려. 문, 떨어져, 물러나. 물, 갖고, 가."

문이 바깥쪽으로 열렸다. 무기를 소지한 감시병 둘을 밖에 남겨두고서 단지를 든 남자가 들어왔다. 남자가 오두막 안으로 들어온 순간, 출입문 옆에 있던 진이 그의 등을 피해 밖으로 빠져나갔다.

감시병들이 진의 모습을 발견했을 때, 진은 이미 한 명의 가슴으로 뛰어들어서 귀밑을 수도(手刀)로 치고, 재빨리 몸을 숙이자마자 다른 한 명이 칼을 휘두르려고 팔꿈치를 당기는 틈을 타서, 그의 가슴팍으로 뛰어들어 밑에서부터 쳐올리듯이 주먹으로 명치를 가격했다.

산갈의 호구는 심장은 보호하지만 명치 부분은 보호해주지 못한다. 그것이 치명적이었다. 눈 깜짝할 사이에 두 명의 산갈 병사는 소리도 내지 못하고 쓰러졌다.

진이 돌아보자 우선 타가루가, 그다음에 단지를 들고 오두막에 들어온 남자를 기절시킨 오루가 챠그무를 등으로 비호하면서 밖으로 나왔다.

허리띠를 꼬아 만든 즉석 밧줄을 갖고 수병들도 뒤따라서 밖으로 나와,

"뒷일은 맡겨주십시오."
하고 속삭였다.

진과 수병들은 기절한 산갈 병사한테서 칼을 빼앗았다. 챠그무도 산갈 병사의 허리띠에서 가느다란 단검을 빼냈다. 산갈 특유의 활처럼 휜 단검이지만 칼자루는 손에 딱 맞았다.

바닥이 모래땅이어서 오두막에서 뛰어내려도 아주 작은 소리밖에 나지 않았다. 진이 챠그무와 수병들에게 손으로 오두막 마루 밑으로 숨으라는 신호를 보내더니, 혼자서 어둠 속으로 사라졌다.

포로 오두막에서 조금 떨어진 야자나무 뒤에 서서 오두막을 감시하고 있던 남자가 옆에 쭈그리고 앉아 있는 나이 든 남자에게 속삭였다.

"…움직였다."

두 사람은 일어서더니 발소리를 내지 않고 모래사장 쪽으로 달려서 사라졌다.

진이 돌아오는 것이 너무 늦다는 생각이 들었다. 아무리 기다려도 진은 돌아오지 않았다. 붙잡힌 것이 아닐까 하는 불안감이 가슴을 스쳐, 챠그무는 몸을 살짝 움직여서 수시로 다리를 바꾸어 꼬고 있었다.

산갈 감시병들의 교대는 언제일까? 챠그무는 어둠으로 둘러싸인 감시병 오두막을 바라보며 그 문이 열리지나 않을까 끊임없이 염려하고 있었다.

밤이 천천히 흘러갔다.

오루는 꼼짝도 하지 않았다. 마치 돌처럼 모래땅에 한쪽 무릎을 대고 어둠을 응시하고 있었다. 타가루도 조용히 서서 그저 어둠을 노려보고 있었다.

날이 새기 시작했는지 어느 틈엔가 어둠이 조금 엷어져서 사물의 윤곽이 잘 보이게 되었다.

오루가 움찔했다.

말없이 손가락으로 가리킨 쪽을 보니, 야자나무 숲에서 사람의 그림자가 슬그머니 나오는 것이 보였다. 진이었다. 손으로 부르고 있었다. 챠그무 일행은 주위를 신경 쓰면서 마루 밑에서 기어 나왔다.

"선단이 있는 만(灣)하고는 조금 떨어진 후미에서 어선을 발견했습니다. 가시지요."

진의 인도하에 네 사람이 야자나무 숲으로 뛰어들었을 때, 갑자기 포로 오두막에서 고함 소리가 울려 퍼졌다.

오두막 안에서는 남자들 모두가 한숨도 못 자고 산갈 병사를 감시하면서 기나긴 밤을 보내고 있었다.

산갈 병사들과 마찬가지로 재갈을 문 채로 열중쉬어 자세로 묶인 윤이 정신을 차린 것은 챠그무 일행이 마루 밑에 숨어 있을 때였다.

무슨 일이 일어났는지 몰라 윤은 한동안 가만히 있었는데, 수병들끼리 소곤거리는 말을 듣다가 자신이 진에게 배신당한 것을 알게 되었다.

'…어떻게 이런 일이!'

윤의 눈이 격렬한 분노로 이글거렸다.

진은 정에 이끌려서 황제의 명령을 어긴 것인가. 황태자가 살아남아 어딘가에서 산갈인의 손에 잡히기라도 하면, 산갈왕은 신요고 황국에 대해 중요한 패를 갖게 되는 셈인데.

'그 바보가…!'

황태자를 어떻게든 죽여야 한다. 한시라도 빨리 손을 쓰지 않으면….

윤은 분노와 초조함에 사로잡혀 열중쉬어 자세로 묶인 팔과 어깨에 힘을 주었지만, 밧줄은 단단히 묶여 있어 흔들어도 끄떡도 안했다.

윤은 나동그라져 있는 산갈 병사 쪽으로 한 발 한 발 다가가서, 수병들이 눈치 못 채도록 재갈을 산갈 병사의 호구에 붙은 금속 장식에 문지르기 시작했다.

조금씩, 조금씩 재갈이 느슨해지기 시작해, 이윽고 침으로 축축해진 헝겊이 입에서 벗겨졌다.

크게 숨을 들이쉬자마자 윤이 카랑카랑한 목소리로 소리쳤다.

"포로가 도망쳤다! 감시병들을 죽이고 포로가 도망쳤다!"

수병들이 놀라서 눌러 제압할 때까지 윤은 계속해서 외쳤다.

감시병 오두막이 흔들리며 문이 활짝 열렸다. 산갈 병사들이 손에 무기를 번뜩이며 튀어나왔다. 새벽녘의 어스름한 빛에 드러난 모래 위의 발자국을 보자, 그들은 고함을 지르며 도망친 포로를 뒤쫓기 시작했다.

진을 선두로 해서 챠그무 일행은 하염없이 달렸다.

포로가 되었을 때 신발을 빼앗겼기에 수병들의 윗옷을 찢어서 만든 헝겊을 발에 감고 있었는데, 나무뿌리가 튀어나온 숲속을 달리는 사이에 헝겊이 벗겨져 맨발에 상처가 났다.

반짝반짝 빛나는 짙은 초록빛의 잎은 앞서가는 사람의 몸에 튕겨서 날카로운 칼날이 되어 뒤따르는 사람의 살갗을 베었다. 챠그무는 손으로 얼굴을 감싸면서 그저 하염없이 달렸다.

진은 칼을 좌우로 휘둘러서 길을 내며 달리고 있었다. 뒤에서도 산갈 병사들이 잎을 베면서 다가오는 소리가 들렸다.

얼마나 달렸을까? 마침내 그들은 모래사장으로 나왔다.

어부들의 그물 보관용 오두막이 띄엄띄엄 보였다. 새벽 고기잡이를 나갈 생각인지 어부 몇 명이 밤 동안 해변으로 끌어 올려놓은 자그마한 어선을 바다로 밀어내고 있었다.

"타가루, 오루, 달려라! 저 배를 빼앗아라!"

숨죽인 목소리로 진이 명령하자, 수병들은 땀범벅이 된 얼굴로 고개를 끄덕이고, 각자 산갈 병사한테서 빼앗은 칼과 단도를 들고서 어선을 향해 달렸다.

"전하, 저들을 따라가시지요. 저는 신경 쓰지 마시고!"

산갈 병사들이 숲에서 뛰쳐나왔다. 진이 그들을 맞아 싸워 처절한 난투가 벌어졌다.

챠그무는 달리기 시작했다.

어부들의 접근을 막고 있는 타가루와 오루 옆을 지나쳐서 뱃전을 붙잡고는 바로 배에 올라탔다. 그런 다음 접힌 돛을 묶은 끈을 단검으로 잘라, 서툰 솜씨지만 할아버지에게 배운 대로 돛을 펼쳤다.

"타가루, 오루, 타라!"

챠그무가 소리치자 두 사람은 돌아보더니 첨벙첨벙 바다로 뛰어들어, 움직이기 시작한 배에 올라탔다.

산갈 어부들이 고함을 지르면서 작살을 던지기 시작했다. 휙, 휙 소리를 내며 작살이 날아왔다.

오른쪽 뺨 옆에서 풍압을 느끼고 챠그무는 몸을 젖혔다. 다음 순간 왼쪽 어깨를 얻어맞은 것 같은 충격과 함께 타는 듯한 통증이 온몸을 관통했다.

잔물고기를 찌르는 가느다란 작살이 챠그무의 어깨를 찌르고 박혀 있었다.

"전하!"

타가루가 달려왔다.

"…괘, 괜찮아. 배를…."

날아오는 작살을 피하며 오루가 능숙하게 돛을 조종해 배를 돌렸다. 모래사장이 점점 멀어졌다.

극심한 통증으로 침침해지는 눈을 필사적으로 크게 뜨고서 챠그무는 난투를 계속하고 있는 진을 응시했다. 10여 명의 산갈 병사들이 고전을 면치 못할 정도로 진의 움직임은 무시무시했다.

"아…."

챠그무는 자기도 모르게 숨을 멈췄다. 여러 명의 산갈 병사가, 말려둔 투망을 집어 뒤에서 진을 향해 던졌기 때문이다. 그물은 완전히 펼쳐진 채 날아, 진에게는 사각이 되는 머리

위에서부터 그의 몸을 뒤덮었다. 그물에 갇혀 발버둥 치는 진의 모습이 희미해지기 시작했다.

심한 통증으로 위가 뒤틀리는 느낌이 들었다. 침을 삼키려고 했지만 삼킬 수가 없었다. 숨도 제대로 쉴 수가 없었다. 챠그무는 덜덜 떨기 시작했다. 식은땀이 나며 눈앞이 캄캄해졌다.

돛이 펄럭이는 소리를 들으면서 챠그무는 벌렁 자빠졌다.

"전하! 챠그무 황태자 전하!"

타가루가 황급히 챠그무를 안아 올려서 관통한 작살 끝이 갑판에 닿지 않도록 했다.

"어떻게 하지? 배를 어느 쪽으로 돌려야 하지?"

오루가 소리쳤다.

"어느 쪽이든 괜찮아. 바람을 받아서 전속력으로 달릴 수 있는 쪽으로 가! 나는 지금 그쪽으로 갈 수가 없다. 암초를 조심해!"

타가루는 챠그무 황태자의 어깨를 쳐다봤다. 작살이 관통했지만 출혈은 그다지 심하지 않았다. 하지만 뽑으면 출혈이 심해질 것이다. 게다가 이 작살은 쇠로 만들어졌으며, 작지만 미늘이 붙어 있다. 뽑으려면 줄칼 같은 것으로 미늘을 잘라내야만 한다.

땀투성이 뺨을 떨면서 타가루는, 정신을 잃고 팔 안에서 축 늘어져 있는 챠그무 황태자의 핏기 없는 얼굴을 바라보고 있었다. 초조하기만 할 뿐 아무 생각도 떠오르지 않았다.

그때 오루의 목소리가 들려왔다.

"어이, 배가 다가오고 있어! 우현 후방!"

타가루는 황급히 뒤돌아봤다. 산갈의 중형 범선이 미끄러지듯이 다가왔다. 엄청난 속도였다. 갑판에 여러 명의 산갈 병사가 늘어서 있었다. 갓 떠오른 아침 해가 그들이 가진 작살 끝을 비추었다.

'어떻게 이렇게 빨리….'

뒤쫓아 왔던 감시병들은 아직 바닷가에 있는 것이 멀리 보인다. 이 산갈 병사들은 도대체 어디서 나타난 것일까?

절망감이 타가루와 오루를 사로잡았다. 단 둘이서, 게다가 중상을 입은 챠그무 황태자를 안고서 산갈 병사들을 이길 수 있을 리가 없다. 배의 속도도 이 어선으로는 중형 범선을 당해낼 수가 없었다.

범선이 어선 옆까지 접근했다. 산갈 병사들이 끝에 갈고리가 달린 막대기로 뱃전을 걸어서 배와 배를 단단히 고정시키는 것을 타카루와 오루는 잠자코 바라보고 있을 수밖에 없었다.

뭐가 우스운 것인지 산갈인들은 웃으면서 농담을 주고받고 있었다. 나이 지긋한 사내도 있는가 하면 아직 어린애 같은 얼굴을 한 자도 있었다. 오루는 눈살을 찌푸렸다.

'이 녀석들 정규병이 아닌 것 같은데….'

가슴에 댄 호구도 낡은 느낌이었지만 정규병처럼 잘 닦여 있지는 않았다.

산갈인들이 좌우로 나뉘어서 등 뒤에 있던 젊은 남자에게 길을 터줬다.

타가루와 오루는 너무도 뜻밖이어서 자신들의 눈을 의심했다. 처음 보는 남자였지만, 그 남자는 산갈인이 아니라 요고인이었기 때문이다.

남자는 칼집에서 빼낸 칼을 한 손에 들고 훌쩍 뛰어서 배로 옮겨 오더니, 타가루가 안고 있는 챠그무 황태자를 내려다봤다.

"…숨은 끊어지지 않은 것 같군."

남자가 중얼거리는 것을 듣고 타가루는 눈살을 찌푸렸다. 요고어이긴 하지만 어딘가 억양이 이상했다.

날카로운 눈을 타가루에게 돌리며 남자가 말했다.

"목숨을 구하고 싶으면 얌전히 있어라. …알겠나?"

챠그무 황태자의 상처는 일각을 다투는 상태일 것이다. 남자를 올려다보며 타가루가 고개를 끄덕였다.

제3장

차그무와 타쿠

1
만남

뭔가가 뼈 속을 씹어서 흔드는 것 같은 엄청난 통증이 끝없이 계속되었다.

'상어다. …상어가 씹고 있다.'

챠그무는 상어가 자신의 왼쪽 어깨를 씹는 악몽을 꾸었다. 날카로운 이가 어깨를 파고들어, 상어가 턱을 흔들 때마다 온몸에 찢어질 듯한 통증이 흘렀다.

'누가 좀 살려줘…!'

이윽고 상어에게 잡아먹힌 채로 불 속에서 구워지기 시작했다. 온몸이 녹아내릴 것처럼 뜨거운….

머리를 베개에 대고서 등을 들려고 하는 챠그무를 남자들이 필사적으로 억누르고, 한 사람이 입 안에 헝겊을 넣어서 혀를 깨물지 않도록 계속 눌렀다.

"…파상풍이 아닐까?"

그 목소리가 갑자기 똑똑히 귀에 들려, 챠그무는 멍하니, '나는 죽는 걸까' 하고 생각했다. 귀 옆에서 다른 목소리가 대답했다.

"파상풍이 아니야. 고열 탓이야. 하지만 이렇게 열이 높으면 위험할지도 모르지."

커다란 손이 이마에 닿는 것을 느끼고, 챠그무는 살짝 눈을 떴다. 차가운 손이 기분 좋았다.

"열이 내려가면 좋을 텐데…."

'열…? 열이 아니야. 불이야. 불에 타고 있는 거야.'

혼란스러운 머리로 챠그무는 생각하고, 흐릿한 어둠 속으로 빨려 들어갔다.

얼마나 악몽 속에 있었던 걸까?

챠그무가 눈을 번쩍 떴다. 땀범벅의 얼굴을 약한 바람이 스치고 지나갔다.

조용했다. 판자가 삐걱거리는 소리, 돛을 때리는 바람 소리. 몸이 위로 떠올랐다가 가라앉는 감각…. 저녁 무렵인 듯하다. 어둑어둑한 방에 창문으로 바닷바람과 함께 석양이 들이쳤다.

한참 동안 챠그무는 낯선 밧줄 장식이 매달려 있는 판자벽을 멍하니 바라보고 있었다. 왜 자신이 이런 곳에 있는 건지 전혀 알 수가 없었다.

왼쪽 어깨에 묵직한 통증이 있었다. 그것을 느낀 순간 몇 가지의 일들이 마음속에서 되살아났다.

'작살에 맞았었지. …그다음에 어떻게 된 거지…?'

여기는 그 어선 안인가? 그럴 리는 없다. 그 어선은 이렇게 크지 않았다.

천천히 머리를 돌리자 방 한구석에 처음 보는 남자가 정좌하고 있는 것이 보였다.

흠칫 놀라 챠그무의 몸이 굳어버렸다.

불그스름한 저녁 해가 남자의 몸을 절반만 비추었다. 얼굴은 그늘이 져 있었지만, 똑바로 자신을 응시하고 있는 날카로운 눈만은 반짝였다.

무인의 냄새가 나는 남자였다. 요고인으로 보이지만, 입고 있는 옷은 요고 것이 아니었다.

파도로 배가 살짝 들어 올려졌다. 석양빛이 순간 남자의 얼굴을 또렷이 부각시켰다. 검은 머리에 검은 눈. 어딘가 살기가 도는 얼굴이었다.

"일어나셨습니까?"

정확한 요고어 존댓말이었다. 하지만 어딘가 위화감이 있었다. 챠그무는 미간을 모으고서 남자를 응시했다.

"…그대는 누구인가? 나는 왜 여기 있는 것이냐?"

남자가 조용한 목소리로 말했다.

"저는 아라유탄 휴우고라고 합니다. 여기는 산갈 상선의 선실입니다.

상선이라기보다는 해적선에 가까운 배입니다만, 당신에게 위해를 가할 생각은 없으니까 안심하십시오. …챠그무 황태자 전하."

챠그무는 깜짝 놀라 눈이 휘둥그레졌다.

신분이 발각되었다! 가슴에 기분 나쁜 통증이 흘렀다.

안개가 걷혀가듯이 조금씩 머리가 돌아가기 시작했다. 산갈의 해적선. 그 후에 그런 배에 붙잡힌 것인가? 그렇다 해도 왜 신분을…?

챠그무는 휴우고라고 이름을 밝힌 남자를 쳐다봤다. 겁내지 않고 똑바로 자신의 눈을 응시하고 있었다. 요고인이며, 자신이 황태자인 것을 알면서도.

"그대는 정체가 무엇이냐? 요고인인 것 같은데… 요고인이 아니냐?"

남자의 얼굴에 갑자기 미소가 떠올랐다.

"어떤 의미에서는 그 말이 맞습니다. 지금의 저는 타르슈의 토르안, 즉 '300인 부대장(三百人部隊長)'이니까요."

챠그무는 숨을 멈췄다.

타르슈군 병사.

피가 쑥 내려가, 머리 뒤쪽이 싸늘해지는 느낌이었다. 이게 무슨 일인가. 하필 타르슈군의 손아귀에 들어가다니….

여러 가지 생각들이 한꺼번에 머릿속을 헤집고 다녔다. 이윽고 싸늘해진 가슴속에 딱 한 가지 해야 할 일이 또렷이 떠올랐다.

챠그무는 무표정한 눈으로 휴우고라고 이름을 밝힌 남자를 바라봤다.

"…타가루와 오루를 어떻게 했느냐? 그들은 무사한가?"

남자는 조금 의외라는 듯이 눈을 깜빡였다.

"무사합니다. 전하를 이 배로 옮겨드린 후에 아쥬라는 섬에 주둔하고 있는 산갈 병사에게 신병을 인도했습니다.

산갈 병사는 그들을 죽이지는 않을 겁니다. 신요고의 인질은 소중히 다루라고 왕가에서 직접 명령을 내렸으니까요."

사르나 왕녀의 밀서를 떠올리고 챠그무는 마음이 차분해

지는 것을 느꼈다.

그들이 무사하다면 됐다.

챠그무의 입가에 희미하게 미소가 떠오르는 것을 보고 남자가 눈살을 찌푸렸다.

아직 어딘가에 앳된 티가 남아 있는 소년의 눈에는 슬픔인지 체념인지 분간하기 힘든 묘한 빛이 떠올랐다. 그 눈이 남자를 똑바로 응시하더니 갑자기 강렬한 빛을 띠었다.

남자는 목덜미에 소름이 돋는 것을 느꼈다.

'…안 돼.'

튀어 오를 듯이 일어서더니 남자가 챠그무 옆으로 달려가서 턱관절을 눌렀다. 혀를 깨물려던 이가 혀에 닿기 직전에 눌려 챠그무는 신음했다.

챠그무는 오른손을 남자의 팔 아래로 밀어 넣어 턱을 누르고 있는 손을 떼어내려고 했다. 혼신의 힘을 다해서 몸을 비틀자, 남자의 손이 떨어질 뻔했다. 조금만 더… 하고 생각한 순간, 남자가 갑자기 챠그무한테서 손을 떼더니 오른 손바닥으로 힘껏 귀를 때렸다.

고막이 찢어질 듯한 통증으로 순간 챠그무는 몽롱해졌다.

자신의 입을 강제로 벌려 딱딱한 것을 밀어 넣는 느낌이 들었다. 머리를 흔들려고 했지만, 강력한 힘으로 눌려서 움직일 수가 없었다. 피와 금속 냄새가 입 안 가득 퍼졌다.

허리띠에 꽂고 있던 단도를 칼집째로 뽑아 챠그무의 입에 밀어 넣고 꽉 누르며, 남자가 큰 소리로 외쳤다.

"소도쿠, 이리 와봐. 빨리!"

곧바로 발소리가 나고, 나이 든 남자가 달려왔다.

"재워!"

소도쿠라고 불린 나이 든 남자는 아무것도 묻지 않고 허리띠에 매단 주머니에서 작은 단지를 꺼내, 안에 든 액체를 헝겊에 묻혔다.

나이 든 남자가 헝겊을 코에 갖다 댄 순간, 실이 끊어진 것처럼 챠그무의 몸에서 힘이 빠졌다.

남자는 이마에 땀이 밴 채, 정신을 잃고 축 늘어져 있는 소년의 입에서 단도를 빼냈다.

나이 든 남자가 나지막이 말했다.

"도대체 무슨 일이 있었던 거지?"

크게 한숨을 쉬더니, 남자는 일어서서 옷에다 손을 닦았다.

"혀를 깨물려고 했다."

"뭐…?"

남자는 숨을 가다듬듯이 깊이 들이마셨다.

"타르슈의 손아귀에 들어간 것을 알게 되자 부하의 안전만을 확인하고서 죽으려고 했어."

땀범벅인 채로 정신을 잃은 소년을, 남자는 복잡한 표정을 짓고서 내려다봤다.

약에 취한 챠그무가 잠에서 깨어난 것은 한밤중이 지난 때였다.

입에 헝겊이 물려 있었다. 재갈 때문에 답답하고 침이 고여서 불쾌했다. 벗기고 싶었지만, 손목이 묶여 있어 손을 움직일 수가 없었다.

신음하면서 베개에 헝겊을 문질러서 벗겨내려고 하자 누군가의 손이 이마를 눌렀다.

"…실례했습니다. 전하. 혀를 깨물지 않겠다고 맹세해주시면 불쾌한 것을 벗겨드리지요."

등불을 등지고 있어서 얼굴이 그늘져 있지만, 바로 그 휴우고라고 하는 타르슈 병사의 목소리였다.

챠그무가 격렬한 분노를 담아서 남자를 노려봤다.

"화를 내시는 건 당연하지요. 다만 성급하게 결론을 내시기 전에 제 이야기를 좀 들어주시지 않겠습니까?"

온화한 어조였다. 이마를 누르고 있는 남자의 손에서 바닷바람과 쵸우루(향나무를 가루로 빻아서 불을 붙여 피우는 담배) 냄새가 풍겨 왔다.

챠그무는 조금씩 몸의 힘을 뺐다. 죽을 방법은 얼마든지 있다. 재갈만은 참을 수가 없었다. 남자를 올려다보고 고개를 끄덕이자, 남자가 챠그무의 머리를 들어서 재빨리 재갈을 벗기고 손목의 밧줄도 풀어주었다.

금세 호흡이 편해졌다. 챠그무는 깊이 숨을 들이마셨다.

남자가 낮은 목소리로 말했다.

"전하가 죽음을 택하려고 하신 것은 자신이 타르슈 제국의 인질이 되었다고 생각하셨기 때문일 겁니다. …하지만 실제로는 조금 다릅니다."

챠그무가 말없이 남자를 봤다. 남자는 미소를 짓고 있었다.

"전하는 바람이 없는 궁에서 뛰쳐나오셨습니다. 지금은 순풍 속에 계십니다. 그대로 궁에 계셨으면 얻을 수 없었던 것을 저는 전하께 드릴 수가 있지요."

챠그무가 얼굴을 찌푸렸다. 왠지 남자의 표현이 거슬렸다.

"…쓸데없는 수식은 필요 없다. 돌려서 말하지 마라."

남자의 눈에서 미소가 가셨다.

"실례했습니다. 그러면 요점만 말씀드리지요."

그렇게 말하더니 남자는 엄청난 사실을 아무렇지도 않게 입에 담았다.

"제가 전하를 가로챈 것은 전하를 신요고 황국의 황제 자리에 앉혀드리기 위해서입니다."

챠그무는 남자의 시선을 받은 채 움직임을 멈췄다.

긴 침묵이 흘렀다.

챠그무의 얼굴에서 핏기가 사라져가는 것을 보고 남자가 말을 이었다.

"제 진의를 의심하시는 것은 당연합니다만…."

그 말을 가로막듯이 챠그무가 입을 열어 내뱉듯이 말했다.

"나는 누군가의 힘으로 황제가 되고 싶은 마음은 없다!"

허공을 채찍질하는 듯한, 격렬한 분노로 가득 찬 목소리였다.

분노로 창백해진 챠그무의 얼굴 속에서 오로지 눈만이 맑은 빛을 발하고 있었다.

남자는 말없이 챠그무의 눈을 바라보고 있다가, 이윽고 얼른 무릎을 벌려 바닥에 양손을 대고 머리를 숙였다.

"실례했습니다."

머리를 숙인 채로 한 번 깊이 숨을 들이마시더니 남자가 얼굴을 들었다.

"하지만 우리가 전하께서 신요고 황국의 황제가 되기를 바라는 것에는 깊은 의미가 있습니다. 잠시 제 말씀을 들어주시기 바랍니다.

우선… 전하는 타르슈 제국이라는 나라에 대해 얼마나 아시는지요?"

챠그무는 대답하지 않았다. 남자는 개의치 않고 말을 이었다.

"저는 타쿠(매)로 불리는 밀정으로서, 요 몇 년 동안 신요고 황국의 국력을 조사해왔습니다. …전하, 아십니까? 신요고 황국의 총 병력은 고작 3만 정도입니다. 그에 비해서 신요고 황국 공략을 위해 타르슈 제국이 보낼 수 있는 병력은 20만. 산갈과의 전쟁을 끝낸 지금도 흠집 없이 남아 있는 전투함선의 수는 1,000척이 넘습니다."

표정을 변화시키지는 않았지만, 챠그무는 위 부근이 딱딱해지는 것을 느꼈다.

1,000척의 전투함선…. 신요고의 군선 수는 상선을 군선으로 바꿔 수를 늘려도 고작해야 100척 정도다. 이 남자의 말이 사실이라면 신요고 황국 해군 따위는 거인의 입김 한 번으로 날아가버리는 쓰레기와도 같은 것이다.

산갈의 오르란 사령관이 할아버지에게 했던 말이 귓전에서 되살아났다.

'당신은 그 눈으로 타르슈군의 함대를 본 적이 있습니까? 기분 나쁜 검은 돛을 올린 그 대함대를? …마치 수평선에서 검은 구름이 솟아오르는 것 같지요.

몇 척 가라앉혀봤자 계속해서 전함이 나타납니다. 끝이 없지요.'

챠그무는 눈을 감았다. 모래가 되어 무너져 내리는 듯한 이 절망을 눈앞에 있는 남자에게 들키고 싶지 않았다.

남자의 목소리가 들려왔다.

"…어떻게 생각하십니까, 전하? 이 움직일 수 없는 사실을 들으시고."

챠그무의 눈 속에는 불에 타 허허벌판이 된 도읍의 끔찍한 환영이 떠올랐다. 그런 환영에 사로잡히려는 것을 챠그무는 필사적으로 막았다.

남자의 말에 마음이 움직인 것이 싫었다. 이 남자는 왜 이런 식으로 자신을 절망시키는 걸까? 무슨 목적으로.

약간 쉰 목소리로 남자가 말했다.

"나라가 망할 때 무슨 일이 일어나는지 상상이 가십니까?

거듭되는 패전. 점점 도읍을 향해 다가오는 적의 발소리. 저는 확실히 기억하고 있습니다. 밤하늘 밑을 검붉게 물들이는 화염과, 지키는 자가 없어진 도읍의 대문 밖에 정렬한 타르슈군이 두드리는 해명(海鳴)과도 같은 북소리를….”

챠그무가 눈을 뜨고서 남자를 봤다.

표정은 평온했지만, 그의 이마에는 땀이 약간 배어 있었다.

“그 광경을 이 정도 세월이 흐른 지금도 꿈에서 볼 때가 있습니다. 저는 타르슈 제국에 의해 멸망한 요고 황국 출신이니까요.”

요고 황국….

챠그무는 새삼스럽게 휴우고를 쳐다봤다.

그렇구나. 이 남자는 신요고 황국의 요고인이 아니라, 남쪽 대륙 요고 황국 사람이로구나. 이 남자의 말이 어딘지 모르게 어색한 느낌이 드는 것은 그것 때문이었구나.

닫혀 있던 상자 뚜껑이 살짝 열려 바람이 들어온 것 같은 묘한 감각을 챠그무는 느꼈다.

타르슈 제국에 의해 멸망했을 때, 이 남자는 아직 어린아이였을 것이다. 그런 경험을 한 자가 왜 적의 병사가 된 걸까?

입가를 어루만지며 잠시 잠자코 있던 남자가 다시 입을 열었을 때는 목소리가 더 이상 쉬어 있지 않았다.

“제 고국은 타르슈 제국과의 싸움에서 많은 사상자를 냈지만, 그래도 도읍이 불타지는 않아 간신히 요고인의 삶은 유지되고 있지요."

조용한 어조로 남자가 말했다.

"챠그무 황태자 전하. 저는 타르슈 제국이 다른 나라를 빼앗는 방법에 대해 잘 압니다.

전하께서 황제가 되었으면 한다고 제가 말씀드린 것은… 그것이 우리와 같은 조상을 가진 신요고 황국이라는 나라를 전쟁의 불길로부터 구하는 유일한 길이기 때문입니다."

이번에는 그 말이 챠그무의 마음 깊은 곳을 건드렸다.

챠그무는 주먹을 꽉 쥐었다. 왼손에는 아직 힘이 들어가지 않아, 상처에 찌릿한 통증이 느껴졌지만, 그것조차 신경 쓰이지 않을 정도로 마음이 흔들렸다.

적과 마주했을 때는 자기가 먼저 말을 해서는 안 된다고 슈가가 가르쳐주었다. 자기 마음을 보이지 않은 상태에서 상대가 말하게끔 해야 한다고. 하지만 지금 챠그무는 묻지 않을 수가 없었다.

"…그것은 무슨 뜻이냐?"

남자가 미소를 지었다.

"제가 말씀드리지 않아도 전하께서는 잘 아실 겁니다. …좀 너무 많은 이야기를 했군요. 오늘 밤은 푹 주무십시오. 햇빛 아래에서 다시 이야기를 나누기로 하지요."

남자는 일어서더니 선실 구석의 벽에 있는 찬장 속에 손을 넣어 작은 단지를 꺼냈다. 김이 빠지는 소리와 함께 뚜껑을 열더니 단지를 들고 돌아왔다.

"실례하겠습니다."

챠그무 옆에 한쪽 무릎을 꿇고서 남자가 챠그무를 안아서 일으켰다. 그리고 단지를 건넸다.

"몸을 치료하는 약초를 넣어놓은 물입니다. 한 모금이라도 마시지요."

챠그무는 잠시 망설였지만, 갈증을 참을 수가 없어 결국 단지에 입을 댔다. 두툼한 단지 테두리가 선뜩할 정도로 차가워 아직 열이 있는 입에 닿는 느낌이 좋았다.

약초 특유의 냄새는 났지만 거의 아무 맛도 없었다. 챠그무는 꿀꺽거리며 마시고, 입을 닦더니 단지를 돌려줬다.

"소변을 보시겠습니까?"

땀을 많이 흘린 탓일까? 소변을 볼 필요는 없었다. 챠그무는 고개를 저었다. 남자가 고개를 끄덕이고는 일어섰다.

"그러면 푹 주무시지요. 저는 옆 선실에 있습니다. 뭔가 용건이 있을 때 벽을 두드리시면 오겠습니다."

남자는 촛불을 불어서 끄고 선실을 나갔다.

혼자 남게 되자 배의 삐걱거림과 넘실거리는 파도가 몸에 느껴지기 시작했다.

피곤했다. 콕콕 쑤시는 눈을 감자 챠그무는 잠 속으로 빠져들었다.

❧

뱃전에 기대어 별이 쏟아질 듯한 하늘을 올려다보면서 휴우고는 쵸우루를 피우고 있었다. 빨아들이면 자그마한 불이 어둠 속에서 켜졌다가 금세 사라졌다.

발소리가 나고, 옆에 체구가 작은 사람이 나란히 섰다. 오랫동안 휴우고와 함께 밀정 일을 해온 이 나이 든 남자는 주술사였다.

이름을 야토노이 소도쿠라고 하는데, 형 라스그는 산갈 왕국에 잠입했던 주술사로, 왕가의 전복을 꾀해 성공 일보 직전까지 간 적이 있는 남자다.

"지금 같은 날씨가 계속되면 사흘 정도면 앗샨항에 도착할 듯하다. 앗샨에는 로토가 있을 거다. 형한테 매를 보낼까?"

휴우고는 한참을 잠자코 있다가 마침내 천천히 소도쿠를 봤다.

"라스그에게는 아직 알리고 싶지 않다."

소도쿠가 얼굴이 어두워지며 그 이유를 묻듯이 휴우고를 올려다봤다.

"…형에게 공적을 나누어주지 않을 생각이냐?"

형제라고 해도 라스그에게는 별로 깊은 정을 느끼지는 않아 형에게 공적을 나눠주지 않는 것을 불만스럽게 생각한 것은 아니다. 다만 라스그는 수완이 좋은 주술사다. 적으로 돌리면 성가신 상대였다.

게다가 챠그무 황태자를 붙잡을 수 있었던 것은 예전부터 산갈 왕국에 잠입해 밀정으로 일해온 라스그의 조언 덕분이다. 그가 사르나 왕녀와 챠그무 황태자의 관계를 눈여겨보지 않았다면, 이런 식으로 앞질러 가서 함정을 파놓을 수는 없었을 것이다.

소도쿠는 그 점을 상기시킨 것이지만, 휴우고는 흔들린 것 같지도 않고, 연기를 내뱉었다.

"공적은 나누지. 다만 조금 시간이 필요하다."

소도쿠가 당직을 서고 있는 산갈 젊은이에게 들리지 않도록 목소리를 낮춰 속삭였다.

"황태자가 큼직한 미끼를 보고도 덥석 물지 않았나 보지?"

"아니. 바늘에는 걸렸다. …하지만 황태자는 우리가 생각한 것보다 훨씬 어려운 물고기다."

고개를 숙이고서 휴우고는 뱃전을 씻는 검은 파도를 봤다.

"그래서 좀 더 시간이 필요하다."

소도쿠는 잠시 잠자코 있다가 이윽고 어깨를 으쓱했다.

"뭐, 좋아. 신중하게 해서 나쁠 것 없지."

그렇게 말하고 발길을 되돌려 선실 쪽으로 걷기 시작한 소도쿠의 등에 대고, 문득 생각이 나서 휴우고가 말을 걸었다.

"소도쿠, 네 얼굴은 가능하면 안 보여주면 좋겠다. 그가 라스그의 얼굴을 알고 있잖아? 너는 라스그를 닮았으니까. 괜한 선입관을 갖게 하고 싶지 않거든."

뒤돌아보지도 않고 소도쿠는 알았다고 손을 흔들어 보이고는 좁은 계단을 내려갔다.

소도쿠가 선실로 사라진 후에도 휴우고는 한참 동안 밤하늘을 바라보고 있었다. 가슴속에 뭔지 알 수 없는 생각이 가라앉아 있었다. 검을 쥐어 두툼한 굳은살이 박인 손바닥에 쵸우루 불을 눌러 끄고는 남은 것을 품속 주머니에 넣더니, 휴우고가 갑판을 걷기 시작했다.

한 손으로 키를 쥐고 있는 당직 젊은이 옆을 지나자, 젊은이가 졸음을 떨치려는 듯 말을 걸어왔다.

"…이제야 주무시는 건가요, 나리?"

"응. 너는 자면 안 된다. 술도 적당히 마시고."

젊은이가 커다란 입을 벌리고 웃었다.

"무슨 말씀을. 한 단지 정도로 취한다면 싸게 먹혀서 좋죠."

아직 앳된 티가 남은 얼굴로 젊은이는 한껏 어른스러운 표정을 지었다.

"저 아이 신요고의 귀족 도련님이죠? 좋겠어요, 나리는. 몸값을 잘 받아내면 엄청난 부자가 되겠는데요."

휴우고가 쓴웃음을 지었다.

"너희들한테도 충분히 주었을 텐데. 아내를 셋은 얻을 수 있을 정도의 금액이지."

젊은이가 또 큰 소리를 내어 웃었다.

"셋이나 필요 없어요. 모르세요, 나리는? 산갈 여자는 무섭거든요!"

휴우고의 미소가 깊어졌다.

"하지만 너희가 돈벌이를 못 해도 확실하게 먹여 살려주잖아?"

"그건 그렇죠. 하지만 나리는 좋겠어요. 여자한테 빌붙어 살지 않아도 한동안 놀고 지낼 수 있어서. 귀족 아이는 좀처럼 손에 넣기 힘든 먹잇감이죠."

젊은이의 어깨를 붙잡고 흔들더니, 휴우고가 선실로 내려갔다.

산갈 젊은이의 태평한 모습이 부러웠다. 타르슈 제국에 정복당해, 선조 대대로 해온 해적 일이 불가능해져도 해적 기질만은 변하지 않는 것이리라.

나라가 망해 고아가 되어서 하층민들의 동네에서 기를 쓰고 살았던 어린 시절의 기억이 문득 마음을 스쳐 갔다.

전쟁이 일어났을 때 백성은 괴롭고 비참한 생활을 강요당한다. …하지만 사람은 어떤 때든 어떻게든 살아간다. 그저 나날의 삶을 이어간다.

챠그무 황태자의 핏기 없는 얼굴이 떠올랐다.

밤바람은 미적지근했지만, 그래도 선실 창문을 열자, 낮 동안의 열기가 들어찬 작은 찬장 같은 선실이 조금씩 시원해졌다.

휴우고는 옷을 벗어던지고 웃통을 벗은 채로 누웠다. 피곤했지만 좀처럼 잠이 오지 않았다.

2
몸을 닦다

차그무는 하루의 대부분을 잠자며 보냈다.

식사를 하거나 대소변을 볼 때 외에는 일어나지도 않고 계속 잠만 잤다. 그리고 이틀쯤 지나자 차그무는 배가 고파서 잠에서 깼다.

몸이 고열로 잃은 힘을 되찾으려 하는 것이리라. 견딜 수 없을 정도로 허기가 져서 차그무는 조식으로 나온 향신료 냄새가 강한 고기 조림을 전부 먹고, 오랫동안 배에 싣고 다녀 시들기 시작한 새콤달콤한 촛사 열매도 한 개를 통째로 먹어 버렸다.

아직 아침인데도 갑판에서 단내가 풍길 정도로 더운 날이었다.

챠그무는 이마에 밴 땀을 닦았다. 뭔가를 먹는다는 것이 이토록 중요한 일인가 하는 생각이 들 정도로 음식이 배에 들어간 순간 몸이 편해져 왔지만, 그 대신 땀이 한꺼번에 쏟아져 나왔다.

몸을 닦고 싶었지만, 이 배에 있는 사람들에게 말을 걸고 싶지 않아, 챠그무는 그저 가만히 벽에 등을 기대고서 자그마한 창문으로 이따금 생각난 듯이 들어오는 바람을 기다리고 있었다.

등을 대고 있으니 벽에서 여러 가지 소리가 전해져 왔다. 귀를 대면 뭔가 이야기를 하고 있는 사람의 목소리가 들려올 때도 있었다.

더워서 이 선실의 문도 열어놔, 갑판으로 올라가는 계단이 보였다.

갑자기 계단을 내려오는 발소리가 들리고 선실 입구에 휴우고가 나타났다. 대야 같은 것을 손에 들고 있었다. 팔에는 깔끔하게 접은 새 속옷을 걸치고 있었다.

휴우고가 챠그무 앞에 대야를 내려놓고 정좌를 했다.

"무더위로 불쾌하실 겁니다. 몸을 닦아드리지요."

챠그무는 몸을 바짝 긴장시켰다.

“…그런 염려는 사양하겠다. 내 몸은 내가 알아서 하겠다. 대야와 수건, 갈아입을 옷만 받기로 하지.”

“알겠습니다.”

휴우고가 대야를 손이 닿을 곳에 두는 것을 보며 챠그무는 땀으로 달라붙은 옷을 벗기 시작했다. 몸을 비틀듯이 해서 소매에서 오른손을 빼려고 했지만, 다치지 않은 쪽 팔을 옷에서 빼내는 것만으로도 꽤나 상처를 건드렸다.

잠자코 그 모습을 보고 있던 휴우고가 자신도 모르게 손을 뻗어 옷이 상처에 닿지 않도록 붙잡아주려고 했다.

“만지지 마!”

챠그무가 몸을 뒤로 빼며 소리쳤다. 스스로도 놀랄 정도로 큰 소리였다.

이를 악물고 상처의 통증을 참으며, 불현듯 자신에게 밀어닥친 분노의 파도가 잠잠해질 때까지 챠그무는 고개를 숙이고서 입을 다물고 있었다. 이윽고 조금 마음이 가라앉자 챠그무가 낮은 목소리로 말했다.

“…끝나면 부르겠다.”

휴우고는 잠시 챠그무를 응시하고 있다가 목례를 했다.

“실례했습니다.”

휴우고가 일어서서 선실을 나가려고 했을 때 출입문에 사람의 그림자가 나타났다.

"…수건은 충분해? 혹시 몰라 한 장 더 갖고 왔어."

소녀의 목소리였다. 선실을 들여다보려고 하는 소녀의 팔을 휴우고가 붙잡는 것이 보였다.

"여기 들어오지 말라고 했을 텐데."

억제된 목소리였지만, 몸이 움찔할 정도로 노여움이 담겨 있었다.

순간 소녀가 입을 다물었다. 하지만 곧바로 휴우고에게 붙잡힌 팔을 떨쳐냈다.

"동료들한테는 절대로 여기 오지 말라고 말해뒀어. 하지만 이건 내 배야. 나는 이 배 안에서는 어디든 내가 가고 싶은 곳으로 갈 수 있어."

시원시원하고 또렷한 산갈어였다.

"마음에 안 들거든 배에서 내리면 돼. 저기 있는 요고의 귀족 도령과 함께 다음 항구에서 내려. 약속을 깬 건 나니까 돈은 필요 없어."

휴우고는 잠시 잠자코 있다가, 이윽고 어두운 표정으로 챠그무를 돌아봤다.

"…이 배의 두목입니다."

황태자는 특정한 사람 이외에는 맨얼굴을 보이지 않는다.

그렇다고 해서 얇은 천으로 얼굴을 가리고 소녀와 대면하게 되면 요고 귀족이라고 한 거짓말이 소녀에게 들통 날 위험이 있었다.

망설이는 휴우고의 얼굴을 보는 사이에, 챠그무는 이 남자를 이토록 난처하게 하는 소녀의 얼굴이 보고 싶어졌다.

"들여보내도 좋다."

휴우고의 눈에 약간 놀란 듯한 빛이 떠올랐다. 잠시 생각하더니 휴우고가 고개를 끄덕이고 소녀를 돌아봤다.

"너의 권한을 존중해주기로 하지. 하지만 너도 내 권한을 존중해주기 바란다."

그 말에 대답한 소녀의 목소리는 조금 전과는 딴판으로 차분했다.

"알았어. 이 배에 관한 권한을 침범당하지 않는 한, 당신 일에 간섭하는 일은 없을 거야."

휴우고가 몸을 비껴서 소녀에게 길을 터주며 한마디 못을 박았다.

"무척 신분이 높은 분이다. 실례를 범하지 않도록 조심해라."

소녀가 살짝 눈썹을 치켜올리며 재미있어하는 얼굴로 휴우고를 올려다봤다. 그런 다음 진지한 얼굴이 되어 챠그무

쪽으로 몸을 돌렸다.

목소리로 판단한 것보다 훨씬 몸집이 작은 소녀였다. 열대여섯 정도일까? 무척이나 기가 세어 보이는 얼굴이었다.

"처음 뵙겠습니다. 저는 세나입니다. 이 배의 쓰아라 카시나(배의 영혼)입니다."

더듬거리는 요고어였다.

"쓰아라 카시나?"

챠그무가 반문하자 소녀는 어깨를 으쓱하더니 간단한 단어로 대답했다.

"배의 우두머리."

챠그무는 잠자코 고개를 끄덕였다. 자신의 이름을 밝힐 생각은 물론 없었다.

선실 출입문에 서서 두 사람이 대화를 나누는 모습을 보고 있는 휴우고의 얼굴에 흥미로워하는 표정이 떠올랐다.

세나라고 한 소녀는 잠시 품평을 하듯이 챠그무를 찬찬히 뜯어봤다. 그 노골적인 시선을 챠그무는 정면으로 받아냈다.

챠그무의 얼굴에서 무엇을 봤는지 갑자기 세나의 얼굴에 미소가 떠올랐다.

"그 정도 부상이면 몸을 닦기가 힘들 텐데. 도와줄까?"

챠그무가 고개를 저었다.

"도움은 필요 없다."

세나는 그 대답에 개의치 않고 챠그무 옆에 무릎을 꿇더니 얼른 수건을 집어 들었다.

"짜기만 해줄게."

그 말대로 한 손으로는 수건을 짤 수가 없다. 세나가 수건을 물에 적셔 꽉 짜서 내밀자 챠그무가 그것을 받아 들었다.

"고맙다."

챠그무는 몸을 닦기 시작했다. 차가운 수건으로 땀을 닦자 살갗에 닿는 바람이 시원하게 느껴졌다. 이루 말할 수 없이 상쾌했다. 세나는 쓸데없는 말을 하지 않고 수건을 헹궈서는 짜서 챠그무에게 건네주었다. 한동안 수건을 헹궈서 짜는 소리와 배가 삐걱거리는 소리만이 조용한 선실에 울렸다.

출입문에 서서 두 사람을 바라보면서 휴우고가 미간을 살짝 모았다.

챠그무의 능숙한 손놀림이 신기했던 것이다. 상처에 닿지 않게 하느라 동작은 느렸지만, 평소에 직접 몸을 닦았을 리가 없는 황태자치고는 스스로의 몸을 닦는 동작이 너무나도 익숙해 보였다.

휴우고의 표정을 발견하고 챠그무의 눈썹이 살짝 올라갔다.

"뭔가 마음에 안 드는 일이라도 있나?"

"아닙니다. …소금물로 몸을 닦으셔서 불쾌하실 겁니다. 내일은 항구로 들어가니까 담수를 채웁니다. 신선한 물을 가져오지요."

챠그무는 입가에 미소를 지었지만, 뭐라고 말은 하지 않았다.

몸을 다 닦고 나서, 세나에게 약간의 도움을 받으며 땀에 젖은 옷을 새 옷으로 갈아입자 챠그무는 기분이 상쾌해졌다.

세나는 능숙한 동작으로 옷과 수건을 모아 대야를 들고 일어서서 휴우고 옆을 지나 선실에서 나갔다.

뒤에 남은 휴우고가 챠그무에게 말했다.

"송구스럽지만 항구에 있는 동안에는 선실에 계셔야겠습니다. 출항하면 배 안을 자유롭게 다니셔도 됩니다. 이 더위에 남쪽 대륙까지는 망망대해를 하염없이 가야 하는 기나긴 항해가 되니까요. …단, 바다로 뛰어드는 것은 곤란합니다."

말없이 자신을 올려다보는 챠그무에게 휴우고가 눈썹을 찡긋해 보였다.

"이미 알고 계시겠지만, 이 배의 산갈 해적들에게는 전하의 신분을 밝히지 않았습니다. 그들은 전하를 신요고 황국 귀족으로 믿고 있지요. 그 점을 유념해주십시오."

나가려던 휴우고의 등에 대고 챠그무가 말을 걸었다.

"…언제부터 이 배를 준비해두었던 것이냐?"

휴우고가 천천히 돌아봤다. 등을 입구의 기둥에 기대고서 챠그무를 봤다.

"두 달 전부터입니다."

챠그무의 눈이 약간 커졌다.

두 달 전이라면 챠그무가 아버지에게 무례한 행동을 해서 궁에서 쫓겨나기 전이다. 그런 시기에 이 휴우고라는 남자는 왜 산갈 해적선을 빌린 걸까? 어떻게 그때 그 장소에서 챠그무가 탄 어선을 붙잡을 수가 있었던 걸까?

하얀 아침 햇살을 등지고 그늘이 져 있는 휴우고의 눈가에 미소가 떠오른 듯했다.

"저는 타쿠(매)입니다. 밀사에게 발각되지 않고 밀서를 훔쳤다 다시 품으로 되돌려두는 것도 제가 하는 일 중 하나지요."

그렇게만 말하고 휴우고는 나가버렸다.

챠그무는 등에 식은땀이 흐르는 것을 느꼈다.

밀서를 훔쳤다. …그러니까 저 남자는 사르나 왕녀의 편지를 읽었다는 말인가? 그것만으로 이런 함정을 팠다고? 참으로 엄청난 도박을 하는 사내로구나.

'하지만 나는 보기 좋게 그 함정에 빠진 셈이다.'

챠그무는 핏기 없는 손가락으로 입가를 문질렀다.

'내가 아바마마에게 쫓겨나지 않았으면 완전히 지는 도박인데.'

하지만 챠그무가 할아버지 곁으로 가게 된 이후부터는 남자의 예상대로 된 셈이다. 아니, 챠그무가 아버지와 결별하는 것마저도 저 남자는 충분히 있을 수 있는 일이라고 생각했는지도 모른다.

몇 년이나 신요고 황국을 정탐해왔다고 했다. …소문을 모으면 황제가 챠그무를 싫어한다는 것도, 챠그무를 지지하는 할아버지 일파와, 제2황자의 방패 역할을 하는 육군 대장 일파의 대립도 알 수 있었을 테니까.

가슴의 고동이 빨라졌다.

나라 안의 은밀한 대립으로만 생각했는데, 어느 틈엔가 그런 것까지 타르슈 제국에 알려진 것이다.

이미 타르슈 제국은 신요고 황국에 깊이 침투해 있는지도 모른다….

살갗이 오그라드는 것 같은 공포를 챠그무는 느꼈다.

'슈가….'

지금 여기에 슈가가 있다면.

챠그무는 허리띠에 소중히 끼워둔 아르사무(천도의 부적)를 손가락으로 문질렀다.

불안했다. 자신이 혼자서 이런 상황을 극복할 수 있을까?

판자벽에 기대자 배가 삐걱거리는 소리가 머리 뒤로 울려온다. 입구로 들이치는 빛이 하얗게 도려낸 마루를 챠그무는 지그시 바라보고 있었다.

진은 어떻게 되었을까? 그물에 걸리고 그 후에 어떻게 되었을까…? 살아 있으면 좋겠다. 살해당했을지도 모른다고 생각하자 몸이 떨렸다. 자신이 달아나도록 필사적으로 싸우던 모습이 눈에 선명했다.

생각해보면 자신은 항상 누군가의 보호를 받아왔다.

할아버지의 따뜻한 눈길이 가슴에 떠오르고 조용한 목소리가 들려왔다.

'살아남으시기 바랍니다. 무슨 일이 있어도.'

챠그무는 눈을 감았다.

여러 사람들이 자신의 목숨을 걸고 챠그무를 지켜주었다. 그들이 안아주고 받쳐줘서 여기까지 살아올 수 있었다.

자신을 지키고 떠받쳐준 어른들의 얼굴이 하나하나 떠올랐다. …모두 얼마나 대단했던가. 그들에 비하면 자신은 아직 어린아이다. 그렇게는 도저히 행동할 수 없다.

챠그무는 떨리는 입술을 깨물었다.

자그마한 선실 창문 밖으로 바다가 보였다.

가장 간단한 것은 저 바다로 뛰어드는 것이다. 죽어버리면 이 몸을 짓누르고 있는 묵직한 책임감을 떨칠 수가 있다.

얕게 숨을 들이쉬어 챠그무는 흐느낌을 억지로 참았다.

많은 사람들이 지켜주고 도와줘서 얻은 목숨인데, 모든 걸 내팽개치고 도망쳐버리고 싶어 하는 자신이 한심했다.

3
별이 총총한 타국의 하늘

배가 항구로 들어서자 얇은 판자벽 너머로 웅성거리는 소리가 들려왔다. 많은 사람들이 웅성거리는 소리를 챠그무는 어두침침한 선실 안에서 듣고 있었다.

창문도 출입문도 닫혀 있어 무더워서 숨 쉬기가 힘들었다.

짐을 싣고 있는 것이리라. 이따금 발소리와 함께 배가 기울어졌다. 웅성거리는 소리 사이로 바닷새의 날카롭고 높은 울음소리가 들려왔다.

갑판이 조금 조용해졌을 때, 문 너머에서 세나의 목소리가 들려왔다.

"더우시죠?"

그렇다고 하자 세나가 문을 열었다. 안으로 들어오지는 않고 계단 근처에 주저앉은 것 같았다. 맨발만 보였다.

하얀 빛과 함께 바닷바람이 스윽 들어와서 챠그무는 숨을 크게 들이마셨다.

향료를 실었는지 달콤한 냄새가 이따금 바람을 타고 풍겨 왔다. 조용했다. 삐걱거리는 소리를 내며 배가 천천히 흔들렸다.

세나의 발이 움직이기에 챠그무는 문득 그쪽을 쳐다봤다. 뭔가가 소녀의 발 사이를 쪼르르 돌아다니고 있었다. …놀랍게도 그것은 흰쥐였다.

흰쥐가 세나의 오른쪽 발등에 올라탔다. 세나가 가볍게 발등을 움직인 순간, 쥐는 재빨리 왼쪽 발등으로 옮겨 갔다. 하나, 둘, 하나, 둘 하고 박자를 붙이며 세나가 발을 움직일 때마다 쥐는 즐거운 듯이 세나의 양발 사이를 뛰어서 옮겨 다녔다.

"…잘 길들여진 쥐로구나."

챠그무가 나지막이 말하자 세나가 살짝 웃는 소리가 들려왔다.

"포이, 인사드려."

그러자 마치 그 말을 알아들은 듯이 흰쥐가 세나의 발에서 내려와 선실로 들어왔다. 챠그무 옆에 오지는 않았지만 마루에서 챠그무를 올려다보더니, 마치 절을 하듯이 머리를 까딱 하고 다시 세나 곁으로 돌아갔다.

챠그무는 자신도 모르게 미소를 지었다.

세나가 손으로 포이를 들어 올리는 것이 보였다. 그 동작을 보고 있자, 이 소녀가 해적선의 두목이라는 것이 무척이나 이상하게 여겨졌다.

"쓰아라 카시나(배의 영혼)란…."

챠그무는 무의식중에 산갈어로 물었다.

"어떤 지위인 것이냐? 젊은 아가씨가 해적선의 두목이라는 것이 신기하다는 생각이 드는데."

세나가 문을 살짝 더 열어서 얼굴이 보이게 했다.

"놀랍네. 산갈어 잘하는구나."

챠그무가 미소를 지었다.

"조금은 할 수 있다."

그 말투가 딱딱하지 않았던 탓일까? 세나의 표정도 부드러워졌다.

"쓰아라 카시나는 아마라이섬의 배에만 있어. 하지만 항상 있는 것은 아니야."

세나는 혀로 입술을 축이고 설명을 시작했다.

"섬에 사는 여자가 아이를 임신했을 때 놀라울 정도로 계속 고기가 많이 잡히거나 습격한 배에 엄청난 보석이 실려 있거나 하면, 그 행운은 그 배 속의 아이 야르타시 코우라, 즉 '바다가 주신 아이' 덕분인 거야.

야르타시 코우라는 행운을 가져다주는 아이니까, 보통 여자애처럼 육지에서는 키울 수 없어. 쓰아라 카시나로서 배에 행운을 가져다주도록 걸음마도 제대로 시작하기 전부터 이미 배 위에서 살게 되지.

그리고 습격을 맡길 수 있을 정도의 나이가 되면 두목이 되는 거야."

챠그무는 흥미를 느껴 찬찬히 세나를 바라봤다.

"요컨대 그대는 행운을 가져다주는 자로 여겨진다는 것이로구나."

세나가 태연스럽게 말했다.

"단순히 여겨지는 것이 아니야. 정말로 그런 것이지."

자신감에 가득 찬 어조로 세나는 말을 이었다.

"야르타시 코우라는 정말로 행운의 아이이고, 어떤 불운이 찾아와도 그것을 행운으로 바꿔야만 해. 나는 동료들을 행복하게 하기 위해서 바다의 신에게 행운이라는 은혜를 받고 태어났으니까."

잠시 챠그무는 잠자코 있더니, 이윽고 나지막이 말했다.

"…그건 괴롭겠구나."

세나의 눈썹이 올라갔다.

"괴롭다고? 왜?"

챠그무가 얼굴을 찡그렸다.

"그런 식으로 기대에 부응하며 살아가는 것이 괴로운 적은 없느냐?"

세나가 눈을 깜빡였다.

"그야 물론 괴로울 때도 있지. 지금은 시대가 이렇기도 하고, 우리 고향은 타르슈에 점령당해 선조 대대로 해온 해적 일을 계속하려고 하면, 타르슈 놈들에게 붙잡혀 자칫하면 처형당하기도 하니까.

내 등에는 이 배의 동료들만이 아니라 섬 모두의 행복이 매달려 있어. 무겁지 않다고는 말하지 않겠어."

세나가 미소를 지었다.

"하지만 말이야, 최악의 상황에서 빠져나왔을 때 동료들의 얼굴이 환히 빛나며, '네 덕분에 살았다'라는 말을 듣게 되면, 이런 자랑스러운 기분을 맛볼 수 있는 아가씨가 얼마나 있을까 하는 생각을 하지.

이번만 해도 수중에 돈이 떨어져서 곤란해 있을 때, 보통은 상상조차 할 수 없을 정도의 큰돈을 벌 수 있는 일이 날아들었고 말이야. 젊은 친구들도 이제 색시를 얻을 수 있게 되었지."

태연한 얼굴로 그렇게 말하는 걸 듣고 챠그무는 어이가 없었다.

납치한 사람을 앞에 두고 용케도 이런 말이 나오다니.

"그런 행운이 누군가의 불행에서 비롯된다는 것이 신경 쓰이지는 않느냐?"

세나가 놀란 듯이 챠그무를 봤다.

"그대의 고향은 타르슈에 점령당했다고 했지? 돈을 벌기 위해서는 정복자의 앞잡이가 되어 아무 관계도 없는 사람을 납치해도 전혀 마음 아프지 않다는 것이냐?"

세나가 고개를 저었다.

"아프지 않아. 너에게는 미안하지만 세상은 먹느냐 먹히느냐 하는 곳이야. 작살을 내리꽂은 물고기에게 동정하는 녀석이 있을까?"

"어떻게 그런 말을! 사람과 물고기는 다르지!"

엉겁결에 소리치자 세나도 맞받아서 소리쳤다.

"어디가 다르지? 살아남고 싶으면 날아오는 작살을 피해야만 하는 것은 어떤 생물이든 똑같아. 도망치지 못하면 그 녀석이 지는 거야."

"그렇다면 타르슈에 점령당한 그대들은 싸움에 져서 꽁무니를 뺀 개들인가?"

챠그무가 되받아치자 분노로 눈을 이글거리며 세나가 짧게 웃었다.

"그런 셈이지. 우리는 타르슈에게 잡아먹혔어. 녀석들이 훨씬 몸집이 컸거든."

"그렇구나. 미련 없이 패배를 인정하고 타르슈에게 꼬리를 흔들고 있는 셈이로구나."

세나가 벌떡 일어섰다.

"아까부터 타르슈의 앞잡이, 앞잡이라고 하는데, 우리는 딱히 타르슈를 위해 일하는 건 아니야. 착각하지 마."

챠그무가 내뱉듯이 말했다.

"과연 착각일까? 그대를 고용한 자는 타르슈의 밀정일 텐데."

세나가 빨개진 얼굴로 고개를 저었다.

"그래서? 우리는 돈을 벌기 위해서 하는 일이야. 타르슈에게 꼬리를 흔들기 위한 것이 아니라고."

"돈을 위해서? 그건 변명이다."

"변명이 아니야!"

챠그무는 세나를 응시하며 낮은 목소리로 말했다.

"그렇다면 내가 저 타르슈의 밀정이 약속한 것 이상의 돈을 지불하겠다고 하면 나를 도망치게 해주겠느냐?"

세나는 허를 찔린 듯이 입을 다물었다.

오랫동안 입을 다물고 있다가 마침내 세나가 입을 열었다.

"돈 이외에 우리가 소중히 여기는 것이 세 가지 있어. 배짱, 은혜를 갚는 것, 그리고 약속을 지키는 것이지."

굳은 얼굴로 세나가 말을 이었다.

"…휴우고와 한 약속을 돈 때문에 깨는 일은 절대로 하지 않아."

세나는 그렇게 말하고 등을 홱 돌리더니 문을 쾅 닫고 나갔다.

세나가 사라졌어도 분노로 가득 찬 거친 공기가 남아 있는 것처럼 느껴졌다.

'단순한 이치로 살아갈 수 있어서 행복한 녀석이로구나.'

분노가 가라앉지 않아 챠그무는 한바탕 세나를 욕했지만, 이윽고 씁쓸한 허무감만 가슴에 남았다.

이 상태에서 벗어나기 위해서는, 초조함을 견디지 못해 세나를 욕할 것이 아니라 세나를 내 편으로 만드는 노력을 해야 했다. 그런 생각이 떠올랐지만 곧바로 챠그무는 고개를 저었다.

'그 아이는 단순하지만 바보는 아니다.'

내 편으로 만들려고 하면 세나는 금세 그것을 눈치채고 챠그무를 경멸했을 것이다.

침침하고 무더운 선실 안에서, 챠그무는 앞으로 어떻게 해야 할지를 멍하니 생각했다.

상처가 나을 때까지 몸을 쉬면서 도망칠 방법을 생각할까?

'하지만 ….'

도망치는 것에도 왠지 망설임이 있었다.

휴우고의 흔들림 없는 눈이 떠올랐다.

기묘한 사내였다. 속을 알 수 없는 사내지만 비뚤어진 느낌이 없다. 책략에 의해 행동하고 있어도, 뭔가 진지한 생각이 있어서라고 믿게 만드는 면이 있다.

밀정이라고 하지만 누군가에게 명령받은 일을 하고 있을 뿐이라는 느낌이 아니었다. 한 나라의 황태자를 납치했는데도, 날아든 먹잇감에 기뻐 날뛰는 것 같지도 않고 묘하게 차분하다.

기본적인 예의는 차리지만, 요고인인데도 황태자를 대할 때 긴장하는 것 같지도 않고, 천상(天上)의 사람을 숭상하는 태도도 취하지 않는다. 타르슈 병사로서 붙잡은 포로를 대하는 식의 오만한 태도를 취하지도 않는다.

오히려 적절한 거리를 두고, 편히 쉬게 하려고 배려해주는 느낌이 들었다.

'내 경계심을 풀려는 걸까…?'

이 배에 타르슈 병사가 몇 명 타고 있는지 모르지만, 적어도 이제까지는 그 사내밖에 못 봤다. 삼엄한 병사의 감시가 없어서, 자칫하면 감금당하고 있다기보다 보호받고 있다고 착각하게 된다.

'정신 차리지 않으면 안 돼.'

정신이 느슨해지면 마음에 틈을 만든다.

'그 사내는 무슨 생각을 하고 있는 걸까…?'

챠그무를 황제로 앉히는 것이 신요고 황국을 구하는 유일한 길이라고 했던 그 말의 진의는 과연 무엇이었을까?

흘러나온 땀을 닦지도 않고 챠그무는 오랫동안 생각에 잠겨 있었다.

배가 항구를 떠난 것은 이미 해가 저물기 시작할 무렵이었다.

챠그무에게는 오랜 정박으로 느껴졌지만, 선원들에게는 너무나도 짧은 정박이었다. 항구에서 밤을 지새우는 것을 휴우고가 허락하지 않아 해적들은 불평을 했다.

챠그무를 태우고 있다는 사실이 조금이라도 새어 나가는

것을 휴우고가 두려워했던 것이다. 술집에서 밤을 보내고 싶었던 사내들을 휴우고는 돈으로 달랬다. 타르슈 제국의 밀정에게 주어지는 증서를 가진 휴우고 일행이 탄 이 배에 타르슈의 감찰관이 승선해 조사할 일은 없었지만, 다른 항구라면 몰라도 이 항구처럼 타르슈 병사가 많은 곳에서, 밀정을 태운 배가 있다는 사실이 감찰관 귀에 들어가면 어디서 누가 무슨 짓을 할지 알 수 없는 일이다.

항구가 멀어지고 저녁 식사가 끝나자 또다시 평소와 같은 밤이 찾아왔다. 당직 외에는 잠들었을 것이다. 배 안이 조용해진 후에 챠그무는 몸을 일으켰다.

벽에 손을 대고 몸을 지탱하며 일어서봤다. 왼쪽 어깨가 조금이라도 움직이면 통증이 느껴졌지만, 이제 현기증이 나지는 않았다.

살금살금 벽을 따라서 걸어, 챠그무는 선실을 나와 짧은 계단을 천천히 올라갔다. 한 단 오르는 것만으로도 다리 근육이 떨렸다. 자신의 몸이 이토록 약해진 것에 놀랐다. 계단을 다 올라갔을 때는 어깨로 숨을 쉬었다.

갑판으로 나가자 은빛 모래를 뿌린 것처럼 별이 총총한 하늘이 펼쳐졌다.

챠그무는 한동안 갑판에 주저앉아 하늘을 바라보고 있었

다. 돛이 펄럭이는 소리와 파도 소리, 배가 삐걱거리는 소리 밖에 안 들렸다. 바람이 기분 좋았다.

문득 챠그무는 자그마한 불이 켜졌다가 꺼지는 것을 봤다. 집중해서 보니 뱃전에 기대어 있는 사람의 형체가 보였다. 또다시 불이 켜졌다. 그 희미한 빛이 휴우고의 얼굴을 허공에 띄웠다가 어둠으로 가라앉혔다.

챠그무는 손을 짚고 일어서서, 흔들리는 갑판 위를 슬금슬금 한 발짝씩 걸어갔다. 휴우고가 뒤돌아서 놀란 듯이 이쪽을 바라봤다.

챠그무는 자신의 힘으로 휴우고 옆까지 도착하자 뱃전에 등을 기댔다.

휴우고는 아무 말도 하지 않고, 가쁜 숨을 내쉬고 있는 챠그무를 바라봤다.

처음으로 혼자 서 있는 모습을 보고, 휴우고는 이 소년이 의외로 키가 큰 것을 알았다. 요고인으로서는 장신인 자신과 주먹 하나 정도밖에 차이가 없었다. 다만 여윈 탓도 있겠지만, 완전히 성장이 끝나지 않은 연약한 느낌이 애처로웠다.

챠그무가 고개를 젖혀 하늘을 올려다봤다.

"…생소한 별뿐이로구나."

휴우고도 별을 올려다봤다.

“저에게는 이제는 거의 고향의 하늘이지요.”

왜 이런 식으로 휴우고에게 말을 걸었는지 챠그무는 스스로도 알 수가 없었다.

휴우고가 손가락에 낀 쵸우루를 내밀었다.

“피우시겠습니까?”

챠그무가 고개를 저었다.

“쵸우루는 싫어한다.”

휴우고가 미소를 지었다.

“쵸우루라고 하죠, 신요고에서는? 저희는 쵸루라고 하는데.”

중얼거리며 휴우고가 검은 바다로 시선을 돌렸다.

“…카이난 나나이는 무슨 생각을 하며 이 바다를 건넜을까요? 별 위치조차 다른 먼 반도를 향해 수많은 요고인을 데리고서….”

챠그무는 자기도 모르게 휴우고의 옆얼굴을 쳐다봤다.

까마득한 옛날에 헤어진 요고인의 먼 자손들끼리 이렇게 이야기하고 있는 기묘함이 가슴을 어루만졌다. 멀고 먼 여행이다. …정말로 카이난 나나이는 이 별들로부터 무엇을 읽어내고 무슨 생각을 하며 이 바다를 건넌 걸까?

“요고는 신요고와 많이 다른가?”

나지막이 말하자 휴우고가 바다를 바라본 채로 대답했다.

"비슷한 부분도 다른 부분도 있습니다. 가옥이나 요리법, 언어는 매우 비슷하지요."

휴우고는 쵸우루를 빨아들이더니 조용히 연기를 내뱉었다.

"가장 다른 것은 신요고는 전쟁에 익숙하지 않다는 점이겠지요. …제 고국은 이웃 나라와의 전쟁에 익숙했죠. 신요고가 칸발과도, 로타와도, 산갈과도 전쟁을 한 적이 없다는 사실이 저는 놀라웠습니다."

챠그무의 얼굴이 흐려졌다.

"전쟁에 익숙하지 않은 나라를 쳐부수는 것은 일도 아니라고 말하고 싶은 건가?"

휴우고는 챠그무에게로 시선을 되돌렸다.

"아니요…."

눈을 깜빡이더니 휴우고가 말했다.

"믿어주시지 않을지도 모르겠지만 저는 전쟁을 싫어합니다."

속삭임에 가까운 낮은 목소리였다.

뜻밖의 말이었다. 매 같은 분위기를 가진 이 사내한테서 이런 말이 나오리라고는 생각지도 않았다. 챠그무는 자기도 모르게 휴우고를 봤다.

"그렇다면 왜 타르슈 제국의 앞잡이가 된 거지?"

휴우고는 무슨 말을 하려다가 입을 다물었다. 씁쓸한 미소가 눈에 떠올랐다.

"그것은 긴 이야기입니다. 뭐라고 해야 좋을지…."

손가락을 꺾어 코끝을 문지르며 휴우고가 갑자기 물었다.

"괴물에게 잡아먹히면 어떻게 하지요? 자신을 삼킨 괴물이 다른 사람들도 먹으려고 하는 것을 배 속에서 보고 있다면?"

챠그무가 눈살을 찌푸렸다.

"…배 속을 물어뜯어버리지."

휴우고가 피식 웃었다.

"아니, 우리가 물어뜯는 정도로는 아파하지도 않을 정도로 엄청나게 큰 괴물이라면 어떻게 하겠냐는 겁니다."

눈을 스윽 바다로 돌리며 휴우고가 나지막이 말했다.

"뭘 할 수 있는지… 그건 조만간 알게 될 겁니다."

가슴에 뭔가가 똑 떨어져서 퍼져갔다. 챠그무는 바다를 보고 있는 휴우고의 옆얼굴을 응시했다.

챠그무가 나지막이 말했다.

"왜 나를 납치한 것이냐?"

휴우고가 챠그무를 돌아봤다.

"공적을 세우기 위해서죠."

입가를 일그러뜨리며 그렇게 말하고 나서 휴우고는 갑자기 진지한 얼굴이 되었다.

"그리고 쓸데없는 전쟁은 보고 싶지 않아서."

당직에게 들리지 않도록 목소리를 낮추고 그렇게 말한 휴우고의 눈에는 놀라울 정도로 진지한 빛이 담겨 있었다.

"타르슈 제국 왕자들은 요고의 황족과는 다릅니다. 비용도 들지 않고 병사도 죽이지 않아도 되는 방법이 있으면 그쪽을 택하지요. 전하가 녀석들의 병력을 지원받아 고국으로 돌아가서 아버지를 퇴위시키고 황제가 되면… 그리고 산갈 왕족처럼 타르슈 제국에 복종하는 길을 택하면, 신요고 황국이 불에 타서 허허벌판이 되는 일은 없을 겁니다."

온몸이 싸늘해지며 마비되는 느낌이 들었다. 챠그무는 아무 말도 할 수가 없었다.

얼어붙은 듯한 챠그무의 표정을 보고서, 휴우고가 갑자기 초조한 듯이 말했다.

"…바람이 강해졌습니다. 이제 주무시지요."

챠그무는 대답하지 않았다.

천천히 등을 뱃전에서 일으켜 세우고 한 발, 한 발 흔들리지 않도록 하며 걷기 시작했다.

챠그무는 이를 악물고 혼자서 선실까지 내려갔다.

휴우고가 왜 자신을 황제에 앉히려고 하는지를 대충 알 것 같았다.

좁은 선실로 돌아와 어둠 속에서 침상에 무릎을 꿇고서, 챠그무는 차가운 손바닥으로 얼굴을 감쌌다. 울 수도 없고 신음할 수도 없는 채, 챠그무는 머릿속을 맴도는 생각을 그저 바라만 보고 있었다.

❧

날카로운 새 울음소리에 챠그무는 눈을 번쩍 떴다.

선실 안은 아직 캄캄했지만, 창문으로 보이는 하늘은 옅은 보랏빛이었고, 날이 밝기 시작한 것을 알리고 있었다.

갑판을 걷는 발소리가 들리고, 새의 날갯짓 소리와, 소곤거리는 사람들의 목소리가 들렸다. 무슨 이야기를 하는가 싶어 챠그무는 몸을 일으키고 최대한 소리 내지 않도록 살그머니 선실 문을 열었다. 갑판으로 통하는 계단의 하단에 앉자, 이야기 소리가 어느 정도 또렷이 들렸다.

산갈어가 아니라 요고어로 이야기하고 있었다. 휴우고의 목소리였다. 다른 한 명의 목소리도 어디선가 들은 것 같았지만, 확실한 것은 알 수가 없었다.

"아아, 그런 것 같아. …의 인내심에도 한계가 있는 것 같

아. …는 특히 유능하니까. 빈둥거리며 일하는 타르슈 녀석들의 시샘을 받을 수밖에 없지."

그 남자의 목소리에 휴우고의 차분한 목소리가 대꾸했다.

"그들은 같은 속국 출신이라도 우리 요고인보다 훨씬 깊숙이 타르슈의 정사에 관여하고 있어. 관계를 돈독히 해둘 필요가 있는 상대야. 곧바로 답장을 보내야 할 거야."

새가 파닥거리는 소리가 나고, 날카로운 울음소리가 들려왔다.

"좋아, 좋아. 소란 떨지 마. …물과 모이를 부탁해."

걷기 시작한 발소리를 듣고 챠그무는 황급히 선실로 돌아왔다. 침상에 누워 숨을 죽이고 가만히 있었지만, 갑판에서 내려온 발소리는 챠그무의 방 앞에서 발걸음을 멈추지도 않고 지나쳐 갔다. 잠시 후에 바로 옆 선실의 문이 닫히는 소리가 났다.

'무슨 이야기였을까?'

침상에 누운 채로 챠그무는 생각했다. 자신이 붙잡힌 것과는 관계가 없는 이야기인 듯했지만, 그래도 신경이 쓰였다.

매 울음소리가 났다. 어디선가 매가 편지를 가져온 걸까?

속국이란 타르슈 제국에 정복당한 나라를 뜻한다. 저 휴우고의 고국인 요고 황국도 속국 중 하나인데, 타르슈 제국에는 그 밖에도 많은 속국들이 있는 것이리라.

우리 요고인보다 훨씬 깊숙이 타르슈의 정사에 관여하고 있어…라고 했던 휴우고의 말이 귀에 남아 있었다.

타르슈 제국에서는 정복당한 나라 사람들이 나라의 정사에 관여하고 있는 걸까? 그리고 정복당한 나라 사람들끼리 저런 식으로 연락을 주고받는 걸까…?

먼 대국의 복잡한 정사를 살짝 엿본 느낌이었다.

'타르슈 제국은 조직력이 탄탄한 나라는 아니로구나.'

정복당해 대국의 품으로 들어간 여러 나라 출신들이 정사에 관여하고 있다니 무척 위험한 느낌이 들었다. 고국을 멸망시킨 상대에게 복수하고 싶어 하는 사람은 없는 걸까?

괴물에게 잡아먹힌 남자들은 괴물의 혈육이 되어버린 걸까, 아니면 아직 각자의 속셈을 숨기고 꿈틀거리고 있는 걸까…?

조용한 파도 소리를 들으며 챠그무는 이윽고 또다시 잠으로 빠져들었다.

4
태풍

챠그무를 태운 배는 산갈 왕국령 최남단의 사간제도 해역으로 들어섰다.

이 해역은 이미 2년 가까이 타르슈 제국의 지배를 받고 있다.

갑판에 나가는 것이 허용된 챠그무는 뱃전에 기대, 사발을 엎어놓은 것 같은 형태의 섬을 보고 있었다.

예전에 산갈의 카리나 왕녀가 이 지역은 처음부터 버림돌로 삼을 작정이었다고 말하던 그 차가운 목소리가 떠올랐다.

'사간제도를 직접 보고 있다니….'

자신을 붙잡고서 흘러가는 운명의 기묘함을 챠그무는 생각했다.

기묘하다면 지금의 상황도 무척이나 기묘하다고 할 수 있다. 적에게 납치되어 타르슈 제국으로 끌려가는 중인데도, 이 배 위에서는 시간이 너무나도 느릿느릿 흘렀다.

탁 트인 푸른 하늘과 바다 사이에서 이렇게 밝은 햇빛을 쬐고 있다 보면, 자신이 포로라는 사실을 잊곤 한다.

그래도 마음속에는 깊은 어둠이 있었다. 이 여행의 종착점에 대해 생각할 때마다, 자칫하면 그 어둠의 밑바닥에서부터 들려오는 목소리에 끌려가고 만다. 이 푸른 바다 끝에서 기다리고 있는 것으로부터 도망치기 위해 죽음을 선택하라… 라고 속삭이는 목소리에.

해면에 반사된 빛이 강렬해, 오래 보고 있으니 눈이 아파졌다.

한숨을 쉬며 바다에서 눈을 피해 돛대 쪽으로 얼굴을 돌린 챠그무는, 돛대 꼭대기에 매달려서 바삐 일하고 있는 자그마한 체구의 사람을 발견하고서 눈이 휘둥그레졌다.

'…세나?'

용케도 저렇게 높은 곳에서. '다른 선원들도 있을 텐데' 하고 생각하면서 갑판으로 얼굴을 돌리자 나이 든 산갈인과 눈이 마주쳤다. 햇볕에 타서 무두질한 가죽처럼 된 그 얼굴에 미소가 떠올랐다.

"원숭이 같지?"

놀라울 정도로 쉰 목소리였다.

"저런 곳에 올라가게 해도 괜찮나?"

산갈어로 묻자 노인은 어깨를 으쓱했다.

"괜찮으냐고? 당연하지. 두목은 옛날부터 남자아이보다 뱃일을 척척 해냈으니까. 가슴이 커져도 일하는 요령은 잊지 않았군."

챠그무는 노인의 노골적인 표현에 얼굴을 붉혔다. 노인은 히죽거리면서 굵은 눈썹을 찡긋해 보였다.

품위 없는 말을 하면서도, 이마에 손을 얹어 햇빛을 가리며 세나를 올려다보는 눈에는 자랑스러운 자식을 보는 듯한 따뜻한 빛이 있었다.

노인이 큰 소리로 세나를 불렀다.

"두목! 이제 슬슬 아마라이가 보이나?"

그 목소리가 들렸는지 세나가 이쪽을 내려다봤다. 손을 흔들어 남서쪽을 가리켜 보이고 나서 곧바로 활대로 시선을 되돌려 다시 작업에 몰두했다.

"1년 이상 돌아가지 않았구나."

세나가 가리킨 쪽을 바라보며 노인이 중얼거리듯이 말했다.

"그대들의 고향은 이 근처인가?"

챠그무가 묻자, 노인이 바다를 바라본 채로 고개를 끄덕였다.

"저기 보이는 볼품없는 섬이 로쿠라이. 저 섬을 넘어서 닷

새쯤 달리면 아마라이지. 꽤나 오랫동안 돌아가지 않았으니, 틀림없이 마누라는 쭈그렁바가지가 됐겠군."

그렇게 말하고 목에 뭔가가 뒤엉킨 듯한 웃음소리를 냈다.

"변함없군, 이 부근의 바다 색깔은. 역시 보고 있으면 마음이 편안해져. 시끄러운 타르슈 감시병이 온 후로 남자들이 죄다 얌전해져, 위세 좋게 해적 깃발을 단 배를 볼 수 없게 된 건 쓸쓸하지만, 바다 색깔만은 변함이 없군…."

그러면서 문득 눈을 돌려 갑판을 보자마자 노인이 소리쳤다.

"야! 너, 뭐 하는 거냐! 그렇게 돛을 접는 놈이 어디 있냐!"

갑판에 있던 소년이 움찔 놀라며 고개를 들었다. 노인이 뚜벅뚜벅 걸어가서 커다란 주먹으로 소년의 머리를 쥐어박았다. 소년은 울지도 않고 얼굴을 찡그리고 머리를 문지르면서 실실거리며 빌었다.

'그렇구나. 세나의 고향이 이 부근이었구나.'

가장 일찍 타르슈 제국의 침략의 파도를 뒤집어쓴 남쪽 끝에 있는 섬들. 타르슈가 공격해 왔을 때, 어떤 식으로 저항하고 어떤 식으로 패한 걸까…?

멍하니 그런 생각을 하고 있는데, 갑자기 선미 쪽에서 누군가의 실망한 듯한 목소리가 들려왔다. 여자 목소리였기에 챠그무는 깜짝 놀라 목소리가 들린 쪽을 뚫어지게 쳐다봤다.

확실히 여자로 보이는 사람의 형체가 보였다.

챠그무는 뱃전을 따라서 이동해, 선미 쪽으로 돌아가봤다.

통통한 여자가 바다로 몸을 내밀고서 뭔가 하고 있었다. 차 색깔에 가까운 갈색 피부를 한 여자였다. 키가 작고 팔다리도 탄탄하고 굵었다. 자세히 보니 꽤 나이가 많아 쉰 몇 살은 되어 보였다. 파도가 높아 배가 꽤 흔들리는데도 비틀거리지도 않았다.

여자가 오른팔을 번쩍 올렸다. 낚싯줄이 번쩍이며 잔물고기가 공중을 날아 갑판에 떨어져서 꿈틀거렸다. 몸을 구부리고서 여자는 굵은 손가락으로 물고기를 눌러 꼼짝 못 하게 했다. 그제야 겨우 챠그무를 발견하고, 여자가 주름진 얼굴에 난처한 듯한 미소를 지었다.

산갈인 얼굴은 아닌 것 같았다. 굵은 검지로 낚싯줄을 감고 있었다.

"…낚싯대를 사용하지 않고 그런 식으로 물고기를 잡아도 손가락을 다치지 않느냐?"

산갈어로 말을 걸자, 여자는 목을 약간 갸웃하며 귀에 손을 갖다 댔다. 귀가 잘 안 들리는 것 같았다. 가까이서 다시 한 번 같은 말을 하자 여자의 미소가 깊어졌다.

"익숙하니까."

손가락을 보여줬다. 그 말대로 두툼한 굳은살이 박여 있었다.

여자는 능숙한 손놀림으로 잔물고기를 낚싯바늘에서 떼어 내, 바닷물을 채운 자그마한 대야로 던졌다. 그리고 자그마한 고깃점을 낚싯바늘에 매달더니 다시 바다로 던졌다.

짙은 군청색 바다에서 낚싯바늘이 흔들리다가 사라져가는 것을 보며 챠그무가 물었다.

"당신도 해적인가?"

여자가 챠그무를 흘끗 보며 어깨를 으쓱했다.

"나는 식사 준비를 맡고 있어."

낚싯줄의 감촉을 확인하며 여자가 소곤소곤 말을 이었다.

"원래는 우리 배에서 편히 살고 있었는디, 태풍으로 말이여, 무지 큰 태풍이 불어서 가족을 하나도 안 남기고 싹 데려가뿌렀지. 그려서 이 배를 얻어 타게 된 것이여."

사투리가 심한 데다가 혼잣말처럼 이야기해서 알아듣기가 힘들었지만 의미는 대충 이해했다.

여자가 갑자기 낚싯줄을 끌어당기며 혀를 찼다. 험악한 표정으로 노려보듯이 바다를 응시하고 있었다. 그런 다음 멀리 보이는 섬을 한동안 지그시 바라보더니, 이윽고 낚싯줄을 손가락에 돌돌 감기 시작했다. 그리고 챠그무의 어깨를 살짝 밀었다.

"선실로 들어가라. 머리를 부딪히지 않도록 단단히 기둥을 붙잡고 있어라."

그 말만 하고는 대야를 들고 걷기 시작해, 돛대 근처에 있는 산갈인 남자에게 큰 소리로 외쳤다.

"아챠(잔물고기)가 깊은 곳으로 들어가버렸다. 가나야(새)도 섬에 숨었어. 태풍이 올 거야."

그 말을 듣자 돛대 근처에 있던 남자가 고개를 끄덕이고 동료들에게 말하고 다니기 시작했다.

"아줌마가 태풍이 온대."

챠그무는 하늘을 올려다봤다. 구름은 있었지만 아주 맑았다.

'…이렇게 맑은데 태풍이 온다니.'

서둘러서 돛을 접기 시작하는 남자들을 보면서 챠그무는 선실로 돌아왔다.

얼마 지나지 않아서 하늘이 점점 어두워지고 바람이 거세졌다. 배의 요동이 심해지고, 갑판을 달리는 남자들의 목소리도 고함 소리로 바뀌었다. 비가 주룩주룩 쏟아지는 소리가 시작되었다.

하얀 번갯불이 번쩍이더니 천둥이 쳤다. 바람이 마치 짐승처럼 으르렁거렸다.

챠그무가 불안해하고 있을 때, 계단을 내려오는 발소리가 들리더니 휴우고가 선실로 들어왔다. 검은 머리가 젖어서 이마에 달라붙어 있었다.

휴우고는 선실의 판자문을 꽉 닫고 안에서부터 빗장을 채웠다. 배가 내리기 시작했을 때 챠그무가 선실 창문을 닫았지만, 휴우고는 문짝이 떨어져 나가지 않도록 단단히 자물쇠를 채웠다.

흔들리는 촛불이 어두워진 선실을 비추고 있었다.

“밥 짓는 여자가 태풍이 온다고 하던데….”

챠그무가 나지막이 말하자, 휴우고가 머리를 쓸어 올리며 고개를 끄덕였다.

“그 아줌마는 날씨 예측의 명인이라고 합니다. 원래는 랏샤로(바다를 떠도는 민족)였다던가. 이 배의 해적들도 그 능력을 인정할 정도지요.”

챠그무가 눈을 크게 떴다. 그 여자가 랏샤로였구나. 그러고 보니 배에서 살았다는 말을 했다.

“실례지만, 전하, 이 기둥을 붙잡으시기 바랍니다. 배의 요동이 점점 심해질 테니까요.”

휴우고의 손짓에 따라서 챠그무는 기둥을 오른손으로 붙잡았다.

“아니, 붙잡는 것이 아니라 꽉 끌어안듯이 하셔야 합니다.

자, 이제 촛불은 끄겠습니다."

촛불이 쓰러져서 침구 같은 것에 불이 붙으면 위험하기 때문이리라. 이유는 알았지만, 암흑 상태가 될 거라고 생각하니 불안했다.

챠그무의 얼굴을 보고 휴우고가 미소를 지었다.

"괜찮습니다. 산갈 배는 태풍에 강하기로 유명합니다.

주의해야 할 것은 배의 요동으로 뭔가에 부딪히는 것입니다. 단단히 이 기둥을 붙잡고 계시기 바랍니다."

챠그무가 고개를 끄덕였다.

배는 이미 물에 뜬 나뭇잎처럼 흔들리기 시작했다. 몸이 붕 떠오르는가 싶더니, 옆으로 끌려갔다가 빨려 들듯이 아래로 가라앉았다.

칠흑 같은 어둠 속에서 챠그무는 그저 기둥에 매달려 있었다. 몸이 이쪽저쪽으로 끌려 다녔다. 왼쪽 어깨에 힘이 들어갈 때마다 극심한 통증이 느껴졌다.

바람 소리가 울부짖는 듯했다. 주룩주룩 쏟아지는 빗소리와 함께 어디선가 바람이 조금 들어왔다. 바람이 들어온다면 옆으로 기울어지면 물이 들어오는 게 아닐까? 배가 삐걱거렸다. 배의 판자는 어느 정도까지 견딜 수 있는 걸까?

하늘과 바다의 무시무시한 힘이 이 보잘것없는 배를 집어 올려서 가차 없이 찌부러뜨리려고 했다.

무서웠다. 몸이 이리저리 휘둘리면서, 챠그무는 이가 덜덜 떨리는 것을 막을 수가 없었다.

갑자기 누군가가 허리띠를 붙잡았다. 휴우고가 챠그무의 허리띠를 잡아당겨 몸을 끌어안듯이 하고 기둥에 꽉 눌러주었다. 상하좌우로 들려서 올라가는 감각은 사라지지 않았지만, 몸이 이리저리 휘둘리지 않게 되어서 챠그무는 한숨을 돌렸다.

쵸우루 냄새와 등에 전해지는 온기를 느끼는 사이에 몸의 떨림이 조금씩 가라앉았다.

배가 붕 떠오르는가 싶더니 엄청난 기세로 옆으로 쓰러졌다. 챠그무는 눈을 꽉 감고 팔에 힘을 주었다.

"…말을 하지 마세요. 혀를 깨물면 위험합니다."

살짝 미소를 머금은 휴우고의 목소리가 귓전에서 들렸다.

가슴 밑바닥을 간질이는 듯해 챠그무가 킥킥거렸다.

휴우고가 갑자기 콧노래를 부르기 시작했다. 모르는 노래였지만 꽤나 밝은 곡조였다. 파도에 흔들려 몸이 기둥에 꽉 눌릴 때마다 콧노래는 짓눌린 신음 소리가 되었다.

챠그무는 계속 웃었다. 공포가 배 속에 있고, 거기서부터 끊임없이 거품처럼 웃음이 솟구쳤다.

태풍이 지나갈 때까지의 기나긴 시간을 휴우고는 자장가를 부르듯이 콧노래를 불렀다.

얼마나 그렇게 하고 있었을까?

문득 챠그무는 빗소리가 들리지 않는 것을 느꼈다. 아직 배는 심하게 흔들렸지만 바람 소리도 약해져 있었다.

이윽고 선실의 판자문을 두드리는 소리가 나고 산갈어가 들려왔다.

"살아 있나? 태풍은 지나갔다."

휴우고가 속삭였다.

"괜찮으십니까?"

챠그무가 고개를 끄덕였다.

"괜찮다. 고맙다."

휴우고가 몸을 떼자 등이 시원해졌다.

휴우고는 손으로 더듬어 판자문으로 가서 빗장을 풀고 문을 열어젖혔다.

바람과 함께 빛이 들어왔다.

"…이거, 굉장하군."

휴우고가 밝은 목소리를 내며 돌아봤다. 챠그무는 슬금슬금 일어서서 굳은 손을 흔들면서 입구 쪽으로 향했다.

계단 위로 보이는 하늘이 새빨갰다.

챠그무는 갑판으로 나가 숨을 멈췄다.

석양이 장관이었다.

넘실거리는 바다의 물마루마저도 꼭두서니 빛을 띠고 있었다.

"태풍이 하늘을 닦아주고 갔군."

휴우고가 중얼거렸다. 평소에는 시끄러울 정도로 쾌활한 산갈 남자들도 모두 갑판에 서서 홀린 듯이 석양을 바라보고 있었다.

챠그무는 휴우고 곁을 천천히 지나쳐, 뱃전까지 가서 배 모서리에 손을 얹었다.

붉은빛이 천천히 보랏빛으로 바뀌어가는 것을 지켜보고, 그제야 남자들이 움직이기 시작했다. '배가 고프다', '아줌마가 불을 지피고 있을까'라는 식의 대화를 나누면서 우르르 흩어졌다.

휴우고도 계단 쪽으로 가려다가 문득 발을 멈췄다.

챠그무가 배 모서리에 오른손을 얹고서 마치 조각상처럼 우두커니 서 있었다. 숨도 쉬지 않는 것처럼 보였다.

그 눈을 보고 휴우고는 가슴이 철렁했다.

이런 눈을 그는 예전에 본 적이 있다. 이 세상이 아닌 다른 세상을 바라보는 자의 몽롱한 시선을.

순간 챠그무의 몸이 투명해지는 것처럼 보였다.

휴우고는 목덜미에 소름이 돋는 것을 느꼈다. 이 소년에 관한 기괴한 이야기가 문득 떠올랐다. 챠그무 황태자는 어릴 적에 다른 세계에 있는 물의 정령의 알을 몸에 품어 가뭄을 해소했다는….

소년한테서 무슨 냄새가 풍기더니 뺨에 닿았다.

콧속에서 강렬한 물 냄새를 느끼고 휴우고는 몸을 떨었다. 잊을 수 없는 냄새였다. 바다 냄새하고도, 갑판을 적신 비 냄새하고도 다른 상쾌한 물 냄새….

그 순간 눈앞의 풍경이 확 바뀌었다. 남빛을 머금은 물이 흔들리면서 덮쳐 오는 것을 보며 휴우고는 이를 악물었다.

투명한 물속에서 소년은 미소를 짓고 있었다.

그 눈 속에, 이 남빛 물에 끌려들어 가 녹아들고 싶다는 간절한 소망을 담은 채.

남빛 물이 흘러 빛을 머금고 흔들리다가 소년의 모습이 녹기 시작했다….

'…가버린다!'

머릿속에 섬광이 지나가고, 휴우고는 제정신으로 돌아왔다.

바들바들 떠는 손을 뻗어, 소년의 부상당한 쪽 어깨를 붙잡왔다.

소년의 얼굴이 고통으로 일그러지고, 그 순간 막이 터진 것처럼 남빛 물이 사라졌다.

물에 젖어 거무스름해진 갑판과 바닷바람 냄새가 돌아왔다. 바닷새 소리도 들리기 시작했다.

휴우고는 덜덜 떨리는 무릎에 손을 얹고, 호흡을 가다듬기 위해 안간힘을 썼다. 얼굴을 들자, 챠그무가 얼어붙은 듯이 굳은 얼굴로 눈을 크게 뜨고서 휴우고를 바라보고 있었다.

한동안 아무 말도 하지 않고 두 사람은 서로를 쳐다보고 있었다.

"왜…?"

가느다란 목소리로 챠그무가 중얼거렸다.

휴우고가 등을 펴고 이마를 축축이 적신 땀을 닦았다. 숨을 고르면서 눈을 감고, 그런 다음 천천히 눈을 떠 챠그무를 봤다.

"…도망치지 마십시오."

한 방 얻어맞은 것처럼 챠그무는 움찔했다.

휴우고의 눈에 강렬한 빛이 떠올랐다. 고통을 참는 것처럼 얼굴을 일그러뜨리며 챠그무를 바라보고 있었다.

'이 남자는 알고 있구나.'

차그무는 마비된 것 같은 머리로 멍하니 그런 생각을 했다.

'지금 내가 나유그를 보고… 나유그에 끌렸던 것을.'

그것이 어떤 의미인지도 이 남자는 알고 있다.

차그무가 넋이 나간 듯한 목소리로 말했다.

"그대도… 보이는가?"

휴우고가 살짝 고개를 끄덕였다. 그리고 숨을 들이마시더니 차그무한테서 시선을 돌렸다.

"보입니다. 보려고 해도 안 보이지만. 그곳을 동경하고 있는 사람 곁에 있으면 끌려드는 것 같습니다."

바다를 바라보는 그 옆얼굴에는 뭔가 고통을 참는 듯한 표정이 떠올랐다. 시선을 피한 채로 휴우고가 속삭였다.

"도망치지 마십시오. …전하가 도망치시면 백성들은 어떻게 됩니까?"

핏기가 사라진 흰 손가락으로 차그무는 입가를 눌렀다.

그런 다음 손으로 얼굴을 감쌌다. 울음소리가 터져 나오려는 것을 막으려고 차그무는 가쁘게 숨을 들이쉬었다.

콧속에는 아직 나유그의 물의 강렬한 냄새가 남아 있었다. 야광모래벌레가 빛나던 밤에 본 나유그의 바다보다 훨씬 생물이 적어 보이는 썰렁한 바다였지만, 그래도 그 감각은 다르지 않았다. 머나먼 세계의 깊은 정적, 그 행복한 정적….

몸에 남은 그 감각이 서서히 사라져가고, 그 대신에 차가운 현실 감각이 돌아왔다.

쉬었지만 힘 있는 휴우고의 목소리가 귓전에서 울렸다.

"황제의 아들로 태어나 백성을 구할 수 있는 입장이면서도 전하는 도망치실 생각인가요?"

챠그무는 얼굴을 감싸고 있던 손을 내리고 휴우고를 올려다봤다.

휴우고가 챠그무를 정면으로 쳐다보고 있었다.

"그 손으로 수천, 수만 명의 사람들을 구할 수 있는 입장에 있으면서 아무것도 하지 않고 도망치실 생각입니까?"

챠그무는 이를 악물었다. 눈에 눈물이 차올라 뺨을 타고 흘러내렸지만 닦지도 않았다.

"…그 입장은."

떨면서 숨을 들이마시고 챠그무가 말했다.

"수천, 수만 명의 목숨을 앗아버릴지도 모르는 입장이다."

신음하듯이 챠그무가 말했다.

"내가 길을 잘못 들면 수많은 목숨이 사라진다."

이를 꽉 깨물고 챠그무는 눈을 감았다. 그리고 눈을 뜨더니 눈물로 번쩍이는 눈으로 휴우고를 노려봤다.

"그대는 말했지. 내가 타르슈 제국의 힘을 빌려…."

목소리를 낮추라는 뜻으로 휴우고가 손으로 누르는 동작을 했다. 챠그무는 목소리를 낮췄지만 엄한 어조는 바꾸지 않았다.

"아바마마를 퇴진시키면 나라를 구할 수 있다고. 하지만 아바마마는 협박으로 퇴위하실 분이 아니다. 비록 혼자서 수만 명의 군대 앞에 서더라도 고개를 들고 죽음을 택하실 분이다."

챠그무의 얼굴에는 어두운 슬픔이 서려 있었다.

"아바마마는 하늘로부터 통치하라는 명령을 받은 나라를 다른 나라에 넘겨줄 바에는, 모든 백성을 죽음으로 내몰지라도 싸우는 쪽을 택하실 것이다.

내가 아바마마의 목숨을 빼앗아 황제가 되면 그대가 말하듯이 많은 목숨을 희생시키지 않아도 될지 모른다. 하지만…."

눈물로 젖은 얼굴로 챠그무가 외쳤다.

"나는 적에게 자비를 구걸하기 위해 아버지를 죽여야 한단 말인가!"

피리 같은 소리를 내며 숨을 들이쉬고 신음하듯이 말했다.

"타르슈의 개가 되어 아버지의 피가 묻은 더러운 손으로… 백성을 통치하라는 말인가?"

창백한 뺨을 타고서 눈물이 흘러내렸다.

“나는 그런 황제 따위… 되고 싶지 않다.”

휴우고의 눈에서 분노가 사라졌다. 어두운 눈동자로 휴우고는, 몸을 비틀듯이 하고서 오열을 참고 있는 소년을 바라보고 있었다.

어느 틈엔가 석양은 사라지고, 노란 띠만 조금 남기고 밤하늘로 바뀌었다.

저녁샛별이 반짝이기 시작해도, 두 사람은 꼼짝도 하지 않고 갑판에 서 있었다.

5
매의 발톱 밑에

포로 소년의 저녁 식사 쟁반을 가지러 온 세나는 선실 밖에 나와 있던 쟁반을 보고서 얼굴이 어두워졌다. 과즙 그릇만 비어 있을 뿐 음식에는 거의 손을 대지 않았다. 고기조림은 식어서 얇은 막이 생겼다.

세나는 한숨을 쉬었다.

저녁에 갑판에서 오열을 참던 소년의 목소리가 아직 귀에 남아 있었다.

소년과 휴우고가 이야기하는 것을 세나는 계단 근처에서 엿들었다. 목소리를 낮추고 요고어로 말하고 있어서, 무슨 이야기를 했는지는 모른다. 다만 이따금 소년의 목소리가 높아졌을 때만 몇 마디인가 귀에 들렸다. 그것만으로도 이제까지 몰랐던 사실을 깨닫기에는 충분했다.

'저 소년은….'

귀족 아이가 아니라 아마도 신요고 황국의 황자인 듯하다.

이것이 돈을 목적으로 한 납치가 아닌 것은 처음부터 눈치 챘지만, 이 정도로 엄청난 일에 연루되었으리라고는 전혀 생각지도 않았다. 어쩌면 자신은 신요고 황국을 멸망시키는 것을 거들고 있는지도 모른다.

'큰돈을 지불할 만했구나.'

소년이 황자라는 사실을 알았다고 해서 별로 불안을 느끼는 것은 아니고, 이제 와서 이 일을 떠맡은 것을 후회할 생각도 없다. 다만 왠지 모르게 마음이 편치 않았다.

'그래서 타르슈의 앞잡이라고 했구나.'

세나의 미간에 주름이 생겼다.

닫혀 있는 선실 문을 세나는 한참을 응시하고 있다가, 이윽고 다시 한 번 한숨을 쉬더니 쟁반을 들고 일어섰다.

세나가 주방으로 향했을 무렵, 휴우고는 인적이 없는 갑판의 돛대 밑에 앉아서 멍하니 하늘을 보고 있었다.

휴우고는 오늘 저녁에 목격한 광경을 그 이후로 계속 생각하고 있었다.

‘저 소년은….’

정말로 다른 세계를 보는 눈을 갖고 있다. 노래 가사나 백성들의 소문으로 전해지던 챠그무 황태자의 신비한 능력은 지어낸 이야기가 아니었던 것이다.

지금은 멀어진, 그리운 사람의 모습이 마음속에서 떠올랐다.

그 사람은 종종, 오늘의 챠그무 황태자와 비슷한 눈으로 다른 세계를 바라보고 있었다. 다른 세계에 끌려서 그쪽으로 가버리고 싶다는 간절한 소망을 담고서.

‘그런 눈을 갖고서 황태자로 사는 것은 힘든 일이겠구나.’

도망칠 수 있는 곳이 보이는데도 도망치지 않고 살아가는 것은 괴로운 일일 것이다. 특히 챠그무 같은 소년에게는….

휴우고는 멍한 채로 시선을 떨구고, 손가락에 낀 쵸우루의 빨간 불을 봤다.

고작 열다섯 살의 소년에게 한 나라의 운명을 짊어지게 하려는 잔혹함을 생각하지 않은 것은 아니다. 하지만 그 소년을 깊이 알면 알수록 역시 이것이 최선의 길이라는 확신이 깊어졌다.

축축한 밤바람을 얼굴에 맞으며 휴우고는 오랫동안 생각에 잠겼다.

❧

"뭐라고? 요고를 경유해서 타르슈의 도읍으로 간다고?"

어두침침한 선실에서 휴우고와 술을 마시고 있던 소도쿠가 눈썹을 치켜올렸다.

"말도 안 돼. 그렇게 멀리 돌아가면 이상한 놈들에게 보물을 빼앗길 위험이 높아진다. 우선, 무슨 이유로 그런 짓을 할 필요가 있지?"

휴우고가 잔을 손으로 만지작거리며 나지막이 말했다.

"그에게 지금의 요고 속국을 보여주고 싶다. 타르슈 제국에 정복당한 나라가 어떻게 되는지 그 눈으로 보면 얻는 것도 많을 것이다."

소도쿠가 얼굴을 찌푸렸다. 고개 숙이고 잔을 흔들고 있는 휴우고의 얼굴을 보는 사이에 가슴 밑바닥에서 불안감이 고개를 들었다.

"…너 이상한 생각을 하고 있는 건 아니겠지?"

휴우고가 미간을 모으고 소도쿠를 봤다.

"이상한 생각?"

"황태자를 동정해서 도와주려고 마음먹은 건 아니겠지?"

휴우고가 쓴웃음을 지었다.

"도와주면 안 될 거라도 있나?"

소도쿠의 얼굴이 굳어졌다.

"농담이 아니야…."

휴우고의 미소가 깊어졌다.

"물론 농담을 하는 게 아니야. 그의 판단은 타르슈 제국의 미래와 깊은 관련이 있어. 나는 아무도 배반하고 있지 않아."

대담한 미소를 띤 채 휴우고가 말했다.

"오만한 소년이라면 그에 맞는 방법을 취할 생각이었다. 어리석다면 그것도 방법이 있다고 생각했다. …하지만 저 황태자는 그 어느 쪽도 아니야."

소도쿠가 냉소를 지었다.

"뭐야? 큰 인물이라고 말하고 싶은 건가?"

휴우고는 대꾸하지 않고 살짝 웃기만 했다.

초조한 듯이 소도쿠가 잔을 식탁에 두고서 낮은 소리로 말했다.

"너 알고 있는 거냐? 너 자신이 얼마나 위험한 줄타기를 하고 있는지?"

소도쿠의 눈에는 강렬한 빛이 있었다.

"너는 엉뚱한 녀석이니까. 동시에 여러 방향으로 손을 뻗치는 것 같은 곡예를 해내는 것을 보면, 오래 알아온 나조차도 무슨 짓을 할 생각인가 싶어 가끔 무서워져. …공포는 적의로 돌변하는 법이야."

휴우고는 미소 지은 채로 잔을 응시하고 있었다. 소도쿠가 강한 어조로 말을 이었다.

"제국에 반감을 갖고 있는 속국 사람들과 요령껏 관계를 유지하는 것도, 타르슈인도 아닌 네가 훌륭한 공적을 세워 라울 왕자의 환심을 산 것도 위협으로 여기는 녀석들이 산더미처럼 있다는 사실을 잊지 마라."

몸을 앞으로 내밀고서 소도쿠가 강한 어조로 속삭였다.

"게다가 이번에는 이렇게 큰 먹잇감을 갖고 돌아간다. 요고인인 네가 요고인 먹잇감을 잡아 온 거지. 신요고와 요고의 차이점 같은 걸 타르슈 사람들은 모르니까. 얼마든지 의심할 수 있어. 녀석들에게 그런 의심 거리를 줘서 어쩔 셈이지?"

휴우고는 잔에서 눈을 들어 지그시 소도쿠를 바라보다가, 이윽고 일어서더니 조용한 어조로 말했다.

"염려해주는 것은 고맙지만, 내 걱정은 안 해도 돼."

선창을 나가는 뒷모습을 지켜보지도 않고, 소도쿠는 어두운 얼굴로 허공을 노려보고 있었다.

배가 항구에 들어서자 챠그무의 선실 문이 닫혔다. 지난번에 항구에 도착했을 때보다는 선선해졌지만, 그래도 문을 닫고 있으면 숨이 막힐 것 같은 무더위였다.

챠그무는 멍하니 누워서 얼룩진 천장을 올려다보고 있었다. 얼이 빠진 것처럼 몸이 축 늘어져 뭔가를 생각하는 것조차도 싫었다.

이러쿵저러쿵 떠들어대는 선원들의 목소리와 발소리가 머리 위에서 끊임없이 울리더니, 항구로 내려갔는지 이윽고 그런 소리들이 사라지고 멀리서 웅성거리는 소리만 들렸다.

끼익 소리를 내며 문이 열리고 빛이 들어왔다. 휴우고가 빛을 등지고 서 있었다.

"전하, 갑판으로 나와보시겠습니까?"

챠그무는 누운 채로 휴우고를 올려다봤다. 움직이기가 귀찮기는 했지만, 불어온 바람이 조금 챠그무의 마음을 움직였다. 천천히 몸을 일으키더니 몸단장을 마치고서, 인내심 있게 기다리고 있는 휴우고를 따라서 갑판으로 나갔다.

다음 순간 챠그무는 말문이 막혔다.

믿을 수 없을 정도로 거대한 수많은 건물들이 눈에 들어왔다. 꿈을 꾸고 있는 게 아닌가 싶을 정도로 하늘 높이 수직으로 우뚝 서 있는 생소한 형태의 건물들. 그것이 어디까지고 끝없이 시계 저 멀리까지 이어져 있었다….

완만한 포물선을 이룬 항구를 따라서 튼튼하고 거대한 석조건물들이 우뚝 서 있었고, 그 앞에는 다양한 형태의 크고 작은 배들의 돛대가 숲처럼 늘어서서 흔들렸다.

알록달록한 돛과 오가는 사람들이 얼마나 많은지….

"여기가 마난입니다. 예전에 산갈 왕국 최남단의 항구도시였던 시절에도 남쪽 대륙과의 교역의 현관 역할을 하여 번성했지만, 타르슈 제국령이 되고 나서는 타르슈풍 건물들이 속속 건설되었지요."

휴우고의 목소리에 챠그무는 정신을 차렸다.

"…타르슈의 거리는 전부 이런 형태를 하고 있느냐?"

휴우고가 고개를 저었다.

"아니요, 여기는 아직 산갈의 흔적이 많이 남아 있지요. 도로 폭이 좁고 도로 정비도 완전하지 않습니다."

'도로 폭이 좁다고?'

건물과 건물 사이에 자로 잰 듯이 일정한 간격을 두고 방사선 형태로 뻗어 있는 길은 어느 것이나 신요고 도읍의 대로보다 폭이 넓었다. 길도 건물도 누군가가 재서 늘어놓은 것으로 느껴질 만큼 가지런한 형태를 하고 있었다.

"마난에 사는 백성들은…."

챠그무가 나지막이 말했다.

"산갈의 통치를 받던 시절보다 풍족해졌느냐?"

휴우고는 눈부신 햇살을 피하듯이 눈을 가늘게 뜨고 한동안 잠자코 있었다.

"이렇게 살기 좋은 마을에서 살고, 타르슈 제국의 무력의 보호를 받으며, 힘이 있으면 얼마든지 출세할 기회도 있습니다. …하지만 대부분의 가족이 아들이나 남편을 타르슈군에 병역으로 빼앗기고, 전비를 세금으로 부담하고 있지요."

챠그무를 바라보며 휴우고가 말했다.

"타르슈 제국은 요령이 좋은 지배자입니다. 다른 나라를 공격하는 비용을 속국에 부담시켜 타르슈에 반역할 국력을 빼앗지요. 처음에는 무거운 세금을 부과하지만, 속국의 병사가 다른 나라를 공격하는 전쟁에서 용감히 싸우면 그 병사의 가족에게 코무스, 즉 '신민권(臣民權)'을 주어 세금을 타르슈인과 똑같이 부과하지요.

속국의 병사는 침략의 성공을 바라며 필사적으로 싸우죠… 가족을 무거운 세금으로부터 구하기 위해서."

휴우고가 온화한 목소리로 말을 이었다.

"타르슈는 나라를 빼앗아서 풍요로워진 나라입니다. 황제가 되는 것조차도 나라를 빼앗은 공에 의해 결정될 정도니까요. 타르슈는 다른 나라를 잡아먹음으로 해서 살아가는 짐승인 셈이지요."

두 사람은 잠시 잠자코 항구의 풍경을 바라보고 있었다.

'왜 이런 이야기를 해주는 걸까?'

휴우고의 의도는 알 수 없었지만, 타르슈 제국의 내부 사정을 이야기할 생각이 들었다면 조금이라도 더 많은 것을 알아내고 싶었다. 챠그무는 휴우고의 옆얼굴을 보면서 좀 더 깊이 파고드는 질문을 했다.

"속국의 백성들은 어떻게 생각하고 있지? 타르슈의 지배에 불만은 없느냐?"

먼 곳에 시선을 둔 채로 휴우고가 대답했다.

"타르슈는 요령이 좋은 지배자라고 했습니다만, 그들은 언어나 통화, 생활 등 모든 것을 천천히 바꾸어갑니다. …백성들은 익숙해져 가는 거지요. 의식 못 하는 사이에.

제 고향 요고 속국에서는 이제 요고 화폐는 거의 찾아볼 수 없습니다. 무인이나 상인의 자제들은 타르슈어를 못하면 출세할 방법이 없는 것을 알고 있죠. 언젠가 요고어도 사라질지도 모릅니다."

챠그무는 하얀 얼굴로 멍하니 거리를 바라보고 있었다.

"전하, 요고 속국을 보시고 싶지 않습니까?"

휴우고의 말에 챠그무는 튀어 오를 듯이 놀라며 얼굴을 들었다. 선조들이 태어난 나라. 그리고 지금은 타르슈 제국의 속국이 된 나라….

"보고 싶다. …볼 수 있다면, 내 눈으로."

휴우고의 눈가에 미소가 떠올랐다.

"이제부터 타르슈의 도읍으로 향하기 전에 배를 요고로 돌아가게 하겠습니다. 사실은 그래서 오늘 밤은 이 항구에서 하루를 묵게 되었습니다. 해적들이, 멀리 돌아갈 거면 마난에서 숨 돌릴 시간을 달라고 하며 말을 듣지 않아서."

챠그무는 살짝 얼굴을 찌푸리고 휴우고를 올려다봤다.

"…그대는 왜 그런 일을 해주는 거지?"

휴우고가 태연스럽게 대답했다.

"저는 신요고 황국을 빨리 좋은 속국으로 만들기 위해 일하고 있는 겁니다. 조만간 속국의 지배자가 될 분에게 속국이란 어떤 것인지 보여드리는 것은 좋은 생각인 것 같지 않은가요?"

얼굴을 찌푸린 채로 챠그무는 대꾸를 하지 않았다.

일리 있는 말이었지만 어쩐지 위화감이 있었다. 하지만 이 남자의 의도가 무엇이든 곧바로 타르슈 왕자한테 끌려가는 것보다는 속국의 상황을 볼 수 있는 편이 나았다.

다른 나라 항구의 풍경을 바라보면서, 챠그무는 이제까지

와는 전혀 다른 마음의 흥분을 느꼈다.

여기 온 것이 잘된 일인지도 모른다.

붙잡혀서 타르슈 제국에 이용당하는 역할을 떠맡기 위해 끌려가게 되었지만, 그래도 그 작은 궁을 떠나 타국의 이런 풍경을 보는 것은 진귀한 경험임에 틀림없다.

지금 자신은 세계를 보고 있다. 고향의 좁은 궁에서 상상한 것보다도 훨씬 넓고 훨씬 복잡한 세계를.

게다가 이제부터 적의 품으로 깊숙이 들어갈 수 있다.

'여기에 있는, 이렇게 되어버린 운명을 역으로 이용할 수는 없을까?'

뭔가가 조용히 마음속에 차올라 왔다.

아무리 타르슈 제국이 강대해도 아직 패배가 결정된 것은 아니다.

승부는 막 시작되었고, 아직 시간이 부족한 것도 운이 다한 것도 아니다.

자신을 납치해 속셈을 보이고 만 것을 타르슈 왕자가 후회하는 그런 미래를 만들어내는 것도 지금이라면 아직 가능할지도 모른다….

하얀 빛에 챠그무는 눈부신 듯이 눈을 가늘게 떴다.

자신은 미숙하다. 슈가의 도움을 받을 수도 없는 외톨이인

지금은, 올바른 길을 찾지 못해 잘못된 길을 선택하는 경우도 있을 것이다.

'그래도….'

휴우고가 말한 것처럼 자신이 짊어지고 있는 것은 수천, 수만 명의 사람들의 미래다. 어떻게 포기할 수 있겠는가…?

빠져들듯이 마난의 항구를 응시하고 있는 챠그무의 눈에는 강렬한 빛이 떠올랐다.

기침하는 소리가 뒤에서 들렸다. 돌아보니 바로 그 랏샤로 여자가 물고기 내장이랄지 채소찌꺼기 같은 것을 가득 넣은 통을 안고서 갑판으로 올라오는 것이 보였다. 그녀는 아무렇게나 그 쓰레기를 바다에 내던지더니 항구 쪽을 보려고도 하지 않고 선창 쪽으로 되돌아갔다.

"…아주머니는 항구에 안 가나?"

챠그무가 말을 걸자 여자는 얼굴을 들어 무슨 말이냐는 듯이 챠그무를 봤다. 귀가 어두웠던 것이 생각나서 다시 한 번 반복하자, 여자가 불쾌한 표정을 지으며 고개를 저었다.

"타르슈 냄새가 진동하는 항구 따위 보고 싶지도 않다."

내뱉듯이 그렇게 말하더니 여자는 선창으로 내려가버렸다.

놀라는 챠그무에게 쓴웃음을 지으며 휴우고가 말했다.

"랏샤로 중에는 타르슈라면 치를 떠는 사람이 많은 듯합니다."

"왜지?"

"타르슈에 정복당한 후로 스갈해의 랏샤로들은 바다를 떠도는 생활을 할 수 없게 되었습니다. 니케섬이라는 곳에 모아놓고서 강제로 어민으로 살게 했지요. 타르슈는 그들의 가족을 병사로 데려갔을 뿐만 아니라, 한창 일할 나이의 사람들을 산갈을 공격하기 위한 밀정으로 썼지요."

휴우고는 항구의 건물에 눈길을 주었다.

"백성을 완벽하게 지배하기를 바라는 타르슈로서는, 랏샤로처럼 제멋대로 국경을 넘나드는 녀석들은 용서하기 힘들겠지요.

행상인이나 곡예사 같은 떠돌이에게도 타르슈는 엄격합니다. 무슨 목적으로 어떤 길을 거쳐 여행하는지를 관청에 신청하고, 쿳도(여권)를 받지 못한 여행자는 가도의 관문을 통과할 수가 없습니다."

그 말을 음미하듯이 챠그무가 고개를 끄덕였을 때, 배와 잔교를 잇는 판자다리 쪽에서 활기찬 목소리가 들려왔다.

세나가 양손에 하나씩 꾸러미를 들고서 판자다리를 올라왔다. 마을에 내려가서 뭔가 사 온 것 같았다. 이제부터 마을로 가려던 젊은 남자가 양손이 자유롭지 못한 세나를 희롱하고 있었다. 젊은이가 세나의 몸을 만지려고 손을 뻗은 순간,

세나는 양손의 꾸러미를 공중으로 휙 던졌다.

너무 빨라 세나가 뭘 했는지 챠그무에게는 전혀 보이지 않았는데, 젊은이는 악 하고 비명을 지르며 몸을 뒤로 젖히고서 판자다리에서 바다로 떨어졌다. 공중으로 던진 꾸러미를 양손으로 받으며, 세나는 젊은이가 일으킨 물보라를 재빨리 피했다.

"바보 같은 녀석. 나에게 손대려고 하다니, 아직 머리에 피도 안 마른 녀석이. 더러운 마난 물로 머리나 식혀라!"

기세등등하게 말하고 나서, 자신을 보고 있는 챠그무와 휴우고를 발견하고 세나가 쓴웃음을 지었다.

"뭘 사 왔지?"

휴우고가 말을 걸자, 세나가 쑥스러운 듯이 웃으면서 다가왔다.

"이거 먹을래?"

세나는 꾸러미 하나를 휴우고에게 건네더니, 또 다른 꾸러미를 묶은 가는 끈을 풀었다. 겉에 싼 반질반질한 초록색 잎을 펼치자 안에서 옅은 복숭앗빛의 챠즈(쌀과자)가 나타났다.

"아, 챠즈로군. …용케 찾았구나, 이런 것을."

휴우고가 말하자 세나가 의기양양해하며 웃었다.

"마난은 몇 번이나 왔거든. 요고 행상인이 잘 들르는 시장에 가봤더니 이게 맛있어 보여서. …먹어본 적 있어?"

챠그무가 고개를 갸웃했다. 비슷한 쌀과자를 먹은 적은 있지만, 약간 색깔이 다른 것 같았다.

"하나 먹어보자."

"자."

내민 꾸러미에서 작게 말려 있는 챠즈를 집어 입에 넣자, 부드러워 식감이 좋은 겉껍질 안에서 새콤달콤한 과즙이 배어 나왔다. 자주 먹었던 라푸루(감귤 계통의 과일) 향이었다.

불안한 듯이 지켜보고 있는 세나에게 챠그무가 미소를 지었다.

"…많이 먹어본 맛이구나. 이건 사즈라는 과자와 매우 비슷하다."

세나의 얼굴에 미소가 확 퍼졌다.

"달콤한 것은 힘이 불끈 솟게 하지. 많이 먹고 힘내야지. 지금 사이(차)를 타 올 테니까. 내 몫도 두세 개 남겨둬."

숨 가쁘게 그렇게 말하더니 세나는 선창으로 뛰어 내려가 버렸다.

"…성미가 급하기도 하지."

휴우고가 중얼거렸지만, 챠그무는 왠지 기분이 밝아졌다. 그런 챠그무의 표정을 보고 휴우고가 물었다.

"저렇게 함부로 말하는 걸 들으시면 불쾌하시지 않습니까?"

챠그무가 고개를 저었다.

"아니. 저런 말투는 싫어하지 않아. 저 아가씨에게는 존댓말이 안 어울릴 거다."

그렇게 말하자 휴우고가 쓴웃음을 지었다.

세나의 말을 들어서는 아니지만, 이날부터 챠그무는 제대로 식사를 하게 되었다. 몸에 힘이 생기자 마음도 조금씩 원래의 기력을 회복하는 듯했다.

6
섬광

배가 마난항에서 멀어지자 챠그무는 세나한테 가서 뭔가 돕게 해달라고 부탁했다.

세나의 눈이 동그래졌다.

"뭐? 하지만 돕는다고 해도 청소나 물 나르는 것 같은 일이야…."

챠그무가 고개를 끄덕였다.

"상관없다. 이대로는 몸이 나태해지니까. 조금이라도 몸을 움직이고 싶은 것이다."

그래도 세나는 망설였다. 황자라고 하면 구름 위에 있는 분이다. 그런 일을 이 기품 있는 소년이 할 수 있을 것 같지도 않았다.

망설이는 세나의 손에서 걸레를 빼앗더니 챠그무는 능숙하게 대야에서 빨아 짜서, 산갈 소년들 사이에 섞여 갑판을 걸레로 닦기 시작했다.

다친 왼쪽 어깨를 조심하며 하는 걸레질이었는데도 꽤나 익숙해 보여서 세나는 속으로 놀랐다.

갑판을 몇 차례인가 왕복하더니 땀이 났는지 챠그무는 윗옷을 벗어 옆으로 던졌다. 매끄러운 소년의 등이 눈부신 햇살 아래서 반짝였다.

세나는 스스로도 뭔지 알 수 없는 야릇한 생각에 사로잡혀, 힘을 아끼지 않고 일하는 챠그무 황태자의 모습을 바라보고 있었다.

해적들은 처음에 이 인질 소년을 어떻게 대해야 할지 당황하는 듯했지만, 익숙해짐에 따라서 편하게 일을 맡겼다.

산갈 젊은이들은 거칠었지만 정이 많은 사내들이어서, 이윽고 챠그무를 동생처럼 귀여워했다.

담수가 나오는 무인도에 배를 댈 때마다 그들은 챠그무를 해변으로 데려가서, 바닷속에 깊이 잠수하기도 하고 물결을 타는 법을 가르쳐주기도 했다.

"넌 요고인치곤 제법 소질이 있는데."

그러면서 산갈 해적들이 등을 두드리거나 하면, 챠그무는 이상해서 소리 내어 웃지 않을 수 없었다. 시중드는 사람 외에 아무도 황태자 몸에 손을 댈 수 없는 궁에서의 삶이, 바다에 들어가서 산갈 젊은이들과 접촉할 때마다 튕겨 나가 사라져버릴 것만 같았다.

놀라울 정도로 맑은 물에 들어가면, 세나가 마치 물고기처럼 몸을 비틀며 헤엄치면서 다가와 손을 잡고 챠그무를 바다 밑으로 데리고 들어가서, 바위에 붙은 조개나 커다란 새우 같은 것을 따게 해줬다.

세나는 뒤에서 갑자기 다가와서 챠그무를 놀라게 하기도 했다.

잠수해 있을 때 뒤에서 접근한 경우에는 오른쪽 어깨를 손가락으로 독특한 가락을 붙여서 찌르는 것이 산갈 해적들 사이에서의 신호라고 세나가 가르쳐주었다. 각자 찌르는 법이 달라 그걸로 동료를 구분할 수 있다고 한다.

"뒤에서 다가왔을 때 어깨를 찌르는 신호를 하지 않으면, 뒤돌아서 단도로 찔러도 뭐라고 할 수가 없어."

그렇게 세나가 주의를 주었다. 산갈 해적들의 연락 방법은 여러 가지가 있는데, 뱃전을 노로 두드리는 '노로 하는 대화'라는 것도 있다고 한다.

"어깨를 찌르는 신호는 말이야, '노로 하는 대화'와 똑같은 방식으로 자신의 이름을 전할 수 있어."

그렇게 말하고 세나는 즐거운 듯이 자신의 이름을 어떻게 두드리는지 가르쳐주었다. 요령을 터득하자 의외로 간단히 노로 대화하는 법을 터득했다.

"그렇구나, 대충 알겠다."

챠그무가 말하자 세나는 정말일까 하는 표정을 지었다.

"그럼 잠깐 뒤로 돌아봐."

시키는 대로 등을 돌리자, 세나가 오른쪽 어깨 부근을 손가락으로 두드리기 시작했다.

"세나는, 빨리, 헤엄친다."

챠그무가 대답하자 세나의 눈이 휘둥그레졌다.

"대단한데. 무척 빨리 배우네!"

챠그무가 웃으면서 몸을 비틀었다.

"간단해. 하지만 간지러워. 찌르는 것은 바닷속에서만 하기로 해."

그렇게 말하고 씩 웃더니 챠그무는 몸을 돌려서 바다로 뛰어들었다.

해가 질 때까지 챠그무와 세나는 바닷속에 들어가서 어린 아이들처럼 놀았다.

세나의 머리가 수초처럼 퍼지고 입가에서 나온 한숨 방울이 번쩍이면서 해수면으로 올라간다. 흔들리는 금빛 속을 평온한 세나의 손발이 부드럽게 물을 헤치며 간다.

'이런 순간은 다시 오지 않는다….'

그런 생각이 문득 챠그무의 가슴을 찔렀다.

두 번 다시 찾아오지 않을 순간적인 빛 속에 지금 자신이 있는 거라고 생각했다.

해변의 바위에 서서 그런 챠그무의 모습을 바라보던 소도쿠가 중얼거렸다.

"…참으로 이상한 황태자로군."

옆에 서 있는 휴우고가 소리 없이 웃었다.

"그가 걸레를 짜는 손놀림 말이야, 그걸 봤을 때는 깜짝 놀랐지."

무슨 말이냐는 듯이 소도쿠가 올려다보자, 휴우고가 걸레 짜는 동작을 해보였다.

"황태자께서는 걸레를 무척 잘 짜더라고. 밧줄을 묶는 일 같이 손으로 하는 일을 아무렇지도 않게 해내지. 산갈 녀석들이 일을 시켜도 척척 해치우고 있어."

휴우고가 말했다.

"그 모습을 보면서 생각했지. 그 노래 가사는 거의 사실에 가까울지도 모른다고."

"노래 가사? …아아, '물의 정령과 황태자의 공적' 말이로구나. 여자 호위무사가 구해줘서 챠그무 황태자가 여행을 했다는 내용의."

휴우고가 고개를 끄덕였다.

"백성들의 호응을 고려해서 가사 짓는 사람이 이야기를 재미있게 꾸민 거라고 생각했는데, 어쩌면 실제 있었던 일인지도 모르겠어. 좁은 궁밖에 모르는 황태자가 저런 식으로 행동할 리가 없잖아."

소도쿠가 코웃음을 쳤다. 산갈 소년처럼 바닷속으로 쑥 들어가는 챠그무를 바라보면서 소도쿠는 마음속으로, 챠그무와 처음 대면했을 때의 일을 멍하니 떠올렸다.

마난항을 떠나고 얼마 후에 소도쿠는 처음으로 챠그무 앞에 얼굴을 내밀었다.

그때 챠그무의 표정에는 아무런 변화가 없었다. 잠자코 휴우고의 설명을 듣더니 지그시 꿰뚫는 듯한 눈으로 소도쿠를 응시하며 고개만 끄덕였다.

불결한 것을 싫어하는 요고의 황태자인데도 주술사인 자신을 보는 챠그무의 눈에 경계의 빛은 있었으나 경멸하는 빛이 떠오르지는 않는 것에 소도쿠는 놀랐다.

예전에 형 라스그가 이 황태자와 주술로 싸웠다고 한 것이 허풍만은 아닐지도 모른다고 그때 처음으로 생각했다.

휴우고가 이 소년 안에서 무엇을 봤는지는 모르겠지만, 확실히 도와주고 싶게 만드는 뭔가가 이 소년에게는 있다.

바위 위에 앉아 무릎에 턱을 얹고서 소도쿠가 다시 한 번 중얼거렸다.

"참으로 특이한 황태자로군."

휴우고는 환호성을 지르는 챠그무를 바라보고 있어서 소도쿠의 얼굴에 떠오른 표정은 알아차리지 못했다.

저녁 식사 후의 시간을 챠그무는 종종 뱃머리 옆의 갑판에 앉아서 보내곤 했다. 바다로 해가 가라앉는 광경은 아무리 봐도 질리지가 않았다.

붉은빛과 보랏빛이 섞인 구름이 가로로 길게 누워 있었다. 그 구름 위에는 이미 밤의 푸른빛이 다가와 있었다.

발소리가 들려왔다. 요즘은 발소리만 들어도 세나라는 것을 알 수 있다.

"…좋은 거 갖고 왔어."

올려다보니 세나가 생소한 형태의 술 단지를 흔들었다. 왼손의 손가락 사이에는 잔 두 개가 있었다.

"술인가?"

"과일주. 맛있어, 이거."

옆에 앉더니 세나가 익숙한 동작으로 술을 자그마한 잔 두 개에 따랐다. 흔들리는 배 위인데도 흘리지도 않았다.

조심스럽게 입을 대보고 챠그무는 놀라는 표정을 지었다. 마치 과즙처럼 향이 좋고 달콤했다.

"맛있는 술이로구나."

"그렇지? 향이 좋아."

그렇게 대답한 세나의 옷가슴에서 흰쥐 포이가 툭 튀어나왔다. 술잔으로 다가가더니 스윽 발돋움해서 자그마한 앞발을 잔 테두리에 걸치고, 코끝을 술에 박고서 맛있다는 듯이 술을 마시기 시작해 챠그무는 눈이 동그래졌다.

"아니, 포이가 술을 마시다니."

"엄청 좋아하는 것 같아. 내가 마실 때는 반드시 함께 마셔 주지. 그렇지?"

손가락을 구부려서 세나는 귀엽다는 듯이 포이를 쓰다듬었다.

"어이, 쪼끄만 몸에 넙죽넙죽 너무 마시는 거 아냐? 나머지는 내 거야."

그렇게 말하자마자 세나는 포이한테서 빼앗은 술을 순식

간에 비우고, 다시 따라서 꿀꺽꿀꺽 마셨다. 마치 물을 마시듯 했다.

조금 놀라서 챠그무가 나지막이 말했다.

“그대는 자주 마시는가?”

“여덟 살쯤부터 거의 매일. 우리 패거리 중에서는 라퀴 아버지가 최고의 술꾼이지만, 나도 단련이 되었으니까 할머니가 될 즈음에는 최고가 될지도 몰라.”

세나는 웃으며 챠그무의 잔에 술을 따랐다.

“너는 별로 안 마시는 것 같네. 귀족 부모들은 엄하게 교육시키겠지?”

챠그무가 쓴웃음을 지었다.

“나는 예의범절을 부모에게 배운 적이 없다. 워낙에 함께 식사를 한 적도 없지.”

놀라는 세나에게 챠그무가 말했다.

“어릴 적에는 예의범절을 가르치는 노인이 붙어서 철저하게 가르쳐주었지만, 이제는 더 이상 그런 일도 없다.”

옅어져서 사라져가는 자줏빛 구름의 마지막 한 조각을 바라보며 챠그무가 나지막이 말했다.

“어머니에게는 안긴 기억이 있지만, 아버지와는 살이 닿은 기억이 없어.”

한참을 두 사람은 잠자코 바다 위에 뻗어 있는 빛이 사라져가는 것을 바라보고 있었다.

짙은 군청색의 하늘에 별이 몇 갠가 반짝이기 시작했을 무렵, 세나가 나지막이 말했다.

"황자로 태어나는 것도 좋은 게 아니구나."

깜짝 놀라 뒤돌아본 챠그무에게 세나가 조용히 말했다.

"황자잖아? 신요고 황국의."

챠그무는 대답하지 않았지만, 세나는 개의치 않고 말을 이었다.

"이 정도로 오래, 이런 식으로 같이 배를 타고 있으면 언젠가 내가 눈치챌 거라고 휴우고도 예상했을 거야. 나라면 욕심에 눈이 멀어서 휴우고를 배반하거나 하지는 않을 거라고 믿어준 거겠지."

세나가 빙긋이 웃었다.

"하지만 너를 보고 있으니까 왠지 말이야. 일단 수락한 일이지만 타르슈의 앞잡이 노릇을 하는 게 싫어져.

네가 오만한 황자였다면 신경도 쓰지 않았겠지만 말이야."

두 사람은 밤의 빛에 둘러싸여 세나의 얼굴도 제대로 안 보이게 되었다. 돛이 펄럭이는 소리를 들으면서 한동안 잠자코 있던 세나가 불쑥 말했다.

"…도망치고 싶으면 도와줄게."

챠그무는 잠자코 바다를 응시하고 있었다. 세나가 진심인 것은 잘 알 수 있었다. 이런저런 생각들이 마음속에 맴돌았지만 항상 같은 결론에 도달했다.

이윽고 챠그무가 조용히 말했다.

"고마워. 하지만 나는 타르슈로 가겠어."

취침을 알리는 종이 울리기 시작해, 맑은 소리가 허공에 울리며 사라졌다.

❧

배가 남쪽 대륙에 가까워질수록 햇빛은 부드러워지고, 아침저녁으로 싸늘해졌다. 바다의 색도 야르타시해보다도 훨씬 깊고 어두운 청색으로 변해갔다.

남쪽으로 갈수록 더워지는 것이 아니라 어떤 곳부터 오히려 남쪽으로 갈수록 추워진다고 배웠는데, 실제로 이렇게 그런 변화를 느껴보니 참으로 묘한 느낌이 들었다. 무엇보다도 이상하게 여겨진 것은 고국을 떠날 때는 봄이 끝나갈 무렵이었는데, 남쪽 대륙이 가까워 오자 거기도 역시 겨울이 봄으로 바뀌는 계절이라는 점이었다.

'정말로 모든 것이 반대로구나.'

하고 챠그무는 절실히 느꼈다.

약간 비바람이 불어 바다가 거칠어졌다가 잔잔해지는 일은 몇 번이나 있었지만, 커다란 태풍을 만나는 일도 없이, 배는 마침내 요고 속국의 호시로항으로 다가갔다. 풍향 관계로 요고의 도읍에 가장 가까운 항구보다, 오르무 속국에 좀 더 가까운 이 항구에 우선 기항하게 되었다.

처음 보는 요고의 풍경에 정신이 팔려 있는 챠그무에게 휴우고가 말을 걸었다.

"저 벼랑 위에 있는 폐허가 보이십니까?"

휴우고가 가리키는 것은 옅은 초록빛을 띤 하얀 벼랑 위였다. 휴우고 말대로 흰 벽에 검은 기와지붕이 얹힌, 전형적인 요고풍의 커다란 건물이 보였다. 다만 벽이 반은 무너져 내리고 풀로 뒤덮여 있는 것이 멀리서도 보였다.

"저것이 토르갈 황자가 머무시던 '북관(北館)'이지요."

챠그무는 자신도 모르게 몸을 쑥 내밀었다.

성독박사 카이난 나나이의 말을 믿고 요고 백성들을 데리고 북쪽에 있는 나요로 반도로 옮겨 가서 신요고 황국을 건설한 초대 황제 요고 토르갈.

자신의 먼 선조가 살았던 건물을 지금 이 눈으로 보고 있다고 생각하니 챠그무는 뭐라고 표현할 수 없는 심정이었다.

선명한 색깔의 산갈을 오래 여행해 온 탓일까? 요고의 풍경은 섬세하지만 밋밋해 보였다. 호시로항의 풍경도 마난에 비하면 보는 사람에게 호소하는 힘이 약하다. 요고풍의 검은 기와집이나 곳간 사이에 각진 타르슈풍 석조건물이 섞여 있는 것이 불균형해 보여, 참으로 살풍경하기 짝이 없었다.

가슴에 사무치는 그리움에 빠져들 수가 없었다. 산갈처럼 먼 타국의 느낌이 들지 않는 만큼 그것은 기묘하게 껄끄러운 감각을 가슴에 남겼다.

"…마난에 비하면 별로 활기가 없는 듯한데."

곶 안쪽으로 보이기 시작한 항구를 바라보며 챠그무가 조용히 말했다.

"머나먼 우리 선조의 땅 요고 황국은 오랜 역사를 가진 강대한 나라라고 생각했는데."

휴우고가 대답했다.

"예전에는 그랬지요. 호라무 왕국과 오르무 왕국도 지배하던 시절에는, 풍요롭고 강대한 나라였을 겁니다. 하지만 요고 황족들의 내분이 나라를 약화시켰겠지요. 호라무와 오르무가 반기를 든 이후로는 내리막길로 들어섰죠. 그리고 …타르슈가 쐐기를 박았죠."

햇볕에 탄 휴우고의 눈에 차가운 빛이 떠올랐다.

"요 몇 년, 조금씩이지만 겨울이 길고 혹독해졌으며, 여름이 짧아지고 강수량도 줄었습니다. 그런 탓인지 해가 갈수록 농작물의 수확량도 어획량도 줄어가고 있죠.
백성들은 불안해하고 있지만, 이 요고 속국을 통치하는 현재의 황제는 아무런 손도 쓰지 않습니다. 권력 싸움에는 능하지만, 나라를 풍요롭게 하는 방법을 모르는 무능한 남자지요."

너무나도 노골적인 황제 비판에 챠그무는 놀라며 휴우고를 올려다봤다. 휴우고는 굳은 표정으로 고향을 응시한 채로 챠그무 쪽은 보려고 하지 않았다.

막 움트기 시작한 초록빛 잎은 색깔이 옅어서 나뭇가지의 바탕색이 두드러져 보였다. 쓸쓸한 풍경이었다.

'이른 봄이라기보다 초가을 같구나.'

눈에 들어오는 풍경만이 아니다. 대지로부터도 바다로부터도 정기가 느껴지지 않았다. 여기 와서 처음으로, 챠그무는 평소에는 좀 더 짙은 정기에 둘러싸여 있었음을 깨달았다.

마치 대기의 농도가 짙은 곳에서 옅은 곳으로 온 듯한 불안감을 느꼈다.

'겨울이 길고 혹독해졌으며, 여름이 짧아지고 강수량도 줄었다….'

챠그무의 고향에서는 요 몇 년 이상하게 포근한 겨울이 계속되었고, 여름은 덥고 비도 많아졌다.

문득 고향에 가까운 바다에서 본 나유그의 풍경이 떠올랐다. 볕에 내놓은 물처럼 따뜻한 물에, 수많은 생명이 꿈틀거리던 바로 그 나유그의 바다. 남쪽에서 북쪽을 향해 천천히 이동하던, 커다란 강으로 착각할 정도로 무리 지어 다니던 다른 세계의 생물들. 그리고 봄이라는 것을 기쁜 듯이 알리던 요나로가이들….

남쪽 대륙에 가까운 산갈의 바다에서 태풍 후에 만난 나유그의 바다는 좀 더 차가웠으며 생물의 수도 적었다.

'어쩌면….'

북쪽 대륙에 나유그의 봄이 올 때는 남쪽 대륙에는 나유그의 가을이 오는 건지도 모르겠다. 그리고 그것이 어떤 형태로든 사그에도 영향을 미치는 것이 아닐까?

'만약 그렇다면.'

이 남쪽 대륙에도 그 사실을 알아차린 사람이 있는 게 아닐까? 라스그나 소도쿠 같은 주술사가 있다. 알아차렸다 해도 이상할 것은 없다. 타르슈 제국의 영토 전체가 여기처럼 황폐해지고 있다면 그것이 북쪽 대륙으로 손을 뻗쳐 온 이유일까…?

휴우고에게 물어보고 싶었지만, 만약 아직 주술사도 알아차리지 못한 사실이라면 쓸데없는 것을 알려주는 셈이 된다. 그런 위험을 무릅쓸 필요는 없었다.

항구의 모습이 확실히 보이기 시작했을 때, 높은 곳에서 망을 보던 소년이 뭐라고 외치는 소리가 들려왔다. 휴우고가 소년을 올려다봤다.

"무슨 일이냐?"

망보는 소년이 항구의 동쪽 끝을 가리켰다. 그 방향으로 눈을 돌린 순간 휴우고의 얼굴에 험악한 표정이 나타났다. 눈을 가늘게 뜨고서 휴우고가 혀를 찼다.

"…전하, 송구하옵니다."

챠그무에게로 시선을 옮기고서 휴우고가 살짝 머리를 숙였다.

"요고 속국을 보여드리겠다는 약속을 못 지킬 것 같습니다."

그 말만 하고서 휴우고는 뒤를 돌아봤다. 돛대를 등지고 우두커니 서 있는 소도쿠가 어깨를 으쓱해 보였다.

"무슨 일이냐?"

챠그무가 얼굴을 찌푸리며 휴우고와 소도쿠를 번갈아가며 봤다.

"항구에 라울 왕자의 병사들이 와 있습니다."

차가운 손에 닿은 듯한 느낌이 들었다. 라울 왕자, 타르슈 제국 황제의 제2왕자.

휴우고의 말을 듣고 부두를 보니, 그의 말대로 10여 명의 기병의 모습과 검게 칠한 마차 두 대가 작게 보였다. 마차에는 매의 날개 형태를 한 깃발이 나부끼고 있었다.

"'북익(北翼)'기. 라울 왕자의 명을 받은 병사라는 표시입니다."

살짝 얼굴을 찌푸리고 소도쿠를 보고 있는 휴우고를 올려다보며 챠그무가 물었다.

"저자한테 배신당한 것이냐?"

휴우고가 고개를 저었다.

"…그는 제 일하는 방식에 불안을 느끼고 있었습니다. 한가롭게 요고 구경 같은 걸 했다가는 라울 왕자의 분노를 살 거라고요. 그는 저를 위해 최선을 다한 것이지요."

휴우고가 챠그무에게로 시선을 되돌렸다.

"송구합니다, 전하. 타르슈 제국의 도움으로, 라울 왕자에게로 곧바로 모시고 가야 할 것 같습니다."

챠그무는 고개를 끄덕였지만, 꽉 다문 입술에는 핏기가 없었다.

차그무의 눈에는 바짝 긴장하는 빛이 떠올랐다. 애써 마음의 동요를 억눌러 감추고 있는 앳된 모습이 남은 그 얼굴을 보며 휴우고가 얼굴을 일그러뜨렸다.

휴우고가 뭐라고 말하려다가 눈을 감고 깊이 숨을 들이마셨다. 눈을 떴을 때 휴우고의 얼굴에는 언뜻 보이던 동정의 빛은 사라지고 쇠처럼 냉엄한 빛이 떠올라 있었다.

"전하…."

쉰 목소리로 휴우고가 말했다.

"백성을 구해주시기 바랍니다."

그 말만 하더니 휴우고는 깊이 절을 하고서 차그무를 남겨두고 걸어갔다.

휴우고가 선창으로 사라지고 나서, 조금 후에 세나가 갑판으로 나왔다. 갑판을 빙 둘러보고서 차그무를 발견하자 곧바로 달려왔다.

"타르슈 병사가 항구에 마중 와 있다고?"

차그무가 굳은 얼굴에 간신히 미소를 지었다.

"그런 것 같다."

세나가 지그시 차그무를 응시했다.

"그럼 여기서 내리겠구나."

차그무가 고개를 끄덕이자 세나는 얼른 시선을 돌려 항구

쪽을 봤다. 이런 식으로 갑자기 이별이 찾아오리라고는 둘 다 생각지도 않았기에 더더욱 힘들었다.

항구에 시선을 둔 채로 세나가 말했다.

"이런 기분 처음이야. 일을 완수했는데도 기쁘지 않다니."

챠그무는 자기도 모르게 손을 뻗어 세나의 어깨에 얹었다.

"세나, 행운의 아이여. 내 미래에 조금이라도 행운이 찾아오도록 기도해주겠느냐?"

세나가 놀란 듯이 돌아보더니 얼굴을 일그러뜨렸다.

"…물론이지."

챠그무의 손에 자신의 손을 포개고서 세나가 눈물 섞인 미소를 지으며 말했다.

"너에게 야르타시의 은혜가 함께하기를."

제4장

대결

1
타르슈의 사나운 말

이른 봄이라고는 해도 아직 메마른 잎이 달린 나무들이 드문드문 보이는 저 멀리 광대한 초원으로부터 기마 여덟 마리가 나타났다. 그중 한 마리가 유난히 맹렬한 속도로 달려왔다.

잿빛 털의 사나운 말이었다. 볼품은 없지만 무시무시한 힘으로 질주하는 말이었다. 게다가 거세를 당하지도 않았다. 이런 수말을 다루려면 상당한 역량이 필요할 텐데, 온몸에서 김이 모락모락 날 정도로 달리는 그 거대한 말을 완벽하게 다루고 있는 사람은 의외로 왜소한 남자였다.

순수 타르슈인답게 검붉은 광택이 나는 구릿빛 피부와 은발의, 마흔 살이 채 안 돼 보이는 남자였다. 가느다란 강철 두건 중앙에 박힌, 매의 날개 형태를 한 빨간 보석이 아침 햇살에 반짝였다.

마구간 앞에는 말 관리인들이 땅에 엎드려 있었다. 조련사만 한쪽 무릎을 꿇고 기다리고 있다가, 기마가 다가오자 깊숙이 고개를 숙여 절한 다음, 일어서서 말고삐를 쥐고 걸어갔다.

조련사는 오르무인 젊은이였다. 햇볕에 탄 굳은 얼굴로 말한테 다가가 그 옆에 무릎을 꿇고서, 말 탄 남자의 발밑으로 양손을 내밀었다. 남자는 아무렇지도 않게 그 양손을 장화로 밟고 말에서 내렸다.

조련사는 고개 숙인 채 일어서서 고삐의 쇠장식을 말 재갈의 쇠장식에 걸려고 했지만, 손이 심하게 떨려 쇠장식들이 서로 부딪쳐서 딱딱 소리가 났다.

말에서 내린 타르슈인은 그런 조련사의 모습에는 신경도 쓰지 않고 말했다.

"좋아졌구나. 사흘 전과는 비교가 안 될 정도로 잘 달리는구나."

그러더니 허리띠에 매단 주머니에서 금 부스러기를 꺼내 조련사 발밑에 던지고, 그러고는 뒤도 돌아보지 않고 마구간 옆에 서 있는 남자 쪽으로 걸어갔다.

젊은 조련사는 무릎이 떨려 제대로 몸을 구부리지 못해, 금

부스러기를 줍느라 애를 먹었다. 금 부스러기가 손가락에 닿았을 때야 비로소 미지근한 물에 들어간 것 같은 안도감이 온몸으로 퍼졌다.

그의 전임자는 이 말 뒷발의 힘줄에 생긴 작은 종기를 보지 못했다. 그것 때문에 이 말이 제대로 달리지 못해 전임자는… 애꾸눈이 되고 말았다.

뜨고 있어도 필요한 것을 못 보는 눈이라면 있어봤자 의미가 없다는 것이다.

조련사는 사라진 남자의 뒷모습조차도 무서워서 바라볼 수가 없었다.

기마용 가죽장갑을 벗으면서 남자가 다가가자, 마구간 앞에 서 있던 나이 지긋한 남자가 깊이 고개를 숙였다.

"아레무 오라(하늘의 은총을), 라울 왕자 전하."

조용한 목소리로 인사를 하고 얼굴을 든 그 나이 든 남자는 옷깃을 꽉 여미고 금장식을 꽂고 있었다. 목에 건 가는 금줄 끝에는 얇은 금판이 매달려 있었다. 타루 유타라(길 끝까지 온 자)로 불리는 이 얇은 금판은, 출세가도를 달려 국정을 움직이는 재상의 지위를 얻은 자의 상징이었다.

라울 왕자는 가죽장갑을 허리띠에 꽂고, 타루 유타라에 손을 얹고서 또다시 절을 한 나이 든 남자에게 가볍게 고개를 끄덕이고 말을 걸었다.

"무슨 일이냐? 관사에서는 말할 수 없는 용건인가?"

나이 든 남자가 목소리를 낮추고 말했다.

"전에 말씀드린 먹잇감을 호시로항에서 무사히 확보했다는 전갈이 왔습니다."

라울 왕자는 고개를 끄덕이고 관사를 향해 걷기 시작했다.

"그렇군. 녀석은 역시 발톱이 있는 매였군. 아라유탄 휴우고라고 했던가, 그 요고인 애송이가?"

라울 왕자에게 뒤처지지 않도록 서둘러 걷기 시작한 나이 든 남자의 눈에 차가운 빛이 언뜻 스쳤다.

"붙잡아 온 먹잇감이 알짜배기인 것은 확실합니다만, 그것을 요고로 데려가려고 한 것을 어떻게 생각하십니까?"

라울 왕자가 나이 든 남자 쪽을 쓱 쳐다봤다. 그 눈에는 상대를 놀리는 듯한 눈빛이 담겨 있었다.

"재미있군. 넌 그 애송이가 염려되는 거로군, 쿠르즈."

쿠르즈라고 불린, 나이 든 남자의 얼굴에서 표정이 사라졌다. 라울 왕자가 냉담한 눈빛으로 말했다.

"그렇겠지. 나도 염려된다. 공적을 인정받으러 황급히 돌아오는 녀석이었다면 별로 신경도 쓰지 않았겠지만."

전방에 시선을 두고서 라울 왕자가 승마용 채찍으로 허공을 내리쳤다.

"녀석이 뭐라고 변명을 할지 궁금하군."

그 입가에 엷은 미소가 나타났다. 또다시 채찍을 내리치더니 라울 왕자가 갑자기 화제를 바꿨다.

"아라 지루의 야만족들이 또 아르마스루를 공격해 왔다더군."

라울 왕자가 통치하는 '북익' 최남단의 요새도시 아르마스루와 서쪽으로 붙어 있는 아라 지루 왕국의 기마 전사들이 거센 공격을 해 왔다는 보고가 오늘 아침 들어온 것이다.

"항상 있는 사소한 싸움입니다. 염려하지 않으셔도 됩니다. 공격의 움직임이 있는 것은 미리 간파하고 있었기에 '북익' 병사들한테 피해가 없도록 오르무 속국 병사들을 최전선에 배치해두었으니까요. 그 녀석들에게서 약간의 사상자가 나온 것 같긴 합니다만."

라울 왕자가 엄한 눈초리로 쿠르즈를 봤다.

"오르무 속국 병사에서만 전사자가 나왔느냐?"

쿠르즈는 문득 왕자의 질문의 의도를 파악하고 등줄기가 서늘해지는 것을 느꼈다.

"…네. 하지만…."

쿠르즈의 말을 라울 왕자가 끊었다.

"속국 병사들이 불공평하다고 느끼지 않도록 하여라. 북쪽을 공격하려는 이 중요한 시기에 내부에 쓸데없는 불씨를 만들지 마라."

이마에 식은땀이 밴 채로 쿠르즈가 자세를 가다듬으며 고개를 끄덕였다.

변명은 전혀 하지 않았다. 라울 왕자는 무엇보다도 변명을 싫어한다. 그것을 쿠르즈는 잘 알고 있었다.

"제 실책입니다. 앞으로 명심하겠습니다."

라울 왕자가 고개를 끄덕이고 등을 홱 돌려 빠른 걸음으로 걸어갔다.

2

잿빛 여행

라울 왕자 휘하 기마의 보호를 받는 여행은, 쾌활한 산갈 해적들과의 여행과는 딴판으로, 잿빛의 적막함으로 가득 찬 것이었다.

배에서 내릴 때 휴우고는 마난항에서 사둔 얇은 천을 챠그무에게 건넸다. 그것을 두건에 끼워 늘어뜨려 얼굴을 가리면서, 챠그무는 휴우고가 무언으로 하고자 한 말을 이해했다. …이제부터 그는 챠그무를 황태자로서 대할 생각인 것이다. 배 위에서 지낼 때처럼 더 이상 말을 걸어오는 일은 없을 것이다.

공손히 맞이해준 타르슈 병사는 요고인보다도 훨씬 몸집이 컸으며, 챠그무는 그들의 적동색 얼굴과 은빛 눈에 놀랐다. 그 얼굴이 무척 이상해 보여 한동안 눈을 뗄 수가 없었다.

타르슈 제국에 대해 많은 이야기를 듣기는 했다. 그들의 얼굴이 붉다는 것은 분명히 어떤 문서에서 읽은 기억이 있다. 하지만 그들이 실제로 이런 얼굴을 하고 있을 줄은 이제까지 몰랐다.

그 이상한 얼굴을 한 병사들이 요고어로 말을 걸어왔을 때는 살갗이 경직되었다.

신요고 병사 중에는 타르슈어를 할 수 있는 자가 한 명도 없을 것이다. 산갈어, 로타어, 칸발어를 할 수 있는 챠그무조차도 타르슈어는 모른다. 그들이 착용하고 있는 투구나 갑옷, 마차, 그리고 그들의 사소한 움직임조차도 챠그무에게는 신기해 보였다.

신요고에서 타던 소수레하고는 전혀 다른 마차의 흔들림에 당황하면서 챠그무는 가슴 안쪽이 타오르는 듯한 초조함을 느꼈다.

타르슈의 도읍까지는 여기서 어느 정도의 거리일까? 열흘이나 스무 날은 걸릴까?

이 여행의 종점에서는 타르슈 제국의 라울 왕자가 기다리고 있다. 라울 왕자를 알현하기 전에 조금이라도 많이 타르슈 제국에 대해 알아두고 싶다.

이제부터 타르슈의 도읍 라한에 이르는 여정이 챠그무에게 남겨진 약간의 유예 기간이었다.

타르슈 제국의 도읍으로 향하는 여행이 시작되었을 때, 챠그무에게는 또 한 가지 염려되는 것이 있었다. 함께 여행해 온 소도쿠라는 주술사의 형 라스그 문제다.

전에 산갈에서 주술 싸움을 한 라스그의 무시무시한 얼굴은 지금도 눈에 선하다. 꼼짝 못 하고 그의 손아귀에 들어간 자신을 조롱하러 오지 않을까 생각했지만, 라스그는 전혀 나타나지 않았다.

요고 속국령에서 오르무 속국령으로 들어선 어느 날 밤, 고급스러운 여관의 한 방에 짐을 내려놓고 쉬고 있을 때, 그 점에 대해 소도쿠에게 물어보자 소도쿠는 형을 빼닮은 얼굴을 일그러뜨렸다.

그는 방을 지키고 있는 병사들에게 밀담을 의심받지 않도록 분명한 목소리로 말했다.

"형은 손에 넣어버리면 그 먹잇감에 흥미를 잃는 것 같습니다. 이미 라울 왕자 전하로부터 상당한 포상금을 받았고 계급도 올라간 것 같으며, 이제는 다른 일을 하고 있는 듯합니다."

해적도 아닌데 눈앞에 있는 챠그무를 거리낌 없이 '먹잇감'이라고 하는 그 태도에 챠그무는 놀랐지만 왠지 불쾌하지는 않았다.

'…그렇구나. 토로가이와 비슷하구나.'

쭈글쭈글하고 시커먼 정겨운 그 얼굴을 떠올리며, 챠그무는 자신도 모르게 미소를 지었다. 신분 차이를 무시하는 주술사들의 이런 기질이 챠그무는 싫지 않았다.

"그대들도 포상금을 받겠구나."

놀리는 어조로 말하자 소도쿠는 당황한 듯이 휴우고를 보고, 그런 다음 챠그무에게로 시선을 돌리며 어깨를 으쓱해 보였다.

문 밖에서 사람 목소리가 났다. 병사들이 문 양옆을 지키며, 복도에 있는 자들에게 문을 열고 들어오도록 허락해주었다.

호화로운 저녁 식사를 쟁반에 담아 온 여자들이 들어왔다.

커다란 식탁에 접시를 죽 늘어놓았다. 표면을 알맞게 구워 육즙이 배어 나온 두툼한 소고기, 채소를 얇은 밀가루 피로 싼 것 등, 섬세함은 부족하지만 양만은 풍부한 오르무 요리였다.

향긋한 고기 향이 방 안에 가득 찼다. 그 냄새에 끌렸는지

자그마한 날벌레가 나타나서 접시 위를 날아다녔다. 휴우고가 그걸 보고서 창문을 꽉 닫았지만, 그때는 이미 많은 날벌레가 들어와 있었다.

여자가 챠그무 앞에 얄팍한 그릇에 든 과즙을 놓았다. 과즙이 찰랑거릴 정도로 가득 차 있어서 내려놓다가 식탁에 약간 흘렀지만, 여자는 전혀 신경도 쓰지 않고 다른 접시를 늘어놓고 가버렸다.

챠그무가 식사를 마친 후에야 다른 사람들이 식사를 시작한다. 챠그무는 천신에게 감사 인사를 올리더니, 뿔로 만든 식사 도구를 손에 들고 자신의 접시에 요리를 조금씩 담아서 먹기 시작했다.

챠그무 앞에 놓인 요리를 보고 있던 휴우고의 눈이 갑자기 어느 한 요리에 집중되었다. 날벌레가 몇 마리나 죽어 있었다. 여자가 흘리고 간 과즙 속에. 불고기 국물 같은 것에도 날벌레가 들어가 있었지만 과즙에 모여든 날벌레만 죽어 있었다.

챠그무 쪽에서는 접시에 가려 안 보이는 것 같았다. 고기를 다 먹은 챠그무가 과즙 사발에 손을 뻗었다.

"전하…."

휴우고가 일어서서 그 손을 막았다. 챠그무가 깜짝 놀라며 얼굴을 들자, 휴우고가 긴장한 표정으로 과즙과 날벌레를 가리켰다.

접시를 치우자 날벌레가 죽어 있는 것을 보고서 챠그무의 얼굴이 굳어졌다.

"…독인가?"

"아마도."

황급히 옆으로 다가온 소도쿠가 휴우고를 보며 고개를 끄덕였다.

휴우고는 허리띠에 장검을 꽂더니, 방 입구를 지키고 있는 병사들에게 작은 소리로 상황을 알리고 방 밖으로 나갔다.

휴우고가 빠른 걸음으로 복도를 지나 주방으로 들어갔다.

일이 일단락되어 쉬고 있던 요리사들이 놀라며 휴우고를 올려다봤다.

"이 중에 최근에 고용된 자가 있느냐?"

그 말을 듣자 요리사들의 눈이 부엌문 옆에 있는 남자 쪽을 향했다. …순간 그 남자가 조리대 위에 있던 고기 써는 칼을 집어서 휴우고에게 던졌다.

휴우고는 그 칼을 피하자마자 단검을 뽑아 들고 번개처럼 빨리 조리대 사이를 빠져나가서 남자에게 다가갔다.

남자는 몸을 홱 돌려 부엌문으로 뛰쳐나갔다. 놀라울 정도로 빠른 속도로 달렸다. 남자는 순식간에 대문까지 달려가 어둠 속으로 사라졌다.

휴우고는 뒤쫓을 생각은 없었다. 독이 들어 있었다는 것을 확인한 것만으로 충분했다 .어차피 누가 독을 넣으라고 시켰는지는 알고 있었다.

방으로 돌아오자 챠그무 일행도, 병사들도 긴장한 얼굴로 휴우고를 쳐다봤다.

"놓쳤다. 주방의 요리사로 밀정이 잠입해 있었다."

병사 대장이 칼자루에 손을 얹으며,

"뒤쫓을까요?"

하고 물었다. 휴우고가 고개를 저었다.

"이미 늦었다. 그것보다 이제부터는 반드시 독이 들었는지 확인하도록 해라. 한 명을 미리 보내, 머물 예정인 숙소를 살펴보게 하는 편이 나을지도 모르겠다."

대장이 고개를 끄덕였다.

휴우고가 챠그무한테 가더니 깊숙이 고개를 숙였다.

"주의가 부족했습니다. 용서해주시기 바랍니다."

챠그무가 고개를 저었다.

"아니… 나도 방심했다."

방심했다기보다 누군가가 자신의 목숨을 노릴 줄은 몰랐다.

"대체 왜 나를…."

휴우고가 옆에 앉더니 담담한 어조로 말했다.

"'남익(南翼)'에서 보낸 자일 겁니다."

그 말을 들은 순간, 챠그무도 그림이 그려졌다. '남익', 라울 왕자의 형인 하잘 왕자. 창백한 입술에 살짝 미소를 띠고서 챠그무가 휴우고를 봤다.

"동생이 손에 넣은 맛있는 음식에 형이 재를 뿌리려고 한 것이로구나. …그들에게 나는 그 정도의 가치가 있다는 것이로군."

휴우고는 대답하지 않았다. 뒤에서 소도쿠가 끼어들었다.

"노골적으로 손을 댈 수는 없으니까 이런 수법을 쓴 것이지요."

챠그무가 고개를 끄덕였다.

그건 그럴 것이다. 신요고 황국을 손에 넣기 위한 소중한 비장의 패를, 동생에게 공적을 빼앗기고 싶지 않다는 이유로 죽여버리면 황제의 분노를 사게 된다. 동생의 공적을 무화시키기 위해서는 챠그무를 병사나 사고사로 위장해 암살하는 수밖에 없다.

'타르슈 제국의 왕자들은 이런 식으로 경쟁하고 있구나.'

챠그무는 그것을 단단히 마음속에 새겼다. 황제의 아들들은 협력해서 북쪽 나라들을 공격하려고 하는 것이 아니다.

마음속의 흥분을 감추기 위해 챠그무는 갑자기 한숨을 쉬어 보였다.

"이걸 어쩌나. 목이 마르구나."

소도쿠가 미소 지으며 병사에게 신호를 보냈다. 챠그무는 얇은 천을 입가 쪽만 살짝 들어 올리고서, 독 검사를 마친 물을 꿀꺽꿀꺽 들이켰다.

이윽고 챠그무를 태운 마차는 아로우 산맥으로 접어들었다. 산을 넘어가는 길이 정비가 잘되어 있어, 챠그무는 타르슈 제국의 속국 관리가 얼마나 철저한지를 통감했다.

저지대를 여행할 때는 해가 비치면 덥게 느끼기도 했는데, 산 위로 올라감에 따라 아침저녁으로 점점 추위가 매서워졌다.

산속 숙소에는 방마다 화로에 불이 붙어 있었지만, 그래도 밤에는 몸이 오싹할 정도로 추워졌다. 산갈의 더위에 익숙해진 탓일까? 두껍게 짠 이불을 단단히 몸에 둘러도 여전히 추워서 챠그무는 침대 위에서 떨고 있었다.

복도 밖에서 휴우고의 목소리가 들렸다.

"실례하겠습니다."

챠그무가 자는 침실 안쪽에서 불침번을 서고 있던 병사가 일어서서 문을 열었다.

휴우고가 들어왔다. 팔에 두툼한 솜이불을 들고 있었다. 몸을 일으키려고 한 챠그무를 휴우고가 손으로 말리는 동작을 했다.

"그대로 주무시지요. 숙소 주인한테 말해서 이것을 빌려 왔습니다."

묵직한 이불을 덮어주자 몸이 풀릴 정도로 따뜻해졌다.

"실례했습니다. 편안히 주무십시오."

휴우고는 그렇게 말하더니 방에서 나갔다.

챠그무는 왠지 마음이 편안해져서 눈을 감았다.

마차 여행은 배 여행과는 달리 고독한 여행이었다. 휴우고나 소도쿠는 마차 옆에서 말을 타고 가고 있어 거의 대화를 할 기회도 없었다.

마차 창문으로 밖을 바라보다가 이따금 시선이 마주치는 일이 있어도 휴우고는 살짝 미소를 지을 뿐, 이내 눈을 피해 정면을 바라봤다.

하얀 햇살 속에서 경쾌하게 말을 몰고 가는 휴우고의 햇볕에 탄 예리한 옆얼굴을 보면서, 챠그무는 '이 남자는 어떤 노정을 거쳐서 지금 여기에 있는 걸까?' 하고 생각했다.

'백성을 구해주시기 바랍니다'라고 했던 그 말은 마치 기도하는 것처럼 들렸다.

도읍의 성문이 불타는 것을 봤다고 말한 적이 있다. 멸망해가는 나라에서 그는 어떻게 살아온 걸까?

나뭇잎 사이로 비치는 햇빛이 가죽의자에 빛과 그림자의 반점들을 춤추게 했다. 챠그무는 멍하니 그것을 쳐다봤다.

휴우고의 눈에는 자신이 어떻게 보일까?

신요고 황국의 황태자라는 신분을 가진 미숙한 소년의 모습일까?

그가 살아온 노정을 챠그무가 알 수 없듯이, 그 역시 챠그무가 어떤 노정을 거쳐서 지금 여기 있는지 알 리가 없다. 자그마한 강의 흐름이 합류했다가 다시 나뉘듯이, 모든 사람은 다른 사람에게는 알 수 없는 추억을 짊어지고 잠시 만났다가 또다시 헤어진다.

이제까지 만났다가 헤어진 소중한 사람들의 모습이 떠올랐다가 사라졌다.

딱딱한 돌길의 요동을 느끼면서 챠그무의 마음은 머나먼 고국을 방황하고 있었다.

고국을 떠난 후로 상당한 세월이 흘러버렸다. 어머니는 어떻게 지내고 계실까? 남았던 함선의 선장에게 부탁한 편지는 제대로 전해졌을까?

슈가는 난처한 입장이 되었을지도 모른다. 그래도 가끔은 내 생각을 해주고 있을까?

'아바마마는… 무슨 생각을 하고 있을까?'

함선의 선장들이 도읍에 도착해 산갈에서 일어난 일을 이야기하면 아버지는 어떻게 생각할까? 챠그무가 죽었는지가 확인이 안 되면 투그무를 황태자로 삼을 수도 없다. 이 모호한 상황에 조바심이 나서, 이미 손이 닿지 않는 곳에 있는 아들이 죽기를 바라며 기도하고 있을까…?

어둡고 탁하며 뜨거운 통증이 가슴 밑바닥을 빠져나갔다.

얼굴을 떠올리면 오로지 증오만이 가슴에 차오르는 아버지. 그런 아버지를 죽이라고 명령하는 날이 오는 걸까? 아버지가 자신을 죽이라고 명령했듯이….

가는 바늘에 찔린 것처럼 가슴이 아파서 챠그무는 얼굴을 찡그렸다.

'이런 식으로 가슴이 아픈 이유는 뭘까?'

자기 자식을 죽이라고 명령할 수 있는, 인간의 마음을 갖고 있지 않은 냉정한 남자. 이 정도로 싫어하고 증오하는 남자를 죽이는 것뿐이다. 나라와 백성을 전쟁으로부터 구한다는 중요한 이유도 있다.

그런데도 왜….

챠그무는 마차의 요동에 몸을 맡기고서, 지나쳐 가는 나뭇잎 사이로 비치는 햇빛을 바라보고 있었다. 반짝이는 그 밝은 빛을 보면서 챠그무는 통증을 참는 듯이 얼굴을 일그러뜨렸다.

'그래도 죽이고 싶지 않아.'

아버지도 병사들도 그 누구도… 죽이고 싶지 않아. 죽게 놔두고 싶지 않아.

하지만 그건 이룰 수 없는 꿈일까?

특별히 뭔가를 하지도 않았는데도 타르슈의 탐욕으로 인해 자신들이 비참한 운명에 처하려고 하는 것이 챠그무는 도저히 납득이 가지 않았다.

라울 왕자의 얼굴을 보면 알 수 있을까? 넘칠 정도로 많은 것을 갖고 있으면서도 여전히 다른 나라를 공격해 수많은 사람들을 죽이려고 하는 남자의 심정을.

마차가 속도를 줄여 몸이 앞으로 고꾸라지는 느낌이 들어서 챠그무는 상념에서 깨어났다. 마차가 삐걱거리며 방향을 틀어 다른 길로 들어섰다.

다른 길로 나온 순간 밖이 소란스러워졌다. 울음소리가 여기저기서 들려, 마차는 술렁이는 소리에 휩싸였다.

마차가 멈췄기에 챠그무는 놀라서 마차의 창문으로 몸을 내밀었다.

"…안에 계시기 바랍니다."

옆에 있던 병사가 당황하며 창문을 닫으려고 했지만, 챠그무는 창문을 손으로 막고서 몸을 내밀듯이 하고 바깥 광경을 봤다.

길가에 많은 오르무인이 나와, 맞은편에서 오는 기마행렬 옆으로 달려가 울부짖고 있었다. 기마는 여러 대의 짐수레들을 이끌고 있었다. 말이 끌고 있는 짐수레 위에 있는 것을 보고 챠그무는 눈살을 찌푸렸다.

'저건 관인가?'

긴 나무 상자 위에 깃발 같은 것이 걸려 있었다. 오르무 속국의 깃발인가?

"실례하겠습니다, 전하. 창문을 닫겠습니다."

병사들은 어떻게든 챠그무에게 그 광경을 보이지 않으려고 몸으로 챠그무의 시선을 차단하고 억지로 창문을 닫아버렸다.

그런 타르슈 병사들의 당황한 모습이 챠그무의 흥미를 자극했다.

저것은 챠그무에게 보이고 싶지 않은 광경인 것이다. 마차 옆을 지나쳐 가는 짐수레 행렬은 전사자의 귀환인 것 같았다. 그렇다면 어디선가 전쟁이 있었던 걸까?

뭔가를, 아마도 전사한 사람들의 이름을 울면서 불러대는 수많은 목소리들.

멈춘 챠그무 일행의 마차 옆에 그 행렬이 당도했을 때 갑자기 울부짖는 소리가 커졌다. 말이 아니라 신음 소리와 울음소리뿐이었지만, 타르슈 제국의 '북익' 깃발을 건 마차를 향해 퍼붓는 원망의 격렬함은 확실하게 느낄 수 있었다.

창문이 닫힌 어두침침한 마차 안에서, 챠그무는 옆을 지나쳐 가는 짐수레들의 바퀴 구르는 소리와 사람들의 원망에 찬 소리를 듣고 있었다. 타르슈 제국의 지배를 받는 사람들의 감정을 그대로 드러낸 생생한 외침이 격류처럼 마차를 흔들며 지나쳐 갔다.

속국이 된다는 것은 이런 것이로구나. 타르슈 제국의 전쟁에 차출되어 타르슈를 위해 백성들이 죽어가는 것이다.

저항하지 않고 항복하면 신요고 황국은 전쟁 속에서 멸망하는 일은 없을 것이다. 하지만 항복한 후에 찾아오는 것은 이런 미래다….

샤그무는 긴 전사자 행렬이 창틈을 막을 때마다 그림자를 드리우고 가는 것을 어두운 눈빛으로 지그시 응시하고 있었다.

3
비 내리는 제국의 도읍

타르슈 제국의 도읍 라한의 '태양의 문'을 챠그무가 통과한 날, 이 웅장하고 화려한 도읍은 비에 젖어 있었다.

마차 옆에서 가던 소도쿠가 중얼거렸다.

"라한에 비가 내리다니, 몇 년 만일까. 신기한 일이로군."

가는 비로 발을 쳐놓은 듯한 거리를 챠그무는 말없이 바라보고 있었다. 비에 젖어 거무스름해져 있어도 이 거리의 아름다움은 그다지 훼손되지 않았다.

배수 설비가 갖춰져 물이 잘 빠지는 널찍한 대로, 멋진 운하, 흰 꽃이 달린 가로수. 다양한 색깔의 꽃이 피어 있는 출창(出窓)이 있는 묵직한 석조건물들…

비가 내려 행인의 수가 평소보다 적은 만큼, 그 질서 정연한 거리의 광대함이 돋보였다.

휴우고는 마차에서 조금 떨어져 말을 걸리면서, 처음 이 도읍을 봤을 때를 회상하고 있었다.

지금과 마찬가지로 이 대로를 말을 타고 가면서 온몸의 힘이 빠지는 듯한 놀라움을 느꼈다. 그 정도로 이 도읍의 모습은 압도적이었다.

챠그무 황태자의 고향 광선경 따위는 이곳의 몇십 분의 1 넓이밖에 안 된다. 배수 설비가 갖춰져 있지 않은 하층민들의 동네에서는 비가 내리면 수로가 넘쳐 물에 잠기는 집도 있다.

지금 이 도읍을 보고 챠그무 황태자는 무슨 생각을 하고 있을까?

마차의 창문으로 비스듬하게 보이는 그 기품 있는 얼굴은 호수의 수면처럼 고요했다. 다만 주위가 어두침침한 탓일까? 뺨은 평소보다 조금 창백해 보였다.

말을 좀 더 빨리 걷게 해서 챠그무 황태자의 눈을 보고 휴우고는 깜짝 놀랐다.

소년의 눈에 도전하는 듯한 강렬한 빛이 서려 있었던 것이다. 그것은 나라를 등에 짊어지고 있는 자의 눈이었다.

고삐를 끌어당겨 말의 걸음을 늦춰 챠그무 황태자에게는

보이지 않는 위치에 있으면서 휴우고는 멍하니 생각에 잠겼다.

당당하고, 현명하고… 마음이 따뜻하다. 평상시라면 명군으로 불릴 만한 멋진 위정자가 되었을 텐데.

휴우고는 잠시 눈을 감았다.

라울 왕자는 무서운 남자다. 신분이나 출신 같은 것은 무시하고 능력 있는 사람은 얼마든지 출세할 수 있게 해주는 넓은 도량. 인습에 얽매이지 않고 어떤 기이한 계책이라도 이득이 있으면 취하는 유연한 머리. 그리고 필요하면 주저하지 않고 수천 명의 목숨을 빼앗을 수 있는 냉혹함….

챠그무 황태자가 그런 라울 왕자에게 대항하는 건 불가능하다.

그래도 이 소년은 전력을 다할 것이다. 자신의 야심을 위해서가 아니라 나라를 위해서, 사람들을 위해서 이 소년은 자신이 갈 길을 택할 것이다.

'하지만….'

어떤 길을 가더라도 이 소년은 두 나라 사이에 끼어 있는 기나긴 노정 속에서 깊이 상처받고 피를 흘리는 일이 많아질 것이 틀림없다.

휴우고는 어두운 눈으로 대로를 바라봤다.

자신들이 살고 있는 세상의 비정함을 한탄하고 있어도 소용이 없다. 살아남을 강력한 힘이 있다면 많은 위정자들이 그래왔듯이, 이 소년도 이윽고 부드러운 것을 벗어던지고 굳센 남자로 변해갈 것이다.

얼굴을 타고 흘러내리는 안개비를 닦으려고도 하지 않고, 휴우고는 가까워 오는 왕궁의 언덕을 바라보고 있었다.

보기 좋게 가지치기를 해줘 형태가 잘 다듬어진 나무들의 녹음이 이어지는 왕궁의 숲은, 그것만으로도 챠그무의 고국의 도읍 광선경을 완전히 뒤덮을 정도의 넓이였다.

비가 잦아들기 시작하고 은은한 햇살이 들이치는 숲길을 가다 보니, 이윽고 시계의 끝까지 이어지는 장대한 성벽이 나타났다. 황제가 계시는 라우 하란(태양궁)과 왕족들이 거주하는 성들을 둘러싼 성벽이었다.

비에 젖은 벽에서 반짝이는 돌들을 보고 챠그무의 눈이 휘둥그레졌다.

'…저건 백마석이다.'

신요고 황국의 뒤쪽에 펼쳐진 청무 산맥 속에 있는 머나먼 산악국가 칸발 왕국의 지하에서 나오는 귀중한 돌. 그것을 아낌없이 성벽 장식으로 썼다.

칸발 왕국을 떠올린 순간 그리운 바르사의 얼굴이 떠올라,

챠그무는 이마를 창가에 갖다 댔다.

지금 타르슈 제국 궁성의 성벽을 보고 있다는 사실이 믿어지지가 않았다. 까마득히 먼 이런 곳까지 왔다는 생각이 새삼 가슴을 찔렀다.

금과 보석을 배합한 호사스러운 거대한 문이 보였다. 가장 바깥쪽에 있는 성문이었다. 이 문 안에는 또다시 각각의 성을 둘러싼 내곽과 성문이 있다.

망루에서 챠그무 일행의 마차가 보였던 것이리라. 마차가 문으로 다가가자 안에서 기마병이 뛰어나왔다. 챠그무의 마차를 호위하다가 미리 도착을 알리기 위해 그저께 궁성으로 먼저 떠난 타르슈 병사였다.

"잘 오셨습니다. 챠그무 황태자 전하."

배에서 나오는 힘 있는 목소리로 챠그무에게 인사하더니, 타르슈 병사가 휴우고 쪽으로 돌아섰다.

"토르안(300인 부대장)께 말씀드립니다. 챠그무 황태자 전하께서 도착하시면 카루 고우루(북쪽 성)의 남쪽 동(棟) 라이 코루(객사)로 안내하라는 쿠르즈 북익 재상의 전갈이 있으셨습니다."

휴우고는 살짝 눈살을 찌푸렸지만 아무 말도 하지 않고 고개를 끄덕였고, 일행은 전령 역할을 맡았던 타르슈 병사를 따라서 성문을 빠져나갔다.

"…흠. 매 깃발이 안 보이는군."

마차 옆에서 가던 소도쿠가 카루 고우루의 탑을 올려다보며 중얼거렸다.

그 중얼거리는 소리를 듣고 챠그무가 무슨 뜻이냐고 묻듯이 소도쿠를 봤다. 그 시선을 느끼고 소도쿠가 말했다.

"라울 왕자 전하께서는 지금 성에 안 계시는 듯합니다. 그래서 왕자 전하께서 안 계실 때 대행 역할을 하는 재상 각하가 명령을 내리신 것이지요."

챠그무가 얼굴을 찌푸렸다.

"성에 안 계신다고? 성을 비웠다는 말인가?"

소도쿠의 눈에 미소가 떠올랐다.

"요고의 황족과 달리 라울 왕자는 정력적으로 영내를 돌아다니시는 분이니까요.

전하께는 잘된 일이지요. 여독을 풀고 나서 왕자와 대면할 수가 있으니까요."

소도쿠 바로 앞에서 가던 휴우고가 긴장한 표정을 지었다. 그 표정을 보고 챠그무는 마음을 다잡았다. 라울 왕자 대신 이제부터 자신을 맞이하는 쿠르즈라는 재상은 어떤 인물일까? 그 이름을 들었을 때부터 휴우고의 얼굴이 흐려진 것을 보면, 적어도 휴우고가 그다지 호감을 느끼는 인물은 아닌 것 같았다.

꽃이 활짝 피어 있는 넓은 길을 빠져나가자, 이윽고 광대한 정원으로 둘러싸인 성이 나타났다. 탑이 몇 개나 있는, 검게 빛나는 돌로 지어진 거대한 성이었다. 항아리 같은 곡선 형태의 둥근 지붕은 군청색으로 빛났으며, 금빛 담쟁이덩굴 문양이 지붕 테두리를 장식하고 있었다.

자그마한 문이 나타나고 그 문 근처에서 이제까지 챠그무를 경호하던 타르슈 병사가 말을 세웠다. 하쿠 우루(상급무관) 이상의 직위를 가진 자만 그 문으로 들어갈 수 있기 때문이었다.

깊이 숨을 들이마시고 잠시 눈을 감더니 챠그무는 창문에서 눈을 뗐다.

자그마한 문이 삐걱거리는 소리도 없이 열리고, 마차가 다시 움직이기 시작했다.

4
독거미가 있는 관사

차그무를 태운 마차는 정면 현관이 아니라 남쪽 동으로 안내되었고, 이윽고 챠그무는 라이 코루(객사) 현관에 깔려 있는 연노란색의 두툼한 융단 위에 내려섰다.

현기증이 날 정도로 천장이 높았다. 그 천장의 일부는 반원형의 색유리로 만들어져 있어, 빨강, 파랑, 초록 색깔의 빛이 바닥에 깔린 연노란색 융단 위에 복잡한 문양을 드리웠다.

그 현관에서 곧바로 넓은 복도가 이어져 있었다. 고가의 유리그릇에 든 수많은 등불이 복도를 멀리까지 환히 비췄다.

어떤 기법으로 만들어진 것인지 벽면은 도자기처럼 매끄러웠으며, 자잘한 문양을 그려 넣은 띠가 직선으로 뻗어 있어서 공간이 넓어 보이는 효과를 냈다.

그 넓은 복도에 호위병을 거느린 남자가 서 있었다.

타르슈인다운 적동색 피부에 어깨까지 찰랑이는 은빛 머리. 꽤 나이가 들었지만, 그 은빛 눈은 매서울 정도로 날카로웠다. 검정으로 보일 정도로 짙은 감색 옷을 걸치고, 옷깃을 단단히 여미고서 금장식을 꽂고 있었다. 목에 가는 금줄을 걸고 있었고, 그 끝에는 얇은 금판이 매달려 있었다.

남자가 한 발짝 앞으로 나오더니 살짝 고개를 숙였다.

"타르슈 제국에 잘 오셨습니다. 챠그무 황태자 전하. 저는 아크라 쿠르즈라고 합니다. '북익 재상'으로서, 태양의 가호가 두터운 왕자 라울 전하께서 안 계시는 동안 이 카루 고우루(북쪽 성)를 지키고 있습니다.

오랜 여행으로 피곤하실 겁니다. 이 라이 코루에는 멋진 아후루 란(욕실)이 있습니다. 우선은 여독을 풀고 푹 쉬시기 바랍니다."

쿠르즈는 타르슈어로 그렇게 말하고, 휴우고에게로 시선을 돌려 요고어로 통역하라는 신호를 보냈다.

휴우고가 쿠르즈의 인사말을 요고어로 통역하는 것을 들으면서 챠그무는 지그시 쿠르즈를 응시하고 있었다. 다 듣고는 가볍게 고개를 끄덕였을 뿐 아무 말도 하지 않고 쓱 걸음을 옮겼다.

거침없이 다가오는 챠그무를 보고 잠시 쿠르즈는 당황한 듯한 표정을 지었지만, 하는 수 없이 살짝 옆으로 비켜 챠그무를 앞세우는 형태를 취하고 걷기 시작했다.

챠그무를 호화로운 객실로 안내하더니 쿠르즈는, 객실 바닥에 무릎을 꿇고 대기하고 있는 다섯 명의 소녀들을 손으로 가리켰다.

"시중을 들어줄 시녀들입니다. 뭐든지 분부를 내리시기 바랍니다.

목욕을 마치시면 저녁 식사 때까지 잠시 쉬시기 바랍니다."

그 말만 하고서 쿠르즈는 가볍게 인사를 하고 자리를 떴다.

쿠르즈가 사라지자 휴우고가 챠그무 쪽을 돌아봤다.

"그럼 제 역할은 이것으로 끝났습니다."

휴우고가 살짝 미소 지으며 챠그무를 바라보더니 조용히 머리를 숙였다.

"부디 푹 쉬시기 바랍니다. 시녀들이 아후루 란으로 안내할 겁니다."

챠그무가 휴우고의 햇볕에 탄 얼굴을 지그시 쳐다봤다.

뭔가 하고 싶은 말이 있을 것 같은데 결국 아무 말도 나오지 않아, 챠그무는 잠자코 고개를 끄덕였다.

시녀들이 챠그무에게 다가와 눈을 내리깐 채로 여장을 풀기 시작했다.

퇴실하려고 발길을 돌리던 휴유고가 뒤돌아봤다.

"미처 말씀드리지 못했습니다만, 쿠르즈 북익 재상께서는 요고어를 유창하게 하십니다. 요고 황국군을 제압한 공적에 의해 북익 재상의 지위에 오르신 분이니까요."

그 말만 하더니 다시 절을 하고 객실에서 나갔다.

'요고어를 알면서 태연스레 타르슈어로 말하고 형식적인 예의만 차린 것이로구나.'

쿠르즈라고 하는 북익 재상은 그런 태도로 챠그무를 어떻게 대할 생각인지를 보여준 것이다.

휴우고가 쿠르즈에 대해 이야기해주었을 때, 두꺼운 겉옷을 벗겨주던 시녀의 손이 순간 흔들린 것을 챠그무는 느꼈다. 이 소녀들은 쿠르즈에게 챠그무를 감시하라는 명령을 받은 것이리라. 챠그무와 휴우고의 관계에도 각별히 신경을 쓰라는 명령을 받았는지도 모른다.

휴우고는 요고 황국 출신이다. 요고 황국의 제압을 지휘했다는 쿠르즈에게 휴우고는 복수를 가슴속에 품고 있을 가능성이 있는 방심할 수 없는 상대이리라.

'주위에 있는 모든 사람이 첩자라고 생각해야겠구나.'

챠그무는 스스로에게 다짐했다.

복도로 나간 휴우고는 바로 몇 발짝 앞에 쿠르즈가 서 있는 것을 발견하고 발을 멈췄다.

"크나큰 공적을 세웠구나, 아라유탄 휴우고."

휴우고가 얼른 고개를 숙였다.

"감사합니다. 운이 좋았습니다."

쿠르즈가 고개를 끄덕였다.

"운만으로는 이렇게 되지 않지. 라울 왕자 전하께서도 그대를 높이 평가하고 계신다. 돌아오시면 그대에게 아 타루(빛으로 이르는 길)를 하사하시겠다고 하셨다."

휴우고는 놀라움을 감추지 않으며 눈을 크게 뜨고서 쿠르즈를 봤다.

아 타루란 황제나 왕자가 특별한 재능을 인정한 자에게 주는 특권의 징표였다. 그것을 갖는 자는 필요할 때면 언제든지 황제나 왕자에게 알현을 청할 수가 있다. 그리고 공적을 더 쌓으면 쿠르즈처럼 타루 유타라(길 끝까지 온 자)라는 칭호를 얻어 재상의 지위에 이르는 것이 허용된다.

그것을 획득했다는 것은 휴우고가 제국의 정사를 관장하는 자에 이르는 길을 걷기 시작했음을 의미했다.

'마침내 첫 번째 관문이 열린 건가?'

그런 만큼 휴우고는 감개무량했다.

휴우고를 보는 쿠르즈의 눈에 차가운 미소가 떠올랐다.

"앞으로의 행동을 조심하는 것이 좋을 거다. 그대가 챠그무 황태자 전하를 요고 속국으로 데려가려고 한 것에 대해 어떻게 변명하느냐에 따라 그대의 운명도 크게 바뀔 테니까."

휴우고가 얼굴을 들어 짧게 대답했다.

"명심하겠습니다."

쿠르즈의 눈가에서 냉소가 사라지고 그 대신 강철 같은 빛이 떠올랐다.

"라울 왕자 전하께서 돌아오실 때까지 그대도 소도쿠도 챠그무 황태자에게 접근하지 않도록 하여라."

휴우고는 아무 말도 하지 않고 쿠르즈를 응시했다. 쿠르즈가 확실하게 말했다.

"챠그무 황태자 전하를 불안하게 만드는 거다. 알겠느냐?"

"네."

휴우고가 고개를 끄덕였다. 쿠르즈가 손을 흔들었다.

"그럼 가봐라. 항상 호출이 가능한 곳에 있도록 하여라."

휴우고는 또다시 절을 하고서 복도를 걷기 시작했다.

‘쿠르즈는 챠그무 황태자를 심약하게 만들 생각인가?’

라울 왕자가 돌아올 때까지 초조하게 기다리는 동안 적국의 객사에 고립시켜서 마음 약하게 만들 생각인 것이다.

챠그무 황태자의 마음을 흔드는 것만이 아니라, 더불어 휴우고를 황태자한테서 멀어지게 하려는 것이다. 휴우고는 엷은 미소를 지었다. 쿠르즈는 더 이상 휴우고가 신요고 황국의 공략에 관여하지 않았으면 하는 것이다.

‘한동안은 놈의 눈에 띄지 않는 곳에 얌전히 있는 게 좋겠구나.’

타르슈 제국의 속국 출신들과의 관계도 의심을 받고 있는 듯하고, 관심이 식을 때까지는 남쪽에 있는 것보다는 북쪽 대륙에서 북쪽 여러 나라의 동향이라도 탐색하는 편이 낫겠다, 가능하면 빨리 다시 북으로 떠나야겠다고 휴우고는 생각했다.

경계의 대상이 되기보다는 쿠르즈의 권위를 두려워하는 다루기 쉬운 상대로서 멸시당하는 편이 낫다. 쿠르즈는 수완가이지만 그런 만큼 사람을 멸시하는 버릇이 있다. 그것이 그의 결점이라고 휴우고는 생각했다.

‘챠그무 황태자만 해도 네가 경멸하는 그런 소년이 아니야.’

지금은 라울 왕자를 대적할 수 없지만, 이 고난을 극복하고 살아남으면 언젠가 누구나 주목하지 않을 수 없는 남자로 성장할 것이다.

'두 번 다시 친근하게 대화를 나눌 일은 없겠지만, 챠그무 황태자 전하….'

잰걸음으로 복도를 걸으면서 휴우고는 마음속으로 중얼거렸다.

'당신의 움직임을 앞으로도 계속 저는 지켜보고 있겠습니다.'

5
소리 없는 목소리

아후루 란(욕실)이라는 말을 듣고 궁의 욕탕 정도를 상상했던 챠그무는, 시녀들의 안내를 받아 그 공간에 발을 들여놓았을 때 눈을 의심했다.

그곳은 욕탕이 아니라 아주 평범한 큰 연회실처럼 보였기 때문이다.

널찍한 마룻바닥 위에 호화로운 자수가 놓이고 두툼하게 솜이 들어간 솜마(방석) 같은 것이 흩어져 있었다. 챠그무의 모습을 보더니 그 솜마에 힘없이 앉아 있던 열 명 정도의 젊은 아가씨들이 일제히 일어섰다.

욕실 담당 아가씨들일까? 품이 낙낙한 요고풍의 얇은 흰 옷을 허리띠로 묶었으며, 이마에 머리띠를 둘렀고, 머리띠에서 얇은 천을 늘어뜨리고 있었다. 눈도 코도 가리고 있었고 입가만 보였다.

그 복장은 고향의 궁에서 챠그무가 목욕할 때 시중들어주던 소년들의 모습과 신기할 정도로 비슷했지만, 옷이 이렇게 얇지는 않았으며, 그 소년들의 몸놀림은 예의바르고 좀 더 절도 있는 느낌이었다.

신요고 궁에 있는 욕탕은 황족이 부정한 것을 씻어내는 신성한 장소이므로, 정적과 부드러운 빛으로 가득 찬 공간이다. 시중드는 소년들은 말을 한마디도 하지 않고 묵묵히 일한다.

이 방에 대기하고 있던 아가씨들도 말은 한마디도 하지 않았지만, 그녀들이 일어서자 천장 부근에서 우아한 현악기 소리가 울려 퍼지기 시작했다. 올려다보니 무척 높은 천장의 약간 아래쪽에 투명한 창문이 보였다. 그 건너편에 악사들이 있는 것이리라.

아가씨들은 바람의 정령처럼 두둥실 다가와서 챠그무의 옷을 한 장씩 벗기기 시작했다. 아가씨들한테서는 와쿠라(향이 강한 꽃) 같은 향이 풍겨 왔다. 허리띠를 풀고 옷을 벗기는 손놀림이 가벼워서 사람의 손이 닿는 것 같지가 않았다.

얇은 흰 속옷과 속옷 대용 허리띠만 남게 되자, 아가씨들은 살며시 소매를 잡고서 챠그무를 다음 방으로 안내했다.

거대한 문이 열리자 뜨거운 증기가 훅하고 밀려왔다. 안으로 들어가자 숨이 막혔고 금세 땀이 쏟아져 나왔다.

그곳은 조금 전의 방보다는 약간 좁고 어두침침한 공간이었다. 방 맞은편에는 타르무(아치) 형태의 입구가 있고 그 너머로 환한 빛이 보였다. 저기가 욕실이리라.

문득 어깨에 어떤 감촉이 느껴져 챠그무는 옆에 서 있는 아가씨를 봤다. 어느 틈엔가 다른 아가씨들은 뒤로 물러나고 한 아가씨만 옆에 서 있었다.

챠그무는 곧바로 인상을 쓰며 아가씨한테서 눈을 피했다. 이 방에 가득 찬 증기 탓에 입고 있는 얇은 옷이 살에 달라붙어서 아가씨의 몸 선이 또렷이 보였기 때문이다.

"저 맞은편이 욕탕이냐? 그렇다면 더 이상 시중은 필요 없다. 이제부터는 혼자 하겠다."

그렇게 말했지만 아가씨는 물러나지 않고 오히려 몸을 바싹 갖다 댔다. 어깨에 닿은 손이 어루만지듯이 가슴팍으로 내려왔다. 아가씨의 얼굴을 덮은 천 밑의 붉은 입술에 엷은 미소가 떠오른 것을 본 순간, 챠그무가 아가씨의 손을 탁 물리쳤다.

격렬한 분노로 목소리도 나오지 않았다. 심장이 파열할 듯이 요동을 쳤다.

챠그무는 분노로 눈을 이글거리며 턱을 올리더니, 아무 말도 하지 않고 욕탕으로 걸어갔다.

아가씨들은 따라오지 않았다.

욕탕으로 이어지는 입구를 지나가자 눈부신 금빛으로 둘러싸였다.

광대한 공간이었다. 반원형의 천장에는 작은 별 모양의 구멍이 뚫려 있었고, 그 구멍으로 석양빛이 무수한 실처럼 욕탕에 쏟아져 내렸다.

뜨거운 물이 찰랑거릴 정도로 가득 찬 욕조는 100명도 충분히 들어갈 수 있을 정도의 크기로, 욕조도 벽도 조개 속처럼 부드러운 빛을 띤 흰색이었다.

조금 전의 방과는 딴판으로 여기는 조용했으며, 증기로 가득 찬 그 방에서 여기로 오니 숨 쉬기가 편해졌다.

불쾌감은 아직 가슴속에 남아 있었지만, 호흡이 편해짐에 따라 분노가 가라앉아갔다. 챠그무는 속옷을 벗어던져 알몸이 되자, 바가지로 물을 퍼서 몸에 부은 다음 욕조로 들어갔다.

물은 미지근한 정도였으며, 맨발바닥에 닿은 욕조 바닥은 까칠하면서도 살에 착 달라붙는 느낌이었다. 미끄럼 방지를 위한 것이겠지만 무척 야릇한 감각이어서 챠그무는 그 소재를 짐작조차 할 수가 없었다.

탕에 몸을 푹 담그고서 무심히 욕조 테두리를 보고서 챠그무는 눈이 동그래졌다. 하얀 돌로 되어 있다고 생각한 욕조 테두리에 자잘한 문양이 빼곡 새겨져 있었던 것이다. 그것은 사람 손으로 하나하나 새겨 넣은 멋진 조각이었다.

'이럴 수가….'

욕조 바닥을 유심히 보며 손으로 만져보니 욕조 테두리와 똑같은 조각인 것을 알 수 있었다. 이 광대한 욕조 전체에 바늘 끝으로 판 것 같은 섬세한 조각이 새겨져 있는 것이다.

챠그무는 멍하니 욕탕 여기저기를 둘러봤다.

눈이 익숙해지자 이 욕탕의 벽과 천장 전체에 아주 작고 은은한 문양이 새겨져 있는 것이 보였다.

이 흰 욕탕 하나를 만드느라 도대체 얼마나 많은 사람의 손이 필요했을까?

이 성은 챠그무의 고향의 궁만큼 오래되지는 않았을 것이다. 시간을 들여서 만든 것이 아니라고 한다면, 엄청난 숫자의 직공들을 부린 것이다. 제2왕자의 성에 이 정도의 사람들을 동원할 수 있는 힘. 타르슈 제국 왕자들의 힘이 어떤 것인지를 절감했다.

수증기 건너편 벽에 흩어져 있는 빨간 꽃문양을 본 순간,

조금 전 아가씨의 미소가 떠올랐다.

그 미소를 본 순간 불쾌감이 치밀어 오른 것은 무례하게 쾌락의 유혹을 받아서만은 아니었다. 아직 어린 자신을 타르슈의 왕자가 깔보며 비웃는 눈이 보인 것 같아서였다.

요고의 황자에게 여인의 밤시중이 시작되는 것이 열일곱 살 이후인 것을 알고 있었다면… 너무나도 추잡한 수법이다.

아니면 이것이 타르슈에서는 일반적인 접대인 걸까? 애써 마련해준 쾌락의 기회를 화내며 뿌리친 결벽성을 라울 왕자는 유치하다며 웃을지도 모른다.

'상관없어. 나는, 나니까.'

챠그무는 머리를 욕조 테두리에 댔다.

금실 같은 석양빛을 받아 물이 반짝반짝 빛났다.

수증기에 눈이 익숙해지자 진짜 금도 여기저기에 티 나지 않게 박혀 있는 것이 보였다.

속국에서 이 제국의 도읍으로 오는 동안 계속 챠그무는 소리 없는 목소리를 들었다. 그 소리 없는 목소리가 이 성에서는 위압적인 울림이 되어 또렷이 울려 퍼졌다.

놀랄 것이다, 이 부(富)에. 굴복하라, 이 멋진 대국에!

천둥소리 같은 그 울림이 압도적인 힘이 되어 챠그무를 뒤덮었다.

챠그무는 팔다리를 최대한 뻗고서 눈을 감았다.

머리를 꽉 눌리면 허우적거리고 싶어지는 법이다.

마음속 깊은 곳에 작지만 흔들림이 없는 단단한 심이 있다. 자신에게 가해지는 압력이 강해질수록 그 자그마한 심은 빛을 더해갔다.

자신은 제대로 무력도 갖추지 못한 북쪽 작은 나라의 황태자다. 같은 황자로서의 힘은 라울 왕자에게 한참 못 미치는 것은 확실하다.

'하지만….'

사람의 힘은 그런 것만으로 결정되지는 않을 것이다.

나라도 없이 산에서 자고 들판을 떠돌아도 누구에게도 굴하지 않고 자신의 힘만 믿고 꿋꿋이 살아갈 수 있는 사람도 있는 법이다.

'황태자라는 옷 속에 있는 알몸의 나 자신이여, 강해져라' 하고 챠그무는 생각했다.

강력한 힘을 가진 자 앞에 끌려 나가 백성을 구하기 위해 무릎을 꿇게 된다 할지라도, 마음속의 심만은 절대로 꺾지 않으리라.

 샤그무는 눈을 뜨더니 기세 좋게 물을 튀기면서 일어섰다.

6
벽 위의 세계

라울 왕자가 돌아온 것은 챠그무가 도착하고 사흘째 되는 날 아침이었다.

전날 밤부터 내리기 시작한 비가 조용히 부슬부슬 내리는 어둑어둑한 날이었다. 오후에나 알현이 허락된다는 전갈이 온 후에 챠그무는 멍하니 창밖을 보고 있었다.

간밤에 꿈에 슈가가 나타났다. 둘이서 문답을 하고 있는 이렇다 할 내용도 없는 꿈이었지만, 여기에는 없는 슈가가 자신을 응원해주는 느낌이 들었다.

챠그무는 눈을 감고 심호흡을 했다.

문답의 기법이나 요령은 슈가에게 배웠다. 그 가르침은 확실하게 자신의 몸에 배어 있을 것이다. 나머지는 어떤 상황에 처하더라도 주눅 들지 않는 마음이 있느냐에 달려 있다.

라울 왕자는 어떤 남자인지, 어떤 식으로 신요고 황국을 공격할 생각인지, 그의 속셈을 확실히 파악해야만 한다.

하지만 도를 지나쳐서는 안 된다.

라울 왕자에게 챠그무는 양날의 검이다. 잘 사용하면 신요고를 정복하기 위한 최고의 무기가 되지만, 챠그무가 너무 무능하거나 그 반대로 감당할 수 없을 정도로 뛰어나거나 하면, 자신의 손을 벨 위험을 안고 있다. 사용가치가 없다고 느끼면 라울 왕자는 챠그무를 신요고로 돌려보내지 않고 인질로 삼을 것이다. 여기에 유폐되어 고국을 멸망시킬 패로 쓰이고 만다. 그것만은 피해야 한다.

챠그무는 주먹을 꽉 쥐었다.

'슈가, 나를 지켜봐줘….'

이윽고 라울 왕자의 신하가 와서 알현할 시각이 되었음을 고했다.

복도를 걷는 동안에도, 거대한 문 앞에 섰을 때도 희미한 흰빛 속에 있는 듯했으며, 그저 고동만이 귓속에서 울렸다.

근위병이 양쪽에서 두꺼운 문을 열자, 은은한 빛으로 둘러싸인 광대한 방이 나타났다.

창문의 높은 부분을 장식하는 색유리를 통해 빛이 들어와 방은 푸른빛을 띠었다. 비도 초저녁의 옅은 빛을 비춰 새벽녘 같은 색깔이 방 전체를 감쌌다.

방 안쪽에는 바닥이 한 단 높여져 있고, 그 위에 거대한 긴 의자 같은 것이 놓여 있었다. 의외로 체구가 작은 남자가 그 의자 팔걸이에 왼쪽 팔꿈치를 얹고서 기대는 듯한 자세로 앉아 있었다. 받침대에 지팡이처럼 세워둔 검에 오른손을 얹고 있었다.

의자를 향해 일직선으로 깔려 있는, 청색 바탕에 금빛 담쟁이덩굴 문양이 있는 융단을 밟으며 챠그무는 똑바로 남자를 향해 걸어갔다.

가까이 다가가면서 챠그무가 보기에 오른쪽 받침대 밑에 놓인 호화로운 의자에 앉아 있는 사람이 쿠르즈인 것을 알게 되었다. 그 뒤에 서 있는 자는 휴우고였다.

챠그무는 쿠르즈와 휴우고에게 거의 시선을 주지 않았다. 그저 똑바로 단상 위에 있는 남자만 올려다보며 융단 끝까지 걸어가 거기서 발을 멈췄다.

뒤에 따라온 근위병이 의자를 놨지만 챠그무는 앉지 않았다.

라울 왕자는 팔걸이에 팔꿈치를 얹고 턱을 괸 자세 그대로 지그시 챠그무를 내려다보고 있었다. 은빛 눈동자에는 엷은 미소가 떠올랐다.

불쑥 왕자가 입을 열었다.

"앉아도 좋다, 챠그무 황태자."

챠그무는 움직이지 않았다. 라울 왕자가 턱을 괸 손을 내리고서 몸을 일으켰다.

"참, 말을 모르는구나. 어이, 휴우고, 통역해라."

휴우고가 절을 하고 챠그무에게 왕자의 말을 전했지만, 챠그무는 움직이지 않았다.

라울 왕자가 눈살을 찌푸렸다.

"안 앉겠다는 것이냐?"

챠그무가 고개를 끄덕였다. 그리고 조용한 어조로 말했다.

"나를 납치해서까지 말하고 싶었던 용건을 듣지요."

휴우고가 통역한 말을 듣더니, 라울 왕자의 입가가 올라갔다. 눈에 차가운 빛이 떠올랐다.

"좀 더 고분고분하게 행동하는 편이 나을 텐데, 황태자. 그대는 인정에 호소해야 하는 입장이니까."

챠그무의 눈에서 강렬한 빛이 번쩍였다.

"나는 인정에 호소할 생각 따위 없다."

휴우고가 통역한 말을 듣자마자 라울 왕자의 오른손이 검을 들어 올려 칼집으로 세게 받침대를 쳤다. 높은 소리가 채찍으로 때리듯이 방에 울려 퍼져, 병사들이 흠칫 놀라 자세를 가다듬었다.

라울 왕자가 천천히 일어서더니 그윽한 눈으로 챠그무를 내려다봤다.

"나는 말이다, 산갈전에서 세운 공과, 그대를 손에 넣은 공적을 평가받아 아버지인 황제 폐하로부터 북쪽 대륙 침공의 지휘권을 받았다. 내가 명령하면 20만이 넘는 타르슈 병사가 그대의 나라를 불태우고, 백성들을 학살할 것이다."

느리고 담담한 어조였다.

"이것은 농담도 위협도 아니다. 나는 필요하다고 생각하면 갓난아이를 죽이는 것도 꺼리지 않는다. 나를 화나게 해볼 테냐? …그 죄만으로 그대의 친족이 사는 궁에 불을 지르고, 그대의 어머니의 귀를 자르고, 여동생의 손발을 베어버리고, 그 울부짖는 소리를 그대에게 들려주지.

그것을 막아보려고 애쓸 필요는 없다. 그런 전력이 신요고에 없다는 것은 나도 그대 자신도 알고 있을 테니까.

광선경을 제압하기까지 석 달 정도는 걸릴지도 모르지만, 저항을 계속해 진흙탕 싸움이 되면 고통받는 것은 신요고 백성들이다."

라울 왕자의 얼굴에는 냉담한 표정이 떠올랐다.

눈을 피하지 않고, 표정을 바꾸지도 않고, 그 말을 들으면서 샤그무는 손끝과 발끝이 차가워지는 것을 느꼈다.

잠시 잠자코 샤그무를 내려다보고 있다가, 이윽고 라울 왕자가 개한테 뼈다귀라도 던지듯이 물었다.

"그런데도 인정이 필요 없느냐?"

필요 없다고 하면 그 순간에, 신요고 황국이 구원받을 수 있는 가냘픈 생명의 밧줄을 이 남자는 싹둑 잘라버릴 것이다. 그런 냉담함이 라울 왕자의 눈에 서려 있었다.

나라의 운명을 짊어진 흥정의 시작이었다.

샤그무는 숨을 들이마셔 배 속에 힘을 모으더니 입을 열었다.

"…묘한 질문을 하시는군요. 당신은 우리 나라에 인정을 베풀기 위해 나를 여기로 데려온 것입니까?"

라울 왕자가 얼굴을 찌푸렸다.

"뭐라고?"

"인정은 상대를 가엾이 여겨 베푸는 것. 당신은 인정이 아니라 나라와 나라 사이의 흥정에 대해 이야기하기 위해 나를 만나려고 하신 것이 아닌가요?"

서서히 라울 왕자의 눈에 흥미로워하는 빛이 떠올랐다. 킁킁거리는 소리를 내더니 라울 왕자가 입을 열었다.

"흥정은 대등한 상대와 하는 것이다. 그대와 나는 갖고 있는 패의 힘 차이가 너무 크다. 자신에게 이익을 줄 수 없는 상대를 구해주는 것이 인정 아닐까?"

챠그무가 차분한 어조로 되받았다.

"뭔가 당신에게 주는 이익을 내가 갖고 있을 거라고 생각하니까 당신은 이렇게 나와 이야기를 하고 있을 겁니다."

라울 왕자가 눈을 깜빡였다.

그리고 갑자기 웃음을 터뜨렸다.

어깨를 들썩이며 웃으면서 민첩한 발걸음으로 단상에서 내려왔다. 장화를 쿵쿵거리며 뚜벅뚜벅 챠그무 앞까지 걸어오더니 라울 왕자가 턱을 치켜올렸다.

"따라와라. 보여주고 싶은 것이 있다."

라울 왕자가 옆을 지나갔을 때 훅 하는 열기 같은 것을 챠그무는 느꼈다. 번개를 품은 소나기구름처럼, 응축된 힘을 느끼게 하는 남자였다.

말없이 그 뒤를 따라가자, 라울 왕자는 잰걸음으로 방을 빠져나가 복도로 나가서 오른쪽 방으로 들어갔다. 집무실인 듯, 조금 전의 방보다는 작지만 긴 방이었다.

비가 그친 것이리라. 구름 사이로 비친 해가 높은 곳에 있는 창문으로 흰빛을 방에 드리웠다.

방 중간까지 오더니 라울 왕자가 홱 뒤돌아서 입구 위의 벽을 가리켰다.

챠그무도 뒤돌아보고서… 깜짝 놀라 눈을 크게 떴다.

벽 전면에 커다란 지도가 그려져 있었다. 지도 위쪽에는 나요로 반도와 산갈 반도, 칸발 왕국과 로타 왕국, 그 서쪽으로 펼쳐지는 불모지와, 그 너머에 있는 작은 나라들이 빠짐없이 그려져 있었다. 챠그무가 본 기억이 있는 것은 거기까지로, 그곳은 지도의 한구석에 불과했다.

지도의 대부분을 뒤덮고 있는 것은 남쪽 대륙의 나라들과 바다였다. 그 대륙 대부분이 파란 선으로 선명히 둘러싸여 있었고, 그중에 빨간 선으로 둘러싸인 부분이 있었다.

"파란 선으로 둘러싸인 것이 타르슈 제국의 영토다. 빨간 선으로 둘러싸인 나라는 내가 이 손으로 정복한 토지다. 봐두는 게 좋을 거다. 이것이 지금 우리가 알고 있는 세계의 모습이다."

조금 전까지와는 전혀 다른 밝은 어조로 라울 왕자가 말했다.

통역을 맡은 휴우고가 담담하게 라울 왕자의 말을 통역했다.

"별로 힘도 없는 주제에 국경선을 침범해 오는 성가신 아라 지루 사막의 야만족들을 뿌리 뽑아버리면, 이 주위에는 더 이상 우리를 귀찮게 하는 녀석들이 없다.

오라무 하라이(거대한 메마른 땅)와 카르즈 노하이(흰 산맥) 너머에도 나라가 있을 테니까, 탐색 임무를 수행하는 자들이 미지의 나라를 찾아 이미 떠난 상태다."

흘끗 챠그무를 보며 라울 왕자가 물었다.

"이런 지도를 본 적이 있느냐?"

챠그무는 솔직하게 고개를 저었다.

"없습니다. 처음 봤습니다."

"이것을 보고 무슨 생각을 했느냐?"

챠그무는 지도를 올려다본 채로 마음속에 떠오른 것을 솔직하게 말했다.

"세계는 넓다고 생각했습니다. …모든 나라를 보고 싶군요."

라울 왕자가 미소를 지었다. 그리고 친근한 어조로 말했다.

"열 살 때 처음 이 지도를 봤을 때 나는 그것과는 반대되는 생각을 했다."

눈에 강렬한 빛이 떠올랐다.

"세계는 너무 좁다. 앞으로 내가 손에 넣을 수 있는 나라가 이제 조금밖에 남지 않았다고 생각했지. 그때 느낀 초조함에 가까운 기분은 지금도 내 가슴속에 있다."

챠그무가 라울 왕자에게로 얼굴을 돌렸다. 라울 왕자가 미소를 지으며 말했다.

"왜 다른 나라에 손을 뻗치느냐는 식의 상투적인 질문일랑 하지 마라. 말해도 소용없는 일이다. 너와 나는 입장도 생각도 다르다.

아버지 되시는 황제의 오른팔인 태양 재상이랑, 거기 있는 쿠르즈라면 듣기 그럴싸한 이유를 갖다 붙이겠지만, 나는 너에게 그런 말은 하지 않겠다."

라울 왕자가 손을 올려 북쪽 대륙을 가리켰다.

"저기는 나에게 남겨져 있는 먹잇감이다. 우선 신요고 황국을 속국으로 삼아 군의 발판을 다지고, 칸발과 로타를 공격하는 거지. 뭐 걸려봤자 4년 정도면 충분할 것이다. 4년 후에는 저기가 빨간 선과 파란 선 안쪽으로 들어가 있을 거다…."

라울 왕자는 적혀 있는 글자를 읽듯이 담담하게 정복 순서를 이야기했다. 논리 정연한 그 순서를 듣다 보니, 4년 후에는 그의 말대로 되어 있을지도 모르겠다는 생각이 챠그무의 마음속에 퍼졌다.

챠그무의 눈이 갑자기 힘을 잃는 것을 휴우고는 봤다.

'…약해졌구나.'

애처로운 마음으로 휴우고는 그렇게 생각했다. 지금까지

이 소년을 라울 왕자와 대등하게 싸우게 했던 긴장의 실이 끊어진 순간이었다.

지금 이 소년에게는 똑똑히 보인 것이다. 자기 나라가 이 넓은 세계 속에서 얼마나 작고 보잘것없는 나라인지가….

처음부터 손에 갖고 있는 패의 힘이 너무 다른 잔혹한 승부였다.

라울 왕자도 샤그무 황태자의 심경의 변화를 민감하게 감지한 것 같았다. 그 눈에 만족스러운 빛이 떠올랐다. 온화한 표정으로 샤그무 황태자를 바라보며, 라울 왕자가 몸에 어울리지 않는 커다란 손을 샤그무 황태자의 어깨에 얹었다.

"안심해라. 나는 지배한 백성을 행복하게 하는 위정자다. 필요 없는 살생은 하지 않으며, 내 날개 밑으로 들어오기로 하면 이전보다 더 풍요로운 삶을 제공해줄 것이다.

내 말이 거짓이 아닌 것은 너도 그 눈으로 보며 왔을 것이다."

샤그무는 대답하지 않았다. 단지 지그시 라울 왕자를 바라보고 있었다. 라울 왕자가 샤그무의 어깨를 밀어 책상 쪽으로 이끌었다. 그리고 두툼한 종이 묶음 한 권을 집었다.

"이것은 요고 속국의 행정문서다. 거기 앉아라. 설명해주지…."

라울 왕자는 타르슈어와 요고어로 적힌 문서를 한 장씩 넘기면서 이야기하기 시작했다. 휴우고가 옆에 서서 일일이 요고어로 통역했다.

속국이 어떤 식으로 통치되고 어떤 세금이 부과되는지. 제국의 속국이 되면 제국 내에서 유통되는 물품에는 관세가 안 붙어, 그것이 어떻게 상업을 번성시키는지….

막힘없이 이어지는 말에 샤그무는 차츰 끌려들어갔다. 그 이야기를 통해 신요고 황국 따위와는 비교도 안 되는 광대한 토지를 통치하기 위한 행정적인 상황을 이해하게 되었다.

"어떠냐? 뭔가 물어보고 싶은 것이 있느냐?"

라울 왕자가 문서에서 얼굴을 들어 샤그무를 봤다.

샤그무는 라울 왕자의 눈을 응시했다.

"나라의 차이는 고려하지 않으시는지요? 가령 백성 수가 요고 속국보다 적은 나라에 이런 식으로 전비 부담을 위한 인두세를 부과하면 과혹한 세금이 되어 불만이 고조될 겁니다."

라울 왕자가 씩 웃었다.

"당장 흥정을 하겠다는 것이냐? 꽤나 당찬 녀석이로군, 너는. 순순히 속국이 된다면 전비도 적게 드니까 인두세는 가볍게 해주지."

응석을 받아주듯이 그렇게 말하고 라울 왕자가 계속했다.

"이 방법을 제대로 이해하기만 하면… 그리고 중앙의 집정관들과의 관계를 잘 유지하기만 하면, 속국은 제국의 톱니바퀴와 맞물려서 저절로 움직일 것이다.

너는 편하게 지낼 수 있다. 오히려 따분할지도 모르겠군."

서류철을 덮고 라울 왕자가 일어섰다.

"로타와 칸발이 평정될 때까지는 뒤숭숭한 나날이 계속되겠지만, 그렇게 여러 해 걸리지는 않는다. 앞으로 몇 년만 지나면 너도 백성도 평온한 나날을 손에 넣을 수 있을 것이다."

그렇게 말하고 라울 왕자는 챠그무에게 얼굴을 조금 가까이 갖다 댔다.

"내가 너를 황제로 만들어주지. 속국의 지배권을 그 손으로 확실하게 쥐는 거다."

은빛 눈에 미소가 떠올랐다.

"신요고의 고위직 중에 내 입김이 닿는 자가 있다. 궁정 안에서의 네 힘은 지금은 아직 황제에게 못 미치겠지만, 그래도 상당한 세력이 아닐까?

무엇보다 네가 황제가 되기를 바라는 패들이 젊은 층이라는 점이 좋다. 네가 정권을 획득하면 매미가 단단한 갈색 껍질을 벗듯이 신요고 황국은 다시 태어날 것이다."

미소를 지은 채로 라울 왕자가 단호한 어조로 말을 이었다.

"네가 정권을 획득하는 것은 쉬운 일이다. 황제가 죽으면 네가 황제니까."

챠그무는 무표정했지만, 입술에서 핏기가 사라졌다.

그 모습에 이 소년의 심성이 드러난 듯해 라울 왕자는 속으로 웃었다. 너무나도 청렴한 소년이었다. 영리하지만 비정해질 수는 없다. 손을 더럽힐 수도 없다. 그런 소년인 것이다.

그런 약점을 어루만지듯이 라울 왕자가 말했다.

"이것은 너에게도 좋은 이야기일 것이다. 아버지를 죽이는 것이 싫으면 너는 손을 더럽히지 않아도 된다. 내가 뭔가 방법을 생각해주지.

네가 해야 하는 어려운 일은 황제가 되는 것이 아니다. 그 후의 일이다.

나라를 개방해 나에게 복종하는 것이 최선의 길이라고 네 신하들을 납득시키는 일. 이것은 상당히 어려운 일이다."

그렇게 말하고 나서 라울 왕자가 가벼운 어조로 덧붙였다.

"하지만 걱정 마라. 내가 모든 준비는 해주지. 신요고는 전쟁 경험이 없으니까. 거친 공격을 한 차례 받으면 힘의 차이에 놀라서 반드시 마음이 약해진다. 그 기회를 잘 포착해서 녀석들의 마음을 붙잡아라."

등줄기에 차가운 것이 흘러내려, 챠그무는 자칫하면 표정을 바꿀 뻔했다. 다행히 라울 왕자는 눈치채지 못하고 말을 계속했다.

"뭐, 나는 별로 걱정하지 않는다. 너라면 잘할 수 있을 거다.

너는 놀라울 정도로 영리한 남자고, 나조차도 도와주고 싶게 만드는 묘한 매력을 갖고 있다. 너라면 민심을 잘 파악해 속국을 통치해갈 수 있을 것이다."

챠그무의 어깨를 툭 치며 라울 왕자가 웃었다.

"잘해보자. 이제부터 오랫동안 관계를 유지해야 하니까."

대답을 바라는 듯이 라울 왕자가 눈썹을 치켜올렸다. 웃고 있었지만 그 눈에는 감히 토를 달 수 없게 하는 냉혹한 빛이 서려 있었다.

챠그무는 입술을 꽉 다문 채로 잠시 라울 왕자를 바라보다가 마침내 입을 열었다.

"…저한테 수병들을 돌려주십시오."

힘없는 목소리로 소년이 무슨 말을 하는지 순간 이해하지 못해 라울 왕자의 눈에 당황한 듯한 빛이 떠올랐다. 챠그무가 말을 이었다.

"산갈에 인질로 잡혀 있는 황국 해군의 수병들을 저한테 돌려주십시오.

기함을 잃고 포로가 된 오명을 지닌 채로는 저는 고국으로 돌아갈 수가 없습니다. 하지만 그들을 데리고 돌아가면 아버지는 저를 받아들여줄 겁니다."

그제야 무슨 이야기인지 깨달은 라울 왕자가 미소를 지었다.

"아, 그렇군. 좋지. 그건 좋은 방법이다. 산갈 왕에게 은밀히 전갈을 보내 너의 공훈담을 만들어주지. 선물을 갖고 당당한 얼굴로 아바마마한테 돌아가도록 해라."

라울 왕자가 챠그무의 어깨에 손을 얹고서 흔들었다.

"인망을 얻어 가슴을 펴고 황제가 되어라."

그렇게 말하고 챠그무의 어깨에서 손을 떼더니 걸음을 옮기려다가 갑자기 발을 멈췄다.

"…참. 한 가지 더 중요한 이야기가 있다."

뒤돌아본 라울 왕자가 아주 차분한 어조로 말했다.

"너에게는 남동생과 여동생이 있을 거다. 여동생은 뭐 상관없다. 언젠가 우리 왕족의 피가 흐르는 남자 중에서 인품이 좋은 자를 골라서 혼인시켜주지.

하지만 남동생은 분란의 불씨가 된다. 황제를 제거하기 전에 먼저 남동생을 제거하는 편이 좋겠다. 아직 어리니까, 열이 나서 죽어도 아무도 이상하게 여기지 않을 거다."

챠그무의 몸이 얼어붙었다.

얼굴이 싸늘해지며 주위의 소리가 멀어져갔다.

'투그무를 죽이라는 건가….'

라울 왕자는 신요고 황실의 사정을 정확히 파악하고 있었다. 챠그무가 황제가 되기 위해 가장 커다란 장애가 되는 것은, 제2황자 투그무를 황제로 즉위시키고자 하는 라도우 대장 파벌인 것은 확실하다.

지금까지 아버지에게만 정신이 팔려서 동생에 대해서는 잊고 있던 자신의 어리석음이 가슴을 찔렀다.

챠그무는 쥐가 날 것 같은 머리를 분주히 이리저리 굴렸다.

비록 커다란 장애가 된다고 해도 동생을 죽이고 싶지 않다. 그것만은 절대로 싫다.

'뭔가 다른 길은 없을까? 라울 왕자가 납득할 만한 길은….'

막다른 곳으로 몰린 쥐처럼 필사적으로 길을 찾으면서 챠그무는 이런 상황에 허무함을 느꼈다. 이 무슨 얄궂은 처지인가. 되고 싶지도 않은 황제가 되기 위해 아버지도 동생도 죽이라는 명령을 받고 있다니.

그렇게 생각한 순간 머릿속에 빛이 스쳐 지나갔다.

챠그무가 번쩍 얼굴을 들었다.

'그렇다….'

갑자기 눈앞에 하얗고 널찍한 길이 펼쳐진 듯한 느낌이 들었다.

그러고 보면 왜 이제까지 이런 생각을 못 했는지 이상하게 여겨질 정도로 좋은 방법이었다.

챠그무가 라울 왕자를 올려다봤다.

"…동생을 황제로 즉위시키겠습니다."

전혀 예기치 못했던 말을 듣고 라울 왕자의 얼굴에 처음으로 놀라는 빛이 떠올랐다. 챠그무를 쳐다보며 라울 왕자가 되물었다.

"뭐라고? 지금 뭐라고 했느냐?"

챠그무가 차분한 목소리로 말했다.

"동생을 황제로 즉위시키겠습니다. 동생을 황제로 즉위시키면 아버지를 폐위시키더라도 저의 사사로운 욕망 때문이 아니라는 것을 보여줄 수가 있습니다. 게다가 제가 황제가 되는 것을 싫어하고 동생을 밀고 있는 사람들도 순순히 따를 겁니다.

장남이 살아 있는 동안에 차남이 황제가 되는 것은 우가타카이무(역류)를 일으키는 일이지만, 운이 쇠퇴해갈 때는 오히려 운의 흐름을 바꿔 행운을 가져올 거라고 기뻐들 할 겁니다."

그렇게 말하면서 챠그무는 이제까지의 초조함이 사라지고, 옥죄던 밧줄이 풀린 것처럼 마음이 편안해지는 것을 느꼈다.

"황위를 동생에게 양보하는 대신에 집정의 권리를 얻어, 동생이 성인이 될 때까지의 12년은 제가 성도사와 함께 후견인이 되어 가장 어려운 변화의 시기를 넘을 수 있도록 최선을 다하겠습니다."

'그리고 가장 힘든 시기를 넘기면….'

챠그무는 생각했다.

'나는 궁을 떠나리라.'

그렇게 생각하자 가을 햇살에 둘러싸인 듯한 평온한 마음이 되었다.

라울 왕자는 믿을 수 없는 것을 보는 듯한 눈으로 챠그무를 바라봤다.

"너는 황제 자리가 탐나지 않느냐?"

챠그무는 처음으로 진심에서 우러나온 미소를 지었다.

"탐난다고 생각한 적은 한 번도 없습니다."

종장

푸른 길의 여행자

금빛 구름

하얗게 닦인 상갑판에 챠그무가 서자, 한 단 아래 갑판에서 있던 남자들 사이에서 낮은 술렁임이 일고, 다음 순간 억누르지 못한 환호성이 일었다.

몇 달 동안 포로로 살아온 요고 수병들의 얼굴에는 피곤한 빛이 있었지만, 그래도 고향을 향해 출항하는 이날을 위해 수염을 깎고 머리를 다듬는 것이 허용되었기에 모두 말끔해 보였다.

챠그무의 얼굴을 덮은 얇은 천이 산갈의 후텁지근한 바닷바람에 살짝 흔들렸다.

챠그무 뒤에 서 있는 덩치 큰 산갈인 남자가 손을 들어 남자들의 환호성을 멈추게 했다. 그리고 산갈인다운 요란한 억양의 요고어로 이야기하기 시작했다.

"요고의 바다 사나이들이여. 그대들은 행복한 자들이다. 그대들의 황태자 전하는 우리 왕과의 기나긴 교섭을 꺼리지 않고 포기하지 않아 마침내 그대들의 해방을 쟁취하셨다!"

또다시 요고 남자들 사이에서 환호성이 일었다.

챠그무는 자신의 생각에 빠져 있어서, 라울 왕자의 명령을 받아 산갈 왕이 보내온 이 남자의 말을 멍하니 흘려듣고 있었다. 그래서 남자가 말을 마치고 챠그무의 말을 기다리고 있다는 것을 한참 동안 알아차리지 못했다.

남자의 기침 소리로 챠그무는 정신을 차렸다.

한없이 푸른 하늘이, 천천히 흔들리는 돛대 너머로 펼쳐져 있었다. 챠그무는 바다 냄새가 나는 바람을 깊이 들이마시고, 갑판에 정렬한 요고 남자들을 천천히 내려다봤다.

수병들은 한 명도 결원이 없었다. 챠그무의 시중을 들던 륀도, 챠그무를 탈주시킨 죄로 감옥에 갇혀 있던 진도, 다른 섬에 갇혀 있던 타가루와 오루도, 모두 여위기는 했지만 살아남아서 눈앞에 있었다. 단 한 사람 윤만은 챠그무 암살을 기도한 죄로 산갈 왕가의 감옥으로 이송되어 이 항해에 동참하는 것이 허용되지 않았지만.

수병들은 챠그무와 합류하기 위해 조금 전에 이 라스섬에 집합했다. 라스제도 최대의 섬인 이 섬에는 항구가 몇 개나 있으며, 섬 남부의 항구에는 이미 타르슈의 요새가 건설되어 있다. 챠그무는 그 요새에서 꽤 오랫동안 머물렀다.

그러나 지금 배가 묶여 있는 이 북쪽에는 타르슈의 그림자가 보이지 않는다. 수병들은 이 섬이 얼마나 빈틈없이 타르슈의 지배하에 있는지 전혀 모르고 있을 것이다.

교묘하게 눈을 가리기로 하고 그들은 고향으로 돌아가는 것이 허용되었다. 그들을 무사히 돌려보내기 위해서는 앞으로도 자신들을 간신히 지탱하고 있는 가느다란 실을 끊지 않도록 주의해야 한다.

'할아버지, 수병들을 고향으로 데리고 돌아가요.'

마음속으로, 돌아가신 할아버지에게 보고하고 나서 챠그무는 입을 열었다.

"오랫동안 고생 많았다. …이제부터 그대들을 고향으로 돌려보내겠다. 가족의 얼굴을 생각하면서 배를 조종해 나요로 반도를 향한 항해를 무사히 마치도록 하라."

남자들 사이에 퍼져간 것은 이번에는 환호성이 아니었다. …흐느끼는 소리였다. 남자들은 일제히 갑판에 엎드려 챠그무에게 절을 올렸다.

그것을 본 순간 챠그무는 입술을 꽉 다물었다.

아직 진정한 의미에서 그들을 구한 것이 아니다. 그 사실을 그들에게 제대로 전해야만 한다.

하얀 햇살을 받아 구석구석까지 드러난 갑판이 신기루처럼 흔들려 보였다.

챠그무가 산갈인 관료를 홱 돌아봤다.

"이제까지 여러모로 고마웠다."

산갈인 관료는 요란한 동작으로 절을 하더니 판자다리를 내려가 자신의 배로 돌아갔다. 이제부터 국경까지 그가 지휘하는 산갈의 전투선이 이 배를 선도해 가기로 되어 있었다.

그들은 명목상은 선도 역할을 하는 것이었지만, 실제로는 라울 왕자의 엄명을 받아 챠그무가 얌전히 고국으로 돌아가는 것을 지켜보는 역할을 떠맡은 감시자였다. 챠그무의 목에는 다른 사람한테는 보이지 않는 사슬이 단단히 감겨 있는 것이다.

산갈인들이 자신들의 배에 타고 그 배가 멀어져가는 것을 지켜보고 나서, 챠그무는 수병들에게 호소했다.

"수병들이여, 잘 들어라."

챠그무의 목소리가 갑판에 들리자 수병들은 얼른 직립부동의 자세를 취했다.

“그대들에게 알려야만 하는 것이 있다. …이제부터 그대들과 돌아가는 고향은 커다란 위험에 처해 있다. 고향에 돌아가도 기다리고 있는 것은 휴식이 아니라 무시무시한 태풍이다.”

수병들은 숨을 죽이고서 황태자가 감정을 담아 시작한 말에 귀를 기울이고 있었다.

“그대들은 환호성을 질렀지만, 나는 그대들을 태풍 속으로 데리고 돌아가는 것이다. 그것만이 아니다. 폐하는 순순히 산갈의 포로가 된 우리를 불쾌하게 여기실 거다. 적과 내통하고 있다는 의심을 받게 되면 모처럼 고향에 돌아가도 감옥에 갇히게 될지도 모른다.”

수병들은 꼼짝도 하지 않고 그 말을 듣고 있었다. 환호성을 지르던 때의 밝은 표정은 사라지고 당혹감과 긴장의 빛이 그들의 얼굴에 떠올랐다.

상갑판에 서 있는 챠그무 황태자는 포로 오두막에서 헤어졌을 때보다도 키가 커서 어른스러워 보였다. 그 오두막에서 자신들에게 말을 걸어주었을 때는 막 변성기가 시작되어 약간 쉰 것 같은 목소리였지만, 지금은 이미 맑은 목소리로 변해 있었다.

성인 남자라고 하기에는 너무 어리다. …하지만 더 이상 소년은 아닌 황태자가 거기에 있었다.

챠그무가 조용히 물었다.

"그래도 고향으로 돌아가고 싶은가? 이 산갈에서 포로로 사는 편이 오래도록 편안히 살 수 있을지도 모른다. 만약 포로의 몸으로 돌아가고 싶은 자가 있다면 부끄러워할 일은 아니다. 지금이라면 아직 판자다리를 내려갈 수 있다. 판자다리 아래에 있는 산갈 관리에게 말하면 포로의 몸으로 되돌려줄 것이다."

수병들을 둘러보며 챠그무가 말했다.

"내려가고 싶은 사람은 체면 차리지 말고 내려가도 좋다.

이것은 진심에서 하는 말이다. 나는 더 이상 그대들을 불행하게 하고 싶지 않다."

챠그무의 솔직한 말에 수병들은 조용해졌다.

갑판 위에는 파도 소리만 들렸다.

고개를 숙이고 꼼짝도 하지 않고 서 있는 수병들을 바라보던 챠그무는 맨 끝줄에 있는 젊은이가 얼굴을 든 것을 발견했다. 하급 수병의 갈색 옷을 입은 젊은이였다.

그는 잠시 방황하듯이 눈을 이리저리 굴리며 동료들을 쳐다보다가, 이윽고 옆에 서 있는 수병에게 뭐라고 속삭이더니 챠그무를 올려다보며 깊숙이 고개를 숙였다. 그리고 머뭇거리며 대열에서 벗어나더니 꼬인 듯한 걸음걸이로 갑판을 달리기 시작했다.

그가 배에서 내려가는 것을 아무도 막으려고 하지 않았지만 따라서 내리려고 하는 자도 없었다.

한 나이 든 남자가 그런 수병들의 모습을 지그시 둘러보다가, 이윽고 더 이상 아무도 내리려고 하지 않는 것을 확인했는지 챠그무 쪽으로 돌아서며 깊이 절을 하고 나서 입을 열었다.

예전에 부함장이었으며 이 배의 선장으로 임명된 상급 수병이었다.

"챠그무 황태자 전하, 과분한 배려를 해주신 점 깊이 감사드립니다. 지금 전하의 말씀을 듣고 배를 내려간 수병은 저희가 포로였을 때 음식을 날라주던 산갈 아가씨에게 마음이 끌렸었습니다. 저자에게는 가족이나 친척이 없어서 마음이 흔들렸을 겁니다.

저런 무분별한 자가 나오게 한 것은 제 부덕의 소치입니다만, 마음이 흔들린 자가 배에 있어서는 배의 운항에 지장을 초래합니다. 배려해주셔서 감사합니다."

목소리가 갈라져 있었다.

"그자 외에는 더 이상 내리고 싶어 하는 자는 없을 겁니다.

저와 똑같은 심정이라면 내리고 싶은 마음은 없을 겁니다. …황태자 전하, 송구하옵니다만, 제 심정을 들어주시겠습니까?"

챠그무가 고개를 끄덕였다.

"물론이다. 그대의 심정을 기탄없이 말해주기 바란다."

선장은 또다시 절을 하고 조용히 말하기 시작했다.

"챠그무 황태자 전하, 저는 토사 각하가 돌아가시는 모습을 지켜보고만 있었던 것을 깊이 후회하고 있습니다. 저희를 키워주신 토사 각하의 죽음을 한심하게도 지켜보고만 있었던 것은 평생 짊어져야만 하는 죄라고 생각하고 있습니다."

목이 메여 선장은 기침을 했다.

"그 죄를 속죄하기 위해서라도 고향으로 돌아가고 싶다고, 오랜 포로 생활 동안 종종 이야기하곤 했습니다. 전하께서 말씀하셨듯이 감옥에 갇힌다 해도, 설령 사형선고를 받는다 해도 타국에서 포로로 살아가는 것보다는 훨씬 낫다고 생각합니다. 고향 땅으로 돌아갈 수가 있다면 더 이상 바랄 것이 없습니다."

수병들의 표정은 굳어 있었지만 누구 하나 이의를 제기하는 자는 없었다.

선장이 긴장한 얼굴에 문득 미소를 지었다.

“게다가 저희는 썩어도 신요고 황국의 수병입니다. 고향이 태풍에 휘말리고 있을 때 타국에서 태풍이 지나가기를 기다리는 그런 겁쟁이가 아닙니다.”

수병들의 얼굴에 미소가 서서히 떠올랐다. 그들은 고개를 끄덕이더니 한 명이 손뼉을 치자 이윽고 전원의 박수 소리와 찬동하는 목소리가 배를 뒤흔들었다.

어떤 운명이 기다리고 있어도 고향으로 돌아가고 싶어 하는 그들의 마음이 밀려오는 파도처럼 전해져 왔다.

“그대들의 마음은 잘 알았다.”

챠그무는 망설임을 떨쳐버리듯이 크게 숨을 들이쉬고 힘 있는 목소리로 외쳤다.

“그렇다면 수병들이여, 고향으로 가자. …출항하라!”

주먹으로 가슴을 치는 수병 특유의 경례를 하고 수병들은 환호성을 질렀다. 그리고 힘찬 동작으로 각자의 자리로 흩어졌다.

새하얀 돛이 바람을 받아 펄럭이는 소리를 듣고, 맹렬한 속도로 달리기 시작한 배의 움직임을 온몸으로 느끼면서 챠그무는 주먹을 꽉 쥐었다.

마침내 고향으로의 첫걸음을 내딛을 수 있었지만 모든 것은 이제부터다.

타르슈의 군선에서 여기까지 돌아오는 사이에 봤던 광경이 지금도 눈에 선하다.

사간제도에서 라스제도까지 주요 섬들에 건설되어 있던 타르슈의 견고한 요새…. 타르슈는 산갈 왕국을 확실하게 자신들의 지배하에 두고자 하는 것이다. 라스제도를 비롯해 북쪽 섬들에는 아직 요새 건설이 시작되지 않은 것 같지만, 북쪽 대륙으로의 발판은 착착 다져지고 있는 것이 분명했다.

여기까지 태워다 준 군함은 거대해, 세나의 배처럼 자주 섬에 들러 보급을 받을 필요는 없었다. 만약 라울 왕자가 챠그무를 급히 신요고 황국으로 돌려보내려고 생각했다면 두 달도 걸리지 않아서 라스섬까지 올 수 있지 않았을까?

하지만 챠그무를 태운 군선의 지휘관은 섬에 기항할 때마다 병사를 내리게 해 요새 건설을 돕게 하기도 하고, 산갈 병사를 훈련시키기도 해서, 라스섬에 오기까지 몇 달이나 걸렸다.

라울 왕자는 아마도 챠그무를 북으로 돌려보내기 전에 가능한 한 산갈의 지배를 공고히 해두고 싶었던 것이리라. 그는 군선의 지휘관에게 챠그무가 라스섬을 출항하는 시기에 대해 면밀한 지시를 내렸음에 틀림없다.

라울 왕자를 만나보고 잘 알았다. 그는 챠그무가 뭘 하든 자신의 생각대로 일을 진행시킬 수 있다는 자신이 있는 것이다. 그래서 신요고 궁정에 내통자가 있다는 것도 밝히며, 순순히 고향으로 돌아가는 배에 태운 것이다.

아마도 이대로 고향에 돌아가도 챠그무는 아무것도 할 수 없을 것이다. 할아버지를 순순히 죽게 하고, 적의 포로가 되었다. 수병들을 되찾기 위한 거래 내용을 의심받아 유폐될 것이 틀림없다.

어떻게든 슈가에게 내막을 밝히는 편지를 건넨다 해도 내통자가 누군지 모르는 상태에서는 아버지의 암살을 막기는 어렵다.

얄궂은 일이지만, 챠그무가 유폐에서 풀려나 자유롭게 움직일 수 있는 것은 아버지가 살해된 이후다. 챠그무는 그때 어떤 상황이 벌어질지 충분히 상상할 수가 있었다.

궁정의 혼란을 틈타 공격해 오는 타르슈군. 아마도 산갈과 타르슈가 함께 공격해 올 것이다. 그 위기 속에서 챠그무는 동생을 즉위시켜, 라도우 대장을 설득해 섭정을 맡아 라울 왕자와의 교섭을 시작한다….

그 단계에서 항복하면 더 이상 나라를 전쟁으로 고통받게 할 일은 없다.

'그다음에는 속국이 되어 로타와 칸발을 공격하는 앞잡이가 되는 거다. 결국 백성은 이웃 나라를 공격하는 긴 전쟁에 차출될 것이다. 로타와 칸발이 항복해서 속국이 된 후에도 요고인은 계속 증오의 대상이 되리라.'

푸른 하늘에 천천히 구름이 흘러갔다.

챠그무는 눈부신 듯이 눈을 가늘게 뜨고 하늘을 응시했다.

'그런 미래… 절대로 백성들에게 주지 않겠다.'

벽 위의 지도를 가리키며 저건 내 먹잇감이라고 큰소리치던 라울 왕자의 얼굴을 떠올릴 때마다 가슴속에서 분노가 부글부글 끓어올랐다.

북쪽 나라들은 지도 위의 공백 같은 것이 아니다. 많은 사람들이 각자의 생각을 가슴에 품고서 지금도 살고 있는 곳이다. 그것들을, 그 모든 것을 먹잇감 취급을 하는 건 참을 수 없다.

'라울 왕자, 나는 절대로 당신에게 굴복하지 않을 것이다.'

라울 왕자는 챠그무를, 콕 집어서 움직이게 하는 힘없는 벌레 같은 인간으로 보고 있다. 군사력이나 국력의 압도적인 차이를 생각하면 그렇게 보여도 당연하다.

그래도 굴복하고 싶지 않았다.

'혼자서 천만의 군사 앞에 서는 것과 같은 어리석은 짓이

라 할지라도 나는 당신 앞을 가로막을 것이다.'

라울 왕자의 계획을 망치려면 어떻게 해야 할까. 예전부터 그 대답은 알고 있었다.

북쪽 대륙의 나라들이 살아남는 길은 하나밖에 없다. 세 나라가 단단히 손을 잡고서 타르슈에 저항하는 것이다.

누구나 생각할 수 있는 일이지만 실제로 행동에 옮기는 것은 무척 어렵다. 칸발 왕은 그 성격으로 봐서 신요고가 함락될지도 모른다는 걸 알면 청무 산맥을 방패 삼아서 버티는 쪽을 택할 것이다.

로타 왕은 영민한 분이니까 동맹을 맺어줄지도 모른다. 하지만 아버지가 황제로 있는 동안에는 신요고 측에서 도움을 청하는 일은 있을 수 없다.

라울 왕자는 내통자나 휴우고 같은 밀정한테서 얻은 정보로 그런 북쪽의 사정을 잘 알고 있을 것이다.

'섭정을 맡은 다음에 로타로 사신을 보내면….'

그렇게 생각하고 나서 챠그무는 역시 그것도 안 된다고 생각을 바꿨다. 그러면 너무 늦다. 타르슈군의 침공과 시기적으로 맞지 않는다.

신요고군이 크게 패한 후에 달려가면 로타군은 헛되이 병력을 잃게 된다. 로타 왕은 영민한 왕이다. 동맹을 싫어하는 어리석은 신요고를 돕기보다, 우선 자국의 방어를 강화해 지구전에 돌입할 태세를 갖출 생각을 할 것이 틀림없다.

로타는 신요고보다 훨씬 크다. 전쟁을 싫어해, 병력이 아니라 천신이 나라를 지켜주기를 바라온 신요고와는 달리, 원래 기마민족인 그들의 병력은 상당하다.

아버지가 동맹을 싫어한 이유의 하나가 바로 그것으로, 로타와의 동맹은 대등한 동맹이라기보다는 신요고가 도움을 받는 형태가 되기 때문이라고 챠그무는 생각하고 있었다. 로타 밑으로 들어가는 것을 아버지는 싫어한 것이다.

그리고 타르슈가 신요고를 노린 의도도 거기에 있다. 지리적으로도 공격하기 쉬운 위치에 있을 뿐만 아니라, 로타를 단독으로 공격해도 함락시키지 못할 가능성이 있기 때문인 것이다.

'로타에 지원군을 부탁하려면 신요고에 대한 침공이 시작되기 전이어야만 한다.'

챠그무는 이를 악물었다.

로타로 가서 사정을 이야기하고 지원군을 부탁할 사람은… 자신뿐이다.

가령 진을 보낸다 해도 황제의 친서도 갖고 있지 않은 근위병의 입장으로는 로타 왕을 움직이기 어려울 것이다. 역시

한 번 만난 적이 있는 자신이 가야 한다.

게다가 황태자라는 입장의 챠그무라면 로타 왕도 교섭할 가치가 있는 상대로 여기지 않을까? 타르슈 제국의 내부를 봤고, 라울 왕자의 사람 됨됨이를 본 챠그무의 경험은 틀림없이 로타 왕을 움직이는 힘이 될 것이다.

'하지만 어떻게 로타로….'

이 배로 갈 수는 없다. 산갈 전함의 감시가 붙어 있고, 로타로 항로를 바꾸면 곧바로 챠그무의 의도가 라울 왕자에게 전달될 것이다.

그러나 산갈 반도에 도착해버리면 누군지도 모르는 배반자나 적의 밀정들이 챠그무를 빈틈없이 에워싸버릴 게 틀림없다.

로타로 가려면 산갈 반도에 도착하기 전에 이 배에서 빠져나가는 수밖에 없다. 그것도 라울 왕자가 전혀 예상치 못한 방법으로….

파도를 가르며 기분 좋게 전진하는 배의 요동을 느끼며, 챠그무는 눈앞에 끝없이 펼쳐지는 바다를 지그시 바라보고 있었다.

챠그무를 태운 배가 라스섬을 출항한 것은 초여름이었다.

타라 우샤무(섬이 없는 바다)를 건널 무렵에는 시쿠마(여름바람)가 순풍이 되기 때문에 나요로 반도로 건너가기는 좋지만, 랏카루(회오리바람)의 계절이 오기 전에 도착하기에는 아슬아슬한 시기의 출항이었다.

배에 탄 동안 챠그무는 대부분의 시간을 혼자서 보냈다.

시중드는 륀도 옆에 있지 못하게 하고, 해가 있는 동안은 글을 쓰며 보냈다. 흔들리는 배 안에서 글씨를 쓰는 것은 어려웠지만, 챠그무는 쫓기는 듯한 심정으로 이제까지 파악한 타르슈 제국의 모든 것을 기록해갔다.

포로 오두막에서 도망치는 것을 도와준 타가루와 오루에게는 알현을 허용해 감사의 뜻을 전했지만, 진에게는 문서로 감사 인사만 전했을 뿐 알현은 허용하지 않았다.

진은 이제부터 어떻게 할지 생각이 정해진 후에 만나고 싶었다. 방황하고 있는 지금, 진의 얼굴을 보면 무슨 말이든 털어놓고 의지해버릴 것 같아 두려웠던 것이다.

❧

조심스럽게 문을 두드리는 소리가 들려 챠그무는 쓰고 있던 서류에서 눈을 뗐다.

"들어와라."

문을 열고 륀이 안으로 들어왔다. 그가 손에 들고 온 것을 보고서 챠그무는 눈을 깜빡였다.

사기그릇에 먹기 좋게 자른 여러 색깔의 과일들이 놓여 있었다. 그것만이 아니다. 놀랍게도 이렇게 더운 해역에서 과일 사이에 자그마한 얼음들이 군데군데 놓여 있었었다.

"얼음이라니. …대체 어떻게 얼음을…."

물방울이 떠 있는 무척이나 시원해 보이는 접시를 식탁에 두고서 뤈이 의기양양하게 미소를 지었다.

"오늘 아침 기항한 항구에서, 지하 얼음 창고에 비축해둔 얼음을 수병들이 찾아서 갖고 왔습니다. 식욕이 없으신 것 같아 뭔가 드실 수 있는 것이 없을지 모두 함께 지혜를 짜 모은 것입니다."

챠그무는 아무 말도 할 수가 없어 얼음으로 시원해진 과일을 바라보고 있었다.

포로가 되었던 기나긴 나날을 뤈과 수병들은 서로 도우며 극복해온 것이리라. 수병들에 대한 친밀감이 뤈의 어조에서 느껴졌다.

매일같이 사람 만나는 것을 피하고 틀어박혀 제대로 식사도 하지 않는 챠그무를 그들은 계속 염려해온 게 틀림없다.

더운 산갈의 항구 거리를 얼음을 찾아서 돌아다니는 수병들의 모습이 눈에 선했다.

"고맙구나…."

목이 부은 것처럼 제대로 목소리가 안 나왔다.

과일을 입에 넣자 향긋한 향과 함께 상쾌한 시원함과 새콤달콤함이 입 안으로 퍼졌다. 목을 타고 넘어가는 시원함이 기분 좋았다.

"맛있구나."

미소 짓자 륀의 얼굴이 환해졌다.

이제까지보다 훨씬 더 륀이 친근하게 느껴졌다. 벌써 3년 이상을 가장 가까이 있던 소년인데도, 이제까지 륀은 챠그무를 천신의 자제로서 받들어 모시며, 시중드는 신분으로서의 일정한 거리를 절대로 무너뜨리려 하지 않았다. 이런 식으로 말을 걸어주는 일도 없었다.

챠그무는 처음으로 륀의 진심에서 우러나온 미소를 본 듯한 느낌이 들었다. 륀도 똑같은 심정일지도 모른다.

'륀도 제법 키가 크구나.'

이제까지 그런 것조차도 몰랐다. 서로 동갑이다. 챠그무는 최근 반년 사이에 키가 더 자랐는데, 륀도 포로 생활 동안 키가 자란 듯했다.

조금 연약해 보이지만 자신도 륀의 눈에는 그렇게 보일까? 멍하니 그런 생각을 하며, 챠그무는 정성이 담긴 시원한 과

일을 전부 비웠다. 정말로 맛있었다.

"고맙다. 수병들에게도 고마워하는 내 마음을 전해주기 바란다."

그렇게 말하자 륀은 기쁜 듯이 절을 했다.

그날부터 륀은 뭔가 기회를 만들어서는 곁으로 오게 되었다. 수병들이, 어쩌면 진도 티내지 않고 챠그무를 지켜보라고 부탁했는지도 모른다.

챠그무는 륀을 다가오지 못하게 하지는 않았지만, 그를 볼 때마다 그 뒤에, 자신에게 희망을 걸고 있는 요고 백성들의 모습이 보이는 듯해서 괴로웠다.

챠그무는 저녁 식사를 마친 후에 잠시 상갑판에 나가 종종 바다를 바라보곤 했다.

챠그무의 저녁 식사는 수병들보다 조금 일찍 제공된다. 그래서 저녁 식사를 마치고 상갑판에 나갈 무렵에는 마침 수병들은 저녁을 먹으러 선실로 내려가기 때문에 갑판에는 거의 사람이 없다.

바람과 파도 소리, 배가 삐걱거리는 소리를 들으며, 갑판에서서 해 질 녘의 바다와 하늘을 보고 있으면 조용한 슬픔이 가슴에 퍼져 온다.

태어나서 자란 어둑어둑하고 광대한 궁의 자신의 방 냄새와 책상의 감촉. 난처한 듯이 자신을 바라보는 슈가의 얼굴이랑, 걱정스러워 보이는 어머니의 얼굴. 평범한 하루의 사소한 광경. …그런 것을 보는 일은 이제 없을지도 모른다.

고향의 모든 것이 지금은 이 해 질 녘의 하늘에 길게 뻗어 있는 옅은 금빛 구름처럼, 어느 틈에 빛을 잃고 사라져가는 한없이 약한 것으로 여겨졌다.

투명한 석양빛을 받으면서 챠그무는 먼 북쪽 하늘을 바라보고 있었다.

금빛 구름에 비치는 환상 속의 고향이 바람에 일그러지며 무너져 내리기 전에, 저기까지 뛰어가서 양손을 뻗어 떠받쳐 주고 싶었다.

뒤에서 발소리가 들리고 상당한 거리를 두고서 멈춘 것이 느껴졌다.

챠그무가 뒤돌아보지 않고 말했다.

“염려 마라. 뛰어내리지는 않으니까.”

린의 당황한 목소리가 들려왔다.

“천… 천부당만부당한 말씀입니다.”

챠그무가 천천히 륀을 돌아봤다. 여전히 넘실거리는 파도를 보는 것은 괴로운 듯 얼굴이 창백했다.

"선실에 있도록 해라. 나도 곧 내려가겠다."

그렇게 말하자 륀이 부끄러운 듯한 미소를 지었다.

"좀 더 바다에 강해지면 좋겠지만 뜻대로 안 됩니다. 전하 곁에 있을 수 없어서야 시종으로서는 실격이죠."

고지식한 그 말에 챠그무는 저도 모르게 웃고 말았다.

"그렇지 않다. 시종의 임무에 보통은 바다 위에서의 일은 없지 않느냐? …그대 이상의 시종은 없다. 신경 쓰지 않아도 된다."

륀의 얼굴에서 미소가 사라졌다. 잠시 륀이 굳은 얼굴로 챠그무를 바라보고 있다가 이윽고 불쑥 말했다.

"…전하는 참으로 이상한 분이십니다."

챠그무는 륀이 무슨 말을 하고 싶은 건지 몰라 얼굴을 찡그렸다. 륀이 머뭇머뭇 미소를 지으며 말을 이었다.

"황태자 전하이신데도 전하는 항상 시종인 저를 친구처럼 대해주십니다. 솔직히 말씀드리면 궁에 있던 때는 그것이… 신경 쓰여 견딜 수가 없었습니다."

륀이 고개를 숙였다.

"저는 여덟 살 무렵부터 궁에 들어가 계속 형님마마이신 사그무 전하의 시종으로 일해왔으니까, 황태자 전하란 사그무 전하 같은 분이라고 믿고 있었습니다."

형 사그무가 병으로 죽었기 때문에 챠그무는 열두 살에 황태자가 되었다.

'그렇구나… 륀은 형이 죽었기 때문에 내 시종이 되었구나.'

형 사그무는 아버지와 마찬가지로 궁에서의 생활밖에 모르는 황태자였다.

"형과 비교하면 확실히 내 행동이 이상하게 여겨졌겠구나."

챠그무가 씩 웃었다.

"그대도 알다시피 나는 한 번 궁을 떠난 적이 있다. 강하고 마음씨 좋은 호위무사가 목숨을 구해줘 잊을 수 없는 여행을 했지.

그 여행에서 나는 궁에 있는 사람들에게는 미천한 자로만 보이는 사람들의 인간관계가 얼마나 따뜻한지를 알았다.

궁에 돌아와서도 나는 그런 관계를 잊을 수가 없었던 것이다."

그 당시 챠그무는 동갑인 륀을 친구로 삼고 싶었다. 하지만 그것이 륀에게는 이상한 행동으로 여겨져 신경이 쓰여 견딜 수가 없었던 것이다.

"지금은 저도 그 심정을 이해할 수 있습니다."

륀이 나지막이 말했다.

"포로가 되어 수병들과 함께 지내며… 이런 생활이 있나 싶을 정도로 그저 놀라울 따름이었습니다. 모두 마음씨 좋은 무인들입니다. 저를 배려해주어서…."

륀의 눈에 밝은 미소가 떠올랐다.

"수영도 가르쳐주었습니다. 그래서 예전만큼 바다가 두렵지 않습니다.

감시하던 산갈 병사들은 목소리는 엄청 크지만 무척 태평한 사람들이고, 하루에 한 번은 바다에서 수영하게 해주었죠."

그 광경이 눈에 선해 챠그무는 웃음을 터뜨렸다.

"그들답군. 포로를 바다에서 자유롭게 헤엄치게 한다는 것은 산갈인에게나 가능한 일일 것이다."

륀이 동감한다는 얼굴로 고개를 끄덕였다.

"정말입니다. 이상한 사람들이지요. 저희가 도망치면 어쩔 거냐고 물었더니 웃음을 터뜨리며, '요고인은 수영을 잘 못한다, 너희들이 헤엄쳐서 도망칠 염려는 절대로 없다'라고 하더군요.

참으로 확신이 강한 녀석들입니다. 요고인도 수병들 중에는 수영을 잘하는 사람도 있는데. 이참에 도망쳐줄까 하고 이야기하곤 했지요."

웃으며 고개를 끄덕이려다가 불현듯 머릿속에 어떤 생각이 번뜩여 챠그무는 움직임을 멈췄다.

챠그무가 눈을 크게 떴다.

'헤엄치는 방법이 있었어….'

가슴의 고동이 빨라졌다.

이제까지 아무리 생각해도 보이지 않던 길이 갑자기 어둠 속에서 한 줄기 나타나는 것을 챠그무는 떨리는 듯한 심정으로 바라보고 있었다.

'로타로 갈 수 있을지도 모르겠다.'

산갈 감시선의 눈을 속이고 로타로 갈 수 있을지도 모른다…!

자그마한 둑이 터져 물이 쏟아져 나오기 시작한 것처럼, 이제까지 계속 생각하고 있던 것 하나하나가 머릿속에서 이어지기 시작했다.

너무나도 무모한, 성공 가능성이라곤 거의 없는 방법이다. 하지만 그렇기 때문에 더더욱 이런 방법을 자신이 취하리라고는 라울 왕자 일당은 절대로 생각지도 못할 것이다.

'이거다. 이거야말로 그들의 수중에서 벗어날 수 있는 길이다.'

피에 열을 가한 것처럼 몸속이 확 뜨거워졌다.

잘하면 라울 왕자만이 아니라 아버지의 눈도 속일 수가 있다.

거기까지 생각했을 때, 열에 들뜬 듯한 마음에 냉수를 끼얹듯이, 그 길의 험난함이 가슴에 사무쳐 왔다.

'이 길을 택하면….'

챠그무라는 황태자는 이 세상에서 사라지게 된다. 지원군을 데리고 오지 못하면… 영원히 사라지게 될 것이다.

퀸이랑 이 배의 수병들에게도 희생을 강요하게 될지도 모른다.

자신을 바라보며 조각상처럼 움직임을 멈춰버린 챠그무를 퀸이 불안한 듯이 바라보고 있었다.

"전하…."

황혼이 퀸의 매끄러운 뺨을 물들였다.

오랜 침묵 끝에 챠그무가 마침내 입을 열었다.

"퀸, 내 말을 들어주었으면 한다."

달빛 아래의 푸른 길

석양을 머금은 구름이 하늘을 온통 엷은 금빛으로 물들이고 있었다.

평소처럼 챠그무는 혼자서 상갑판에 서서 그 저녁 하늘을 바라보고 있었다.

배의 왼쪽 전방에 커다란 섬이 있다. 어촌의 밥 짓는 연기가 피어오르는 것이 어렴풋이 보였다.

그 섬 북쪽에 있는 또 하나의 좀 더 커다란 섬에 내일 기항해서 물과 식량을 보급한다고 했다.

거기서부터는 더 이상 섬이 없다. 까마득한 옛날, 챠그무의 선조 토르갈 황제가 최후의 시련을 겪었다고 하는 타라 우챠무(섬이 없는 바다)가 펼쳐져 있었다.

해가 바다로 들어가면 하늘은 놀라울 정도로 빨리 밤의 푸른빛으로 바뀌어갔지만, 해를 삼킨 수평선 주위에는 오랫동안 벌꿀색 빛의 띠가 남아 있었다.

타라 우챠무를 건너면 고향이다.

검은 형체의 섬에 어촌의 등불이 깜박였다.

뱃전에서 몸을 내밀듯이 하고서 챠그무는 섬을 바라봤다.

오늘 밤이 마지막 기회다. 내일이 되면 저 섬은 머나먼 후방으로 멀어지고 만다.

군청색의 저녁 하늘에 밝게 빛나는 별이 보였다. 구름이 걷혔다. 오늘 밤은 밝은 달이 뜰 것이다. 저녁 식사 시간을 알리는 종이 울리기 시작해, 남자들이 식당으로 내려가는 활기찬 웅성거림이 배를 감쌌다.

아직 멀리 있는 섬을 흘끗 보더니 챠그무는 몸을 돌려 잰걸음으로 선창으로 내려갔다.

수병들이 저녁 식사를 하는 동안 챠그무는 몸단장을 마쳤다.

륀에게 은밀히 갖다 달라고 부탁한 수병 옷을 걸치고, 등쪽 허리띠 부분에는 떨어지지 않게 단검을 금속 장식으로 고정시켜 끼워 넣었다.

일어서자 허리띠가 무겁게 느껴져, 순간 '이렇게 무거우면 안 되는데' 하고 불안해졌다. 그러나 단검도, 허리띠에 단단히 꿰매 붙인 주머니에 든 금화와 보석도 절대로 두고 갈 수는 없는 것들이었다.

보석은 산갈의 항구에서 이 배의 출항을 기다리는 동안 산갈 왕이, 금화는 카리나 왕녀가 보내온 것이다. 예전에 자신들을 구한 챠그무를 배반한 것에 대해 사죄의 마음을 표시해 준 것이겠지만, 뜻밖에도 긴 여행의 여비를 얻을 수가 있었다.

겉봉을 봉한 두툼한 편지를 책상에서 집어 륀에게 건네자,

륀이 고개를 끄덕이고 품에 넣었다.

륀은 얼굴은 창백했지만, 그 눈은 이런 대사에 참여할 수 있다는 흥분으로 빛이 났다. 륀이 지저분한 헝겊을 손에 들고서 일어섰다.

"…그럼, 가겠습니다."

챠그무가 고개를 끄덕였다.

"부탁한다."

문에 손을 얹고서 륀이 다시 한 번 챠그무를 돌아봤다.

그리고 챠그무를 바라보더니 떨리는 목소리로 말했다.

"챠그무 황태자 전하, 천신의 가호가 있으시길. …부디 저희를 구해주시기 바랍니다…!"

신에게 기도하듯이 깊이 고개를 숙이더니 륀은 더 이상 돌아보지 않고 문으로 나갔다.

만에 하나의 가능성밖에 없는 이 계획의 성공을, 륀은 챠그무 자신보다 믿고 있다. 대가뭄의 위기를 구했듯이, 챠그무가 기적을 일으켜줄 거라고 믿고 있는지도 모른다.

챠그무는 잠시 륀이 사라진 문을 바라보다가 벌떡 일어섰다.

그런 다음 걷기 시작했다.

심장이 경종처럼 울렸다. 갑판으로 올라가는 동안 발바닥이 허공을 밟는 것처럼 불안정했다.

갑판에는 숙직을 맡은 수병 몇 명이 흩어져 있었지만, 짙은 감색의 상급 수병 옷을 입은 챠그무에게 관심을 가지는 자는 없었다.

뱃머리에 이르자 암흑의 망망대해가 눈앞에 펼쳐졌다.

구름이 개어 달빛이, 일렁이는 검은 바다를 괴괴히 비추고 있었다. 왼쪽의 섬은 해 질 녘보다는 훨씬 가까워져 크게 보였지만, 그래도 아직 상당한 거리에 있었다.

챠그무는 윗옷을 벗어 길쭉하게 접더니, 힘주어 비튼 다음 허리에 감아 꽉 묶었다. 무릎길이의 하의는 어쩔 수 없더라도, 상의는 물을 흡수하면 무거워지니까 따뜻한 바다라면 벗고 헤엄치는 편이 낫다고 할아버지가 가르쳐주었기 때문이다.

밤의 싸늘한 바닷바람이 목덜미를 스쳐 갔다.

끝없이 펼쳐진 칠흑 같은 바다를 마주하자 자신의 몸이 점점 작아져가는 느낌이 들었다.

말도 안 되는 어리석은 일을 하려는 것은 아닐까? 그런 생각이 차가운 바늘처럼 가슴을 찔러 온몸에 전율이 흘렀다.

정말로 이 바다로 뛰어들 수 있을까?

혼자서 머나먼 로타까지 갈 수가 있을까…?

챠그무는 눈을 감고, 긴장한 가슴을 풀려고 바닷바람을 들이마셨다. 바다 냄새가 나는 바람이 온몸을 훑고 지나가자

불이 지나간 것처럼 온몸이 뜨거워졌다.

눈을 감은 어둠 속에 자그마한 빛이 켜 있는 것이 보인 것 같았다. 그것은 망설임보다도 두려움보다도 강한… 흔들림이 없는 빛이었다.

이 여행을 마쳤을 때 자신을 기다리는 것이 슬픔이 아니라 소중한 사람들의 미소 띤 얼굴이기를. 비록 두 번 다시 만날 수 없더라도 그들의 미래에 빛을 밝힐 수 있었다고 생각하게 되기를….

그러기 위해서 가는 것이다.

눈을 뜨자 맑은 달빛이 눈으로 날아들었다. 달빛이 어두운 바다에 길을 비춰주고 있었다. 저 멀리까지 흔들리면서 뻗어 있는 푸른 길이었다.

그때 저 뒤쪽 고물 쪽에서 누군가가 외치는 소리가 들렸다.

"불이 났다! 쓰레기통이 타고 있다!"

곧바로 소란스러워지며 수병들이 황급히 고물을 향해 달리기 시작했다.

륀이 고물의 쓰레기통에 버린 헝겊이 타오른 것이다. 불이 붙은 쵸우루를 싼 헝겊에는 소량이지만 기름을 묻혀두었기에 이미 검은 연기가 피어오르고 있었다. 작은 불이어서 수병들은 금세 불을 끌 것이다.

그렇지만 배 위의 소동은 산갈 감시선의 주의도 끈 것 같았다. 산갈 감시선이 이 배의 고물 쪽으로 다가가는 것을 지켜보고서 챠그무는 뱃전으로 기어올랐다.

발바닥에 힘을 주어 떨어지지 않도록 자세를 가다듬었다. 이윽고 몸의 흔들림이 딱 멈췄다.

눈앞에 망망대해가 펼쳐졌다.

'간다!'

크게 숨을 들이마시더니 뱃전을 세게 차며 챠그무는 바다를 향해 일직선으로 몸을 던졌다.

그 직전에, 쵸우루를 싼 헝겊을 쓰레기통에 버린 륀은, 뛰어서 선창으로 돌아가 근위병 진의 방문을 두드렸다.

진은 륀의 얼굴을 흘끗 보고 무슨 일이 일어난 것을 깨달았다.

"무슨 일이냐?"

"챠그무 황태자 전하께서 맡기신 편지를 가지고 왔습니다. 바로 읽으라고 하셨습니다."

륀이 건네준 두툼한 편지는 슈가에게 보낸 것과 자신에게 보낸 것이 있었다. 진은 슈가에게 보낸 편지를 옆에 두고, 자신이 수신인으로 되어 있는 편지를 펼치더니 미간을 모으고서 읽기 시작했다.

그 편지는 진에 대한 감사 인사로 시작되었다.

진과 헤어진 후에 무슨 일이 있었는지 간결한 문장으로 적혀 있었다. 읽어나가는 동안 진은 그 편지에 적힌 챠그무의 의외의 여로에 끌려들어가, 접힌 곳을 펼치는 것도 답답할 정도로 집중해서 읽어나갔다.

타르슈 제국의 제2왕자 라울을 만난 곳까지 읽었을 때 갑판이 소란스러워졌다. 눈을 든 진을 륀이 엄한 목소리로 말렸다.

"끝까지 다 읽으시기 바랍니다. 그때까지 움직여서는 안 된다는 것이 전하의 명령입니다."

진이 얼굴을 찌푸리며 륀을 봤다. 륀은 한 발짝도 물러나지 않겠다는 얼굴로 진을 응시하고 있었다. 륀을 제치고 갑판으로 올라가는 것은 손쉬운 일이었지만, 황태자의 명령을 거스를 수는 없었다.

진은 다시 편지를 읽었다.

이윽고 진이 식은땀을 흘리기 시작했다. …끝까지 다 읽었을 때 진은 창백해져 있었다.

갑판의 소동은 가라앉기 시작했다. 챠그무 황태자는 이미

이 배 위에는 없을 것이다.

"대체 무슨 일을…!"

진이 륀을 뚫어지게 쳐다봤다.

"그대는 왜 전하를 말리지 않았느냐!"

륀이 새파란 얼굴로, 그러나 흔들림 없는 눈으로 진을 응시했다.

"저는 전하를 믿습니다. 전하는 반드시 저희를 구해주실 겁니다."

진은 그런 륀의 얼굴을 말없이 바라봤다.

똑바로 자신을 보고 있는, 강렬한 빛을 띤 소년의 눈에 챠그무의 눈동자가 겹쳐 보였다.

'어린아이의 꿈이다….'

슬픔이 솟구쳐 올라왔다.

진이 륀을 밀치고서 방 밖으로 나갔다. 갑판으로 올라가는 동안 챠그무 황태자의 말이 머릿속에 울려 퍼졌다.

'내가 죽은 것으로 해라.'

라고 챠그무 황태자는 썼다.

'내가 무거운 짐을 견디지 못해 죽음을 택했다고 라울 왕자가 생각하게 하는 것이다.

내가 투신했다는 소식은 배반자나 밀정의 손에 의해 곧바로 라울 왕자에게 전해질 것이다. 라울 왕자가 내 죽음을 믿으면 나는 라울 왕자의 시야에서 벗어날 수가 있다!'

평범한 방법으로는 대적할 수 없는 거대한 상대의 등을 찌르기 위해서 챠그무 황태자는 목숨을 거는 대담한 기술을 건 것이다….

'황제께는 그대가 나를 바다로 밀어 떨어뜨려서 죽였다고 생각하게 해라.

암살에 성공했다고 하면 황제는 그대를 기꺼이 맞아줄 것이다. 부디 륀이랑 수병들이 나를 잃은 것에 대해 문책당하는 일이 없도록 잘 수습해주기 바란다.

그리고 슈가에게 내가 보낸 편지를 잘 전하도록 해라….'

자신에 대한 챠그무 황태자의 두터운 신뢰를 진은 느꼈다. 진이라면 륀이나 수병들을 지키고 슈가에게 문서를 전해줄 수 있다고 챠그무 황태자는 믿고 있다.

열심히 생각하고, 생각하고, 또 생각한 끝에 내린 결단이라는 것이 그 편지에서 읽혔다. 치밀하게 계산하면서도 망설임이나 불안감으로 흔들리고 있는 챠그무 황태자의 마음이 느껴지는 편지였다.

자신이 세운 이 무모한 계획으로 인해 진이나 륀, 그리고 이 배에 탄 사람들이 겪게 될 고난을 어떻게든 회피하고자 하는 마음. 그것이 피하기 어려울지도 모른다는 불안감.

그런 것들을 갖고 있으면서도, 그래도 챠그무 황태자는 만에 하나의 희망을 꿈꾼 것이다….

갑판에는 연기 냄새가 남아 있었다.

마주친 수병이 진을 안심시키듯이 말했다.

"누군가 한심한 녀석이 쵸우루를 쓰레기통에 버린 겁니다. 이제 껐으니까 걱정하시지 않아도 됩니다."

진은 고개를 끄덕이고 잰걸음으로 쓰레기통이 있는 고물과는 반대쪽인 뱃머리로 향했다.

일렁이는 어두운 바다에는 아무것도 보이지 않았다.

숨을 쉴 수 없을 것 같은 심정으로 바라보다가, 이윽고 진은 어렴풋이 하얗게 보이는 자그마한 점을 발견했다.

저 멀리 앞쪽에서 자그마한 사람의 형체가 바다를 헤엄쳐갔다. 생각했던 것보다도 훨씬 힘차게 물을 가르는 그 모습을 진은 지그시 바라보고 있었다.

지금이라면, 배를 돌리면, 아직 챠그무 황태자를 배로 끌어 올릴 수 있을지도 모른다.

하지만 진은 움직일 수가 없었다.

륀처럼 단순히 챠그무 황태자의 성공을 믿는 것은 아니다.

다만 이것이 황태자가 황제의 손아귀를 벗어나 자유로워질 수 있는 최후의 기회가 아닐까 하는 생각이 밀려온 것이다. 비록 목숨을 잃는다 하더라도 친아버지에게 살해당하는 것이 아니라, 스스로의 꿈을 좇다가 맞이한 죽음이라면 훨씬 낫지 않을까 하고.

진은 줄곧 챠그무 황태자를 지켜봐왔다. 황태자 같은 거 되고 싶지 않다고 바르사에게 매달리며 울던 어린 소년의 모습이 지금도 눈에 선명히 남아 있다.

그 소년이 어둡고 차가운 궁에서 아버지의 미움을 받으며 어떤 식으로 살아왔는지 진은 잘 알고 있었다.

이대로 고향에 돌아가면 황제의 어두운 손이 또다시 챠그무 황태자를 붙잡을 것이다. 타르슈 제국과의 전쟁이 임박해 있는 지금, 황제와 황태자의 싸움은 이제까지보다 더욱 비참한 운명에 처하게 될 것이 틀림없다.

포로가 된 이후의 나날은 진에게도 긴 시간이었다. 조금씩 대화를 하게 된 간수나 산갈 병사로부터 타르슈 제국이 어떻게 산갈을 굴복시켰는지를 들을 기회도 있었다.

고국은 멸망의 늪에 있다. 그것은 틀림없는 사실이라고 진은 느꼈다.

타르슈 제국과 산갈이 함께 공격해 오면 신요고의 군사력으로는 도저히 막을 수가 없다. 황제가 스스로 성당(聖堂)에 틀어박혀 천신의 가호를 구하면 기적이 일어날까…?

진은 살짝 쓴웃음을 지었다.

과거의 자신이라면 황제가 기적을 일으키실 거라고 망설임 없이 믿었을 텐데. 지금은 고향이 전쟁에 휩싸이는 비참한 광경만이 마음속에 떠오른다.

'신요고 황국이 멸망하게 된다면… 고향으로 모시고 가지 않는 편이 챠그무 황태자를 지키는 것이 될지도 모른다.'

챠그무 황태자가 살아남기를 바랐다.

많은 것을 짊어지고 온갖 사슬에 칭칭 얽혀 있으면서, 그래도 저렇게 어렴풋한 꿈에 희망을 걸고 헤엄치기 시작한 소년의 등을 밀어주고 싶었다.

진은 눈을 감았다.

로타로 가는 길은 무척 멀다. 혼자 여행을 해본 적이 없는 황태자에게는 살아남는 것조차 어려울 것이다. 하물며 로타 왕을 움직여서 지원군을 데리고 돌아온다는 것은 꿈같은 이야기다.

'그래도….'

이 암흑의 바다로 뛰어든 챠그무 황태자의 결단을 칭송해 주고 싶었다.

기적이라는 것이 이 세상에 있다면 그것을 일으킬 수 있는 것은, 그저 신에게 매달려 기도하는 자가 아니라 이런 결단이 가능한 자가 아닐까?

"…천신이시여. 용감한 당신의 아드님을 도와주소서."

나지막이 말하고 나서 진은 눈을 떴다.

챠그무 황태자의 모습은 이미 배에서는 보이지 않았다.

이윽고 진의 눈에 냉엄한 빛이 떠올랐다.

운은 신에게 빌었다. 이제 챠그무 황태자가 자신을 믿고 맡기고 간 일을 완수하는 것만 남았다. 그것 역시 어려운 일이지만… 해내야만 한다.

어두운 바다로 다시 한 번 눈길을 주고 나서 진은 바다로부터 등을 돌렸다.

⁂

챠그무는 그저 하염없이 헤엄을 쳤다.

헤엄치기 시작하고 바로, 난바다에서 헤엄치는 것은 세나

일행에게 굽이진 만에서 배운 수영과는 전혀 다르다는 것을 깨달았다.

일렁이는 검은 바닷물이 몸에 착 달라붙었으며, 파도가 몸을 들어 올려서는 바다 밑으로 끌어 내리려 했다. 섬은 눈앞에 보이는데도 아무리 헤엄치고 또 헤엄쳐도 조금도 가까워지지 않았다.

불안감이 차츰 공포로 변해 위를 조여 왔다.

물을 가르는 팔이 무거워 납이 들어 있는 것만 같았다. 바닷물을 마셔 심하게 기침을 하자 몸이 푹 가라앉아 또다시 바닷물을 마셨다.

섬은 전혀 가까워지지 않았다.

고통스러워져도 발을 쉬게 할 장소가 없다. 발밑은 끝없는 암흑의 바다다. …그렇게 생각한 순간 정수리가 마비되는 듯한 공포에 사로잡혀, 팔다리가 더욱 무거워져서 몸이 말을 듣지 않았다.

눈 깜짝할 사이에 몸이 돌처럼 가라앉기 시작했다. 발버둥치려고 하는데도 팔다리가 움직이지 않았다.

귓속에서 졸졸거리는 물소리가 들린다. 아무것도 보이지 않는다. 암흑의 바닥으로 떨어져간다….

숨을 쉴 수 없는 고통 속에서, 그때, 희미하게 빛나는 수많은 거품처럼 사람들의 목소리가 들려왔다.

'바다에 빠졌을 때는 헤엄치려고 발버둥 치느라 체력을 소진시키기보다는 그냥 물에 떠 있는 편이 낫지요.'

할아버지 토사의 차분한 목소리가 귓전에서 울렸다.

'몸에 힘을 주지 마. 손발을 쫙 뻗는 느낌으로 해. 그러면 바다가 안아줄 테니까.'

밝은 세나의 목소리도 들렸다.

공포로 굳었던 몸의 힘을 빼고 오그라든 팔다리를 뻗자, 서서히 낙하가 멈추고 조금씩 떠오르기 시작했다.

마침내 해수면으로 얼굴이 나와 마음껏 들이마신 대기는 달콤하고 상쾌해 온몸으로 퍼져가는 듯했다.

묘했다. 공포가 사라지자 세나가 말한 대로 몸이 쉽게 떴다.

'야르타시 코우라(바다가 주신 아이)가 지켜주고 있다….'

챠그무는 마음속으로 미소 지었다.

물 위에 떠 있다가 힘이 조금 생기면 물을 가르고, 또다시 피곤하면 떠 있으며 챠그무는 계속 헤엄을 쳤다.

손을 끌어서 도와주는 사람은 없다.

하지만 암흑의 드넓은 바다를 혼자서 헤엄을 쳐도 더 이상 고독하지 않았다. 거품 같은 수많은 목소리가 노랫소리처럼 울려 마음을 떠받쳐주었다.

정신을 차리고 보니 별이 빼곡한 하늘이 보였다. 별이 아니라 남빛의 따뜻한 바다에 떠다니는 정령들의 빛이다.

여유롭게 남쪽에서 북쪽을 향해 건너가는 무수한 빛들이, 물속에 떠다니는 선명한 색깔의 꽃들을 흔든다. 그 사이를 은빛 등을 번쩍이며 잔물고기들이 가로질러 갔다.

무수한 요나로가이들이 수초 끝에 주황색 거품 같은 불을 밝히고 즐거운 듯이 헤엄쳐 다니고 있었다. 그들의 술렁임이 이윽고 느린 곡조가 되어 챠그무를 유혹했다.

하늘도 바다도 서로 어우러지고, 사그도 나유그도 하나로 녹아드는 솟아오르는 생명의 꿈틀거림이 남빛 물을 흔들었다.

온갖 소리로 가득 차 있으면서 깊은 정적에 잠긴 세계가 챠그무를 감쌌다.

'봄이다….'

요나로가이가 귓전에서 속삭였다.

'이리 와라….'

남빛의 투명한 바닷속에 겹쳐 보이는 어둡고 차가운 바다. 이 어두운 바다 끝에는 피와 화염 냄새로 가득 찬 추악한 인간 세상이 있다.

그 속을 하염없이 가야만 한다.

슬픔이 북받쳐 올라와 콧속이 뜨거워졌다.

'이리 와라….'

밝은 노랫소리가 또다시 몸을 어루만졌다.

양손을 벌리고 벌렁 누워서 떠 있자 하늘의 별들과 정령들의 빛이 뒤섞여 보였다. 정령들한테는 자신도 자그마한 빛으로 보일까?

광대한 세계에 가득 찬 무수한 빛 중 하나로….

챠그무는 살짝 미소를 지으며 물의 정령들에게 손을 흔들었다.

그리고 깊이 숨을 들이마시더니 남빛과 암흑의 두 바다 사이를 양손을 번갈아 빼며 천천히 헤엄치기 시작했다.

섬은 이제 바로 저기다. 달빛에 섬의 모래사장이 어렴풋이 하얗게 반짝여 보였다.

옮긴이의 말

《수호자》 시리즈의 저자 우에하시 나호코는 오스트레일리아의 원주민 애보리진을 연구하고 대학에서 문화인류학을 가르치는 교수 겸 문학가다. 1996년에 자신의 전문 분야에 문학적 상상력을 접목시킨 작품 『정령의 수호자』를 발표하면서 일약 일본 판타지 문학을 대표하는 작가가 되었다. 『정령의 수호자』의 인기에 힘입어 3년 뒤인 1999년에 후속작 『어둠의 수호자』를 발표하고, 이어서 작품 8편과 단편집 2권을 더해 총 12권에 이르는 대작《수호자》시리즈를 무려 16년에 걸쳐 완성했다.

이 역작으로 우에하시 나호코는 수많은 문학상을 수상했다. 그뿐만 아니라 해외 여러 나라에서《수호자》시리즈가 번역 출간되면서 국제적으로도 명성을 떨치게 되었다. 특히 2014년에는 아동문학계의 노벨상으로 불리는 국제 안데르센상 작가상을 수상함으로써 세계적으로 주목받는 작가로 우뚝 섰다.

일본에서 《수호자》 시리즈의 인기와 위상은 일본 국영방송인 NHK에서 방송 90주년 기념작으로서 이 시리즈를 실사 드라마로 제작하기로 결정한 것만으로도 충분히 짐작할 수가 있다. 2016년 3월에 〈정령의 수호자〉라는 제목으로 방영을 시작하여 약 3년에 걸쳐서 방영할 예정이니, 일본 내에서 《수호자》 시리즈를 둘러싼 열기는 한동안 식지 않을 것으로 보인다. 이제까지 라디오 드라마나 애니메이션으로 제작된 적은 있으나 생동감 넘치고 현실감 있는 묘사가 가능한 실사 드라마의 제작은 처음이다. 게다가 유명 연예인까지 등장한 드라마이다 보니 지금 일본에서는 우에하시 나호코의 원작 소설이 다시금 주목받으며 많은 기대를 모으고 있다.

《수호자》 시리즈는 종종 '아시아의 『반지의 제왕』'으로 비유되곤 한다. 『반지의 제왕』이 그렇듯이 이 작품 역시 아동부터 성인까지 두루 즐길 수 있는, 독자층의 폭이 매우 넓은 대작이다. 그러나 철저하게 현실과 동떨어진 판타지 세계를 그린 『반지의 제왕』과 비교해서, 《수호자》 시리즈가 그리는 판타지 세계는 우리가 살아가는 이 세계와 매우 가까운 곳에 공존한다. 다른 세계를 인정하고 다른 생각을 받아들일 수 있는 열린 마음을 가진 이라면 언제든 그 세계를 볼 수 있으며 두 세계의 경계를 넘나들 수 있다는 점에서 커다란 차이점을 보이는 것이다.

《수호자》 시리즈는 30세인 주인공 바르사가 37세가 되기까지 7년 동안 경험하는 무용담이자 모험담이다. 또한 첫 번째 책인 『정령의 수호자』에서 바르사의 도움으로 목숨을 구한 챠그무가 11세 어린아이에서 18세 성인으로 성장하는 과정을 그린 성장 이야기이기도 하다. 본편 10권 가운데 『정령의 수호자』, 『어둠의 수호자』, 『꿈의 수호자』, 『신의 수호자』는 바르사가 주인공이며, 『허공의 여행자』, 『푸른 길의 여행자』에서는 챠그무가 주축이 되어 이야기를 이끌어나간다. 그리고 이 두 줄기의 이야기는 세 편 연작인 『하늘과 땅의 수호자』에서 하나로 합류하게 된다. 그 과정에서 다양한 민족 문화에 대한 생생한 묘사, 여러 나라의 역사와 정치적 관계에 대한 묘사가 세밀하게 곁들여지면서, 여느 판타지 소설과 차별화되는《수호자》시리즈만의 독특한 세계가 형성된다.

주인공 설정 역시 매우 독특하다. 판타지 소설에서 바르사와 같이 서른 살 여성이 주인공으로 등장한다는 것은 이례적인 일이다. 실제로 『정령의 수호자』 출간 당시에 일본 출판사

측에서도 그 점에 대해 난색을 표했다고 한다. 하지만 우에하시 나호코는 무슨 일이 있어도 주인공은 어느 정도 나이가 들어 인생 경험이 풍부하며, 어린 생명을 푸근히 감싸 안을 수 있는 모성애를 지닌 여성이어야 한다는 생각을 떨칠 수가 없었다. 단창을 멘 30대 여성이 어린아이의 손을 잡고 도망치는 이미지가 불현듯 저자의 머릿속에 떠올랐고, 이것이 바로《수호자》시리즈를 저술하는 계기가 되었기 때문이다. 이렇게 해서 강인하면서도 심성 따뜻한 바르사, 약한 생명을 위험으로부터 구하는 역동적인 여성 무사 바르사가 탄생한 것이다.

바르사의 담대한 캐릭터와 굴곡진 삶 이외에, 황태자 챠그무의 성장 이야기 또한《수호자》시리즈에서 중요한 의미를 갖는다. 연약한 어린아이 챠그무가 어느덧 약한 자를 보호하고 생명을 지킬 줄 아는 강인한 어른이 되고, 나아가 주체적으로 이야기를 이끌어가는 중요 인물로 성장하는 과정을 지켜보는 것도 이 작품을 읽는 또 다른 재미다. 위험을 무릅쓰면서까지 자신을 구해준 바르사한테서 영향받아, 챠그무 역시 자신의 목숨이 위태로워지는 것도 개의치 않고 다른 생명을 구하기 위해 최선을 다하는 가슴 훈훈한 장면을 시리즈 곳곳에서 목격하게 된다.

이 작품을 번역하면서 자연과 생명에 대한 저자의 애정과 경의, 소외받는 이들과 약한 자들을 바라보는 따뜻한 시선에 깊이 감명받았다. 그리고 스스로 선택한 것이 아니더라도 어찌 되었든 자기가 태어난 세계에서 주어진 운명을 받아들이고 열심히 살아가는 사람들의 삶도 이 작품에서 만날 수 있었다. 또한 자칫하면 소홀히하기 쉬운 소중한 것을 지키기 위해 최선을 다하는 아름다운 모습도 곳곳에서 볼 수 있었다. 작품을 번역하며 이런 것들이 작품에 심오한 의미와 다양한 색채를 부여한다는 생각이 들었다.

번역자로서 《수호자》 시리즈의 번역은 새로운 세계에 대한 도전이었으며, 기나긴 호흡이 필요한 작업이었다. 많은 노력과 시간이 드는 힘든 작업이었지만, 매우 흥미롭고 가치 있는 도전이었다는 생각이 든다. 우에하시 나호코의 가치관과 세계관이 흠뻑 배어 있는 《수호자》 시리즈의 한국어판 출간에 번역자로서 동참하게 된 것을 기쁘게 생각한다. 저자가 《수호자》 시리즈를 통해 전 세계의 독자에게 보내고자 하는 메시지가 한국의 독자들에게도 제대로 전달되기를 희망한다.

김옥희

푸른 길의 여행자

초판 1쇄 찍은날 2020년 5월 18일
초판 1쇄 펴낸날 2020년 5월 27일
지은이 우에하시 나호코
옮긴이 김옥희
펴낸이 한성봉
편집 조유나·하명성·최창문·김학제·이동현·신소윤·조연주
콘텐츠제작 안상준
디자인 전혜진·김현중
마케팅 박신용·오주형·강은혜·박민지
경영지원 국지연·지성실
펴낸곳 스토리존
등록 2015년 8월 11일 제2017-000039호
주소 서울시 중구 소파로 131 [남산동 3가 34-5]
페이스북 www.facebook.com/dongasiabooks
전자우편 storyzone1@naver.com
블로그 blog.naver.com/dongasiabook
인스타그램 www.instagram.com/dongasiabook
전화 02) 757-9724, 5
팩스 02) 757-9726

ISBN 979-11-88299-10-2 04830
979-11-957529-0-4 (세트)

이 도서의 국립중앙도서관 출판예정도서목록(CIP)은
서지정보유통지원시스템 홈페이지(http://seoji.nl.go.kr)와
국가자료공동목록시스템(http://www.nl.go.kr/kolisnet)에서
이용하실 수 있습니다.(CIP제어번호: CIP2020019345)

※ 스토리존은 동아시아 출판사의 어린이/청소년/실용 브랜드입니다.

※ 잘못된 책은 구입하신 서점에서 바꿔드립니다.

만든 사람들
편집 안상준
디자인 김현중
본문 조판 김경주